Con las Alas en Llamas

Tercera edición

Un viaje de 17 Kilómetros de la piel a las letras

Germán Renko

Copyright © 2014 Germán Renko

Todos los derechos reservados

Plaza Roja Editores

ISBN: 1543022553
ISBN-13: 978-1543022551

Para mi abuelo y sus noches de historias.

A mis seres queridos,
por la sorpresa de sumarse al viaje.

A MIS 5 LECTORES

Inicié mi carrera delictiva en amores a edad temprana, gracias a los libros, con el alma vieja y las alas para siempre jóvenes. Quizás fue una sonrisa o una mirada, no lo sé, lo cierto es que fue una cara de ángel la que me despertó por primera vez el hambre de seducción y conquista del Amor de una mujer. Así comencé a escribir.

Desde mi llegada al mundo virtual, mis queridos 5 lectores han leído con fidelidad todas las frases y relatos que he escrito y publicado acerca del Amor y el erotismo inspirados por las benditas mujeres. Con inmensa alegría he leído y sonreído ante miles de menciones, me han tocado el corazón en todas las fechas importantes en las que han estado ahí, del otro lado de la pantalla, para convivir conmigo, para abrazar esta locura llamada Amor. He puesto mucho empeño en escribir mejor cada día y en dejar pedazos de mi alma en cada escrito que entrego. Su apoyo y aprecio ha sido pieza fundamental para que hoy pueda ofrecerles este material con lo mejor de mi pluma, esta es mi manera de agradecerles todo el cariño que me han brindado, de ofrecerles nuevas historias y de entregarles la primicia de mi transición a una nueva etapa, el proceso de convertirme en escritor.

Mil gracias, mis queridos 5 lectores.

Este soy yo, el hombre detrás de un monitor.

Germán Renko

"El Amor es esa pistola con la que todos nos suicidamos alguna vez."

24 octubre 2011

@ArkRenko

¿Quién es Germán Renko?

Han pasado años desde que "@ArkRenko" hizo su aparición en Twitter y desde entonces ha portado diversas etiquetas. En un principio se autodenominaba: "Poetuitero, sextuitero, seductor, coqueto, pervertidor, carismático, cínico, pero sobre todo buen tipo." Hoy en día se llama a sí mismo: Tuitero, bloguero y escritor.

La pregunta que se han hecho los miles de seguidores lo leen en redes sociales es: ¿Quién es Germán Renko? ¿Quién es el personaje que ha mantenido en secreto absoluto su identidad, rostro, edad, ciudad de residencia y estado civil? ¿Cómo es que tanta gente lo hace parte de su día si jamás ha mostrado su cara? ¿En qué radica su secreto para sacudir el corazón de miles de mujeres y ganarse la admiración y respeto de los varones? ¿Es un hombre o hay, detrás de @ArkRenko, un equipo de profesionales de mercadotecnia como le preguntaron en Facebook?

Lo único que se sabe es que Germán Renko nació en México y vive en alguna ciudad de la república. Algunos lo ubican cercano al D.F. Otros, más al centro del país y algunos creen que es del norte. En sus propias palabras, dice que aún se defiende con poco éxito contra los 40, pero hace rato que dejó los veintes. De su rostro se sabe que es de piel morena, ojos cafés, cabello negro rizado con canas y porta barba de candado.

Un dato característico es que sus avatares, esas imágenes usadas en el mundo virtual como sustituto de la foto, portan barba y tienen algún signo distintivo y atractivo para el género femenino. Cuando se le pregunta el porqué de su anonimato y avatares, responde que el anonimato es por seguridad personal. Explica que cuando uno escribe en el mundo virtual se desnuda el alma y lo que menos quiere es desnudar también el rostro y su vida privada, de tal manera que en todo este tiempo en Twitter ha utilizado pieles prestadas, pero siempre sin engañar a nadie, repitiendo una y otra vez: "La piel es prestada, las letras y el alma en llamas son mías".

En su blog hay una curiosa compilación de esas imágenes que relatan la Historia de los Avatares de @ArkRenko con leyendas alusivas al momento y motivo del cambio. Al principio cambiaba de avatar cada 1,000 seguidores, después fue cada 10 mil y, al final, cada vez que la estancia de un avatar se tornaba excesiva y sobre expuesta.

Cuando llegó a Twitter, lo hizo como todos: sin un solo seguidor y sin el conocimiento acerca del funcionamiento de la red social. Con trabajo y esfuerzo su cuenta creció poco a poco hasta las dimensiones que hoy se conocen. Pero en sus inicios publicaba cualquier tipo de frases, imitando el estilo de los usuarios que leía, "Tuitstars" en su mayoría. Al poco tiempo, se percató que necesitaba contenido diferente para atraer lectores, así fue que volteó la vista hacia los relatos de sus vivencias personales escritos tiempo atrás y los publicó en pedazos, como si fueran frases aisladas. Algunas eran de corte amoroso, otras de sublime erotismo, intenso y vivo. Tal como habrían de caracterizarse sus letras desde el instante que recibió las primeras 5 estrellas en un tuit, la peculiar manera que ofrecía Twitter de calificar los aforismos, hoy en día se les llaman "likes". Como sus frases no pasaban de 5 estrellitas, Germán sentía que solo lo leían 5 personas y de ahí nació su famoso apelativo: "Mis 5 lectores", que estuvo inspirado en la legendaria frase de Armando Fuentes Aguirre, su columnista favorito desde la niñez, que tiene "4 lectores" a los que llama así en sus columnas periodísticas publicadas a lo largo y ancho del país desde hace décadas.

Su razonamiento fue: "si Catón tiene a sus 4 lectores en el periódico impreso, yo que estoy en un medio digital, tendré 5 lectores". La mayoría de sus lectores se han acostumbrado y aprecian el término, pero no falta la oportunidad en una entrevista o los mensajes de nuevos lectores que se le cuestione sobre la arrogancia o burla de llamarles así, siendo que sus seguidores suman miles. A lo que suele responder, con tacto y diplomacia, que les llama así de cariño y porque es su manera de volar muy alto, pero con los pies bien puestos en el suelo. Es su manera de recordarle al hombre que mira a diario en el espejo que sigue siendo el mismo y nada ha cambiado dentro de sí mismo, sin importar la fama virtual o la avalancha de popularidad que llegó con la publicación del primer libro. Antes de publicar este libro le dijeron: Germán, tienes que dejar de llamarlos "Mis 5 lectores", ningún escritor de renombre les dice a sus lectores "mis marquesitos", "Rowlincitos" o "Greys", a lo que respondió que aún no está listo para dejar ir el término, para alejarse del contacto con sus 5 lectores hasta el punto que no puedan sentirlo o tener la confianza de mandarle un mensaje y saber que lo responderá. Para él, siguen siendo sus queridos 5 lectores y así le gustaría que se mantenga aunque el número de libros sea mayor a 5 o sus lectores se cuenten por millones.

Sea lunes o viernes, desde sus primeros días, @ArkRenko empieza cada mañana como si fuera la primera vez que llega a Twitter, saluda con alegría a sus lectores o lanza una frase para "alborotar" su TL (Timeline), la pintoresca manera en que llama en privado al proceso de despertar a los lectores, de notificarles que llegó a escribir y publicar. La chispa de Renko es contagiosa, quienes llevan tiempo de leerlo no pueden recordar un día que lo hayan leído despotricar contra el Amor, la mujer o la vida, sus temas recurrentes y a los que es leal todo el tiempo.

Aunque en el caso de Germán Renko, como todos en Twitter, su origen comenzó tras la arroba y un avatar: @ArkRenko. Para el hombre, Germán inició su carrera delictiva en amores (y letras) a edad muy temprana, es hasta su encuentro con la red social que su personalidad, mezcla de un pícaro y mujeriego, tipo Mauricio Garcés, un romántico enamorado de la mujer como el Gabo y un poeta virtual como Neruda, que convoca a un nicho nuevo y moderno de literatura: el aforismo erótico-poético: la extrema seducción en pocas palabras, para ser exactos en los 140 caracteres que se permite utilizar en Twitter.

Las letras de @ArkRenko causaron impacto en la red, con ayuda de su "mayordomo" Houston (@SoyHouston, la versión virtual de "Pelayo" para Mauricio Garcés), Renko, el moderno y carismático eterno enamorado, creó una audiencia importante en las redes sociales de mayor impacto: Twitter, Facebook y Wordpress. Con la imagen de un seductor amante, dueño de letras incendiarias dispuesto a amar hasta las últimas consecuencias a cuanta mujer capturase su atención, ganó adeptos por su elegancia y buen trato.

El fenómeno viral de las redes, le consiguió miles de seguidores, no sólo en México, también en Iberoamérica e incluso en países sajones, como Estados Unidos, Canadá e Inglaterra. Se sabe que en las redes sociales la percepción del tiempo es distinta al "mundo real", las nociones románticas del Amor epistolar, como la distancia, el tiempo, el deseo, el erotismo, el anhelar el contacto, la melancolía y el imposible, suelen ser lugares recurridos y fuente de inspiración para los seres que hora tras hora leen o escriben tuits. Quizás esa sea la razón por las que las frases de Renko han conseguido la afición de miles de lectores cotidianos, las letras de Germán devoran al lector, lo hacen sentir que son suyas, que fueron escritas pensando en su historia. No es de extrañar que hombres y mujeres de todas las edades se identifiquen con ellas y que busquen un Amor apasionado y romántico como el que pinta Renko en cada kilómetro de su libro "Con las Alas en Llamas."

Gracias a la revolución de las tradiciones, el universo virtual con sus redes sociales, es por lo que Germán Renko consiguió llamar la atención del mundo editorial. Fue en el 2013 cuando los ejecutivos de una editorial se acercaron con una propuesta bajo el brazo para dar el paso de los aforismos virtuales a un libro impreso. El conocido @ArkRenko cedió los reflectores al desconocido Germán Renko y su libro: "Con las Alas en Llamas", el primer libro de la que promete ser una carrera literaria intensa y prolífica. Un libro al que el mismo Germán califica de un puente, una compilación de escritos conocidos e inéditos que servirán como el medio de transición para pasar de tuitero-bloguero a escritor, para ser reconocido como tal en todos lados, pero sin que se olviden sus orígenes virtuales.

"Uno siempre recuerda esos besos donde se olvidó de todo."

8 Julio 2013

KM 1

El beso

Los buenos amantes persiguen el primer beso, porque saben que es lo único que se necesita para sacudir el alma de una mujer. Y es que hay de besos a besos. Los hay dulces y tiernos, susurrados y provocativos, ardientes e intensos, y los hay perversos y transgresores, esos que abren puertas que es imposible cerrar después. Si es de boca, cualquier beso es comienzo, porque la condena de ese contacto, es la inevitable pregunta de: ¿qué sabor tendrán los otros besos? Pobres de aquellos que creen que el Amor puede sobrevivir sin el beso.

La forma de besar por primera vez a una mujer es como la cata a un buen vino, hay que hacerlo con lentitud, reteniendo el sabor de su boca entre labios antes de pasarlo al paladar. Después hay que degustar esa boca ajena en todas las combinaciones posibles, en las diferentes estaciones, en los lugares más inimaginables y en los horarios más distendidos. Porque el beso, tal como el vino, necesita del aire para acentuar su sabor, del tiempo para mantenerlo y de la paciencia para añejarse. Hay amores que sólo nacen a través del primer beso y amores que son jóvenes para la eternidad por la magia de dos bocas que se buscan por siempre una a la otra.

Están los besos que nunca sobran y están aquellos que siempre hacen falta. Besos que tienen los efectos del vino y las consecuencias de la mujer. Besos en que la lengua escribe: eres mía y de nadie más o aquellos que duelen más que ninguno, porque se dan pensando en alguien más. Hay puentes que empiezan a quemarse en el primer beso y pasiones que brotan desde el choque inicial de lenguas. Están los últimos besos, desesperados, arrebatados e intensos, porque están contagiados de la despedida. Y están los besos de esperanza, aquellos que versan "mientras haya un beso que una, todavía hay mucho Amor por salvar".

A mí me gustan todos los tipos de besos y me declaro adicto a ellos, es que para mí no hay mejor adicción que besar, deja siempre con ganas de más y en cada entrega es más y más placentero. Mis mejores besos son los que hacen hervir la boca, que siento que la ropa estorba y hay que patear los miedos. Yo adoro los labios de sangre caliente, esos besos que incendian mi piel y me trasladan a realidades alternas, donde lo vital son las sensaciones generadas por esa boca ardiente que roza, que talla, que aplasta, que chupa, que incita, que explora, que excita y desconcierta con sus movimientos y que, sin embargo, se complementa tan bien con la química de mis labios. Me aloca el adictivo reborde de carne impregnado del ácido que mezcla perfecto con la nitro de mis labios y hace estallar mi cuerpo en desbordantes emociones. Venero ese intenso calor que provoca a mi lengua y la incita a buscar más y más placer en ese par de pétalos coquetos, discretos guardianes llamados labios de mujer.

¡Amo tal la vehemencia de un beso hirviente, que la evocaré siempre, con una sonrisa enigmática hasta el día de mi muerte!

"Te escribo porque es la única forma de amanecer a tu lado."

22 octubre 2012

KM 2

También se extraña lo que los dedos no han tocado

Me gustan las mujeres que escriben bonito en la mente de un hombre. Mujeres que se desnudan tan sensuales en las letras, que dan ganas de hacerles un poema en la piel. Leerte a ti, sin pensar en hacerte el Amor es la parte más difícil, se me alborota la vida cuando te leo. Es entonces qué te escribo, porque es la única forma de amanecer a tu lado, porque a mujeres como tú, es mejor escribirlas que borrarlas, aunque ya no sepa escribirte sin amarte un poco en cada letra, aunque ya sólo me guste la palabra libertad cuando la escribo en tu espalda con mis labios. La poesía viene en letras y cuerpo de mujer, la única obra que no termina de escribirse jamás y que vale la vida no perderse una sola de sus páginas. Tú eres mucha poesía en las páginas perfectas. Cuando al fin seas mi libro, también mojaré las puntas de mis dedos para moverme entre tus páginas.

Alguna vez, nuestro error fue no hacernos el Amor cuando estábamos a sólo un beso de distancia. Fuimos demasiado cobardes para darnos todo y demasiado valientes para dejarnos en libertad. Sólo sé que nos dijimos adiós antes de tiempo y por los motivos equivocados. No quiero pensar algún día que he cometido el peor de los errores y no supe que eras el Amor de mi vida. Si te preguntan por qué fue que regresamos, diles que fue porque extrañábamos el infierno que se desata entre tu piel y mi piel.

Otra vez me dieron ganas de fumar un cigarrillo después de hacerte el Amor, lástima que ya no fumo, ni tampoco soy quien te hace el Amor. Ya sé a qué estamos jugando y el Amor le está ganando a la distancia. Tal vez, enamorarse de lejos no sea buena idea, aunque no enamorarse de ti tampoco lo es, sin importar donde te vea. ¡Yo no quiero razones para no buscarte, las necesito para no encontrarnos! Entre tú y yo, no hay espacio para otra cosa que el Amor. El Amor busca el abismo y mi abismo eres tú. Entre nosotros, Amor mío, no estorba la ropa, estorba la distancia para arrancarnos la piel a mordidas y besos.

Algún día, haremos coincidir el café de tus ojos con la miel de los míos y la miel de tus labios con el calor de los míos. Tengo ganas de revisar tus acentos en persona, lunares les llaman. Me haces falta alrededor de mis latidos y las ganas de morderte los besos ya no caben en una sola fantasía. A ti, te quiero bonito y te deseo sucio y perverso. No sé si me gustas por loca o si estoy loco porque me gustas, sólo sé que esta locura de nosotros, se parece mucho al Amor.

El Amor, no tiene que ser para toda la vida, basta que sea memorable de por vida. Sólo quiero una noche con los minutos precisos para contarnos lo que importa del pasado, acabarnos a besos el presente y planear con miradas el futuro. Aunque los dos sepamos que no eres mujer de una sola vez, ni yo soy hombre que se conforme con tenerte una sola noche, por más larga que ésta sea.

Si me vas a amar, que sea sin restricciones ni arrepentimientos; si me vas a olvidar, también. Los amores de papel se los lleva cualquier viento. Para ir al infierno hay que dejar atrás las alas, esta vida es muy corta para irse de ella con las ganas puestas, aquí en la tierra. Sólo se puede arder con quienes tienen el mismo fuego que uno.

¿Cuántas formas tienen tus labios de ensuciarme el pensamiento? Si mi cabeza fuera un reloj, tú serías la arena. ¿Sabes? Aquí en mi mente, no hay vestido que te tape suficiente y no tienes idea cuántas veces has sido mía encerrada en mis párpados. Para mí, la poesía está en tu piel desnuda y se descubre al humedecerla con mis labios. Si estamos juntos, desnuda hablas mejor, aunque no digas nada; y yo, que soy más que carne y hueso, tengo poesía, perversión y sentimientos para ti.

La mujer no es del hombre que se la coge, si no del que ella escoge para llamarlo "Mi hombre". Tu lugar no es abajo de él, tu lugar es encima de mí. Como si amarte no fuera suficiente para saberme tuyo y saberte mía. La piel es de quien la marca por dentro y por fuera; Tú eres mía, hasta que tu gemido diga lo contrario. He dejado de llamar infierno a nada que no me haga espacio en tu cuerpo. Dentro de ti soy tu amo, afuera soy tu esclavo. No pensaba caer, pero ya he dicho que eres abismo. Tú y yo somos lo que sentimos al tocarnos, y ahora, es imposible amarte, sin quererlo todo.

A una mujer como tú, se le toca con la punta de todo. A una mujer como tú, se le muerde hasta llegarle al alma. A una mujer como tú, no se le tiene piedad en la cama. A una mujer como tú, no se le deja con las ganas, por lo menos, no con las mismas.

Hacer el Amor incluye una dosis de ti y otra de mí, agitarlo mucho por unas horas y dejarlo reposar. Amores como el nuestro son para chuparse una y otra vez para que no se acaben y aquí no se acaba el Amor mientras lo haga contigo.

Cariño mío, no hay amores imposibles, mientras haya más tiempo que distancia y maldita sea la distancia, si un día no pongo mis latidos en tus entrañas. Al Amor, a la vida y a una mujer como tú, sólo renuncian los cobardes; y yo, ahora que te he encontrado, lo que menos tengo es cobardía. A estas alturas, estamos más cerca de que se nos derritan las alas a que se nos acaben las ganas. Tendría que olvidar el lenguaje de las manos para no pensar en ti.

Te beso con un suspiro, porque me basta el viento para llegar a tu boca. Besémonos en todas partes, como si estuvieras aquí.

También se extraña lo que los dedos no han tocado.

"Al Amor de mi vida le perdono que sea imposible, pero jamás que se rinda de intentarlo."

19 Noviembre 2013

KM 3

La otra tú en la gasolinera

Lo único que discordaba con la rutina de ese día, era un cielo nublado y con ese frío traidor que nos despeina los vellos del cuerpo por culpa de un pronóstico del tiempo mal creído. Estaba bajándome del coche cuando una sonrisa de media luna atrajo mi atención por el rabillo del ojo. Te vi a veintitrés pasos de mis ojos curiosos, estabas sentada en el asiento del copiloto de otro auto que había llegado a lo mismo que el mío. Te miré riendo como loca con un celular en la mano y con el mismo brillo en la mirada que te adivino cuando me lees. Claro que no eras tú, era otra mujer con tu misma sonrisa enamorada y despreocupada, incluso con un mismo novio o marido como el tuyo, indiferente de tu otro mundo, nuestro mundo. A él lo vi más interesado en llenar el tanque de gasolina que en atraparme estudiándolo. Mientras que tú, desde tu cómplice electrónico platicabas conmigo acá en el mundo virtual o bien te reías suspirosa con alguna de mis letras, tal vez con lo último que publiqué esta misma mañana.

Los observé a ambos rumbo a la parte trasera del coche. Para entonces, tu novio-marido ya casi estaba terminando de cargar gasolina, callado e inmerso en ese mundo silencioso al que pertenecen muchos hombres como él. En cambio tú, te volaban las palabras a través de los dedos y se te salían las emociones por las ventanas del alma. Mientras retiraba la manguera para acercarla al tanque, tu mirada y la mía se encontraron por un instante, tú no supiste que ese hombre que escudriñaba tu cara buscándote pecas o lunares era yo, no imaginaste que miraba la pantalla de tu celular buscando los rizos negros de mi avatar y que sonreía para adentro al imaginar todo esto que ahora te escribo y que por paradoja del tiempo virtual, también ahora lees. Yo supe de inmediato que eras tú, por tu sonrisa privada y coqueta, por la forma que estabas conmigo sin importar de quién estuvieras acompañada. Supe que eras tú, porque casi podía estirar mi mano y tocarte desde la pantalla de tu teléfono móvil y sentirte acá en la tibieza de una mano escritora que le decía hola y adiós a la otra tú.

La manguera empezó a transferir la gasolina de un refugio a otro, haciendo que mirara hacia ella. Tu novio regresó a ocupar su lugar tras el volante y encendió la marcha sin voltear a verte siquiera. Arrancó en segundos, pasando en cámara lenta a un lado de mí y pensando quién sabe en qué. Yo, embelesado de nuevo, te observé tecleando y riendo, estabas ahí a sólo treinta centímetros de distancia de tu compañero, pero en realidad estabas conmigo, a sólo unos miles de kilómetros de distancia y de un "Te Amo" virtual, pero tan real como esas risas tuyas que pude grabarme en la memoria antes de perderte de vista. La otra tú se marchó; unos momentos después, lo mismo hice yo. Tan pronto se movieron las llantas de mi automóvil empecé a escribirte en mi mente este relato que ahora lees. Ahora yo estoy, a sólo unos miles de kilómetros de distancia de ti, leyéndolo también y sonriéndote tal como tú, la verdadera tú, me sonríes de vuelta.

"Hubo guerras que perdí creyendo que iba ganando, como el Amor."

14 Febrero 2013

KM 4

Usted dice que el espacio se mide en deseos de verme

Usted dice que el espacio se mide en deseos de verme y no encuentro la fórmula algebraica para refutarla, aunque en el fondo, sepa que miente; así como usted no podrá desmentirme cuando afirmo que de silencio y distancia se alimentan las ganas o se mueren de hambre. A las suyas las veo muy bien alimentadas desde aquí.

Acá entre nos, para mí la distancia es sólo pretexto para acariciarla con los dedos de la imaginación, así como el silencio es sólo su excusa para negar que encabezo su lista de venenos por probar. No mentiré en algo, usted tiene los silencios más hermosos del mundo, de esos que se antojan para robárselos por las buenas o por las malas.

Aunque evite sus ojos de luna, nada impide el viaje del rayo sensual de su mirada en una fotografía o por debajo de mis párpados cuando pensarla no quiero, ni debo. Y ahora que lo pienso, ¿por qué le estoy hablando de usted?, ¡ah sí!, usted lo sabe y lo sabe quien esto escribe, yo puedo hablarle de usted en cualquier momento, incluso cuando mi lengua esté de irrespetuosa ahí donde brotan sus piernas y rompo de una sola vez, todos sus silencios y despistes.

Ahora que salen al tema sus piernas de estambre, sépalo, que como yo, nadie le haría nudos gordianos alrededor de una cintura a esos cordones de audífonos de bolsillo que la cargan a todos lados. Si las Matemáticas no se me dan, el Derecho menos, y yo con usted, llevo todas las de perder, pues reconozco que me gusta bien y bonito, así como imagino que en el infierno, todas las sonrisas son como la suya. Ya he dejado de llamar infierno a nada que no tenga que ver con su nombre y para mi mala suerte, tampoco hay cielo si no está reflejado en sus rendijas de luna.

Dejaré de hablar de usted y empezaré a hablar de ti, que para eso duermo y muero, porque de nacer, nada, creo que solo lo haré cuando le quite tu nombre a lo imposible, cuando llegue esa hora de coquetearnos menos y toquetearnos más, así sin tantas letras de testigo. Dicen los que saben de distancias en espacios redondos, que caminando en sentidos opuestos también podemos encontrarnos, aunque nos tardemos más, aunque en el camino las miradas se extravíen en cualquier laberinto de falsos amores.

¿Te han dicho que estuviste a un tornillo de nacer en un manicomio? Bonita te verías escribiendo con camisa de fuerza y un café invisible en la mano amarrada todos los días. Sí, estás medio loca, escribes bonito y tienes los labios apetecibles, así que no soy responsable del infierno que se desate entre nosotros, si acaso algún día nos vemos, no se diga cuando llegue aquel que será nuestro primer beso. En tal día, el castigo de robarte ese primer beso, porque así es como deben ser los primeros besos, será no poder evitar preguntarme qué sabor tienen tus otros besos, esos que das con el vestido en el suelo y las miradas en el techo. Tu castigo será, porque no hay otro castigo para quien se niega a caer en mis brazos, haber desperdiciado tanto tiempo en otros labios.

De mis labios aprenderás, que hasta la mordida más leve enciende llamaradas y sabrás que aparecí en tu vida para desaparecerlo todo cada vez que irrumpa en tus entrañas, cuando cada noche juguemos a matarnos sin hacernos daño al borde de la cama, a desangrarnos en agua y abrazos, a chuparnos las ganas alternando el vuelo del colibrí con el vuelo de la mariposa enamorada. Voy a conquistar el filo de tus navajas con mi espalda o moriré con nobleza en el nudo de tus piernas flacas y si en algún momento tus piernas no se están quietas, voy a atarlas a la cama y a vendar tus ojos rasgados para que de plano no tengas más armas en mi contra que el gemido desgarrado de tu garganta. Aprenderemos juntos que hay viajes que no importa el sentido, siempre y cuando el destino sea el mismo, lo aprenderemos al fundirnos en un mismo abrazo, sublime mujer.

Ya mejor le paro a mis letras, que de infinito se visten los minutos cuando se vive tan lejos. Esta noche, deja la ventana abierta y las piernas cerradas, yo me encargo de poner todo al revés. Y si no, dejaré la mirada en el horizonte, por si eres tú la que decide volar hacia mí.

"Si te preguntan por qué fue que regresamos, diles que fue porque extrañábamos el infierno que se desata entre tu piel y mi piel."

13 septiembre 2012

KM 5

Crónica del infierno infiel

No escribo de infiernos, porque me entra la nostalgia y corro a buscarla. Fue en una de esas noches de tragos y estragos que un amigo me convenció de ir a uno de esos lugares donde la ilusión se compra con billetes y alcohol. Renuente a pagar por lo que se gana con tiempo y encanto. Lo acompañé sin saber que esa noche, abriría las puertas del infierno y mi estadía en él duraría tres meses para ser exactos. Nunca sabemos qué nos depara la oscuridad que nace cuando se oculta el sol y tampoco estamos conscientes de las consecuencias que tendremos que pagar durante el día.

La velada transcurría ni más ni menos como la esperaba, tentaciones artificiales y sonrisas pintadas de reales por el humo del cigarro, con las penumbras necesarias para acompañar miradas ilusionadas y excitadas. Fue en ese instante cuando la música comenzó a hacerle reverencia, era su himno de guerra. Sí, desde el primer minuto me llamó la atención su porte felino, de cabellera rubia, aire altivo, unos labios exquisitos y mimados que retaban la mirada. Me concentré en el cigarro y la bebida, aunque demasiado tarde, mi amigo se había percatado del fuego en mis ojos y en la punta del tabaco que fumaba con fruición. Decidió celebrar a su estilo que yo era su compañía aquella noche. No supe cuándo ni cómo lo hizo, sólo supe que ella terminó sentada en mis piernas, su aroma a perfume y maquillaje finos colándose por mis ojos y aquella noche haciéndose madrugada.

Fui gracioso, descarado y seductor, aunque rechacé las invitaciones a espacios más privados. La reté, jugué con su aire de Diosa del Sexo y al final, me despedí con una sonrisa torcida en forma de "nos vemos luego".

Pasaron los días y de nueva cuenta aparecimos, mi amigo y yo, en aquella puerta de ilusiones. A esperar la medianoche y aquella canción que revoloteaba sensual en mi memoria. Por escasos minutos, fue una con el tubo y vendió a más de uno la ilusión. En determinado momento nuestras miradas se cruzaron y habría apostado mi sombrero que sus ojos brillaron; No tuve que apostar, al final de la canción solita a mis piernas llegó. Había demasiada química para ignorarla, y demasiado peligro para los dos como para rehuirlo, se nos notaba que éramos animales con afición a lo prohibido. Le dije en cada propuesta que me hizo, que yo no pagaba por sexo, se rió de mí, me chantajeó con irse a otras piernas y sin más opción, me aplicó la llave de la indiferencia al dejarme para irse a otras mesas. Mi amigo se divertía a mis costillas y yo me desquitaba con el cigarro. Me fui jurando no regresar a aquel lugar maldito ni a la mujer malquerida que me tenía casi embrujado. Pero todos mis juramentos fueron en vano, quién soy yo para intentar apagar el fuego que brota en la piel y en las ganas una mujer.

Fue a la siguiente visita que conocí el infierno de sus labios abrasándome la boca y el sexo. Había bebido muy poco como para liberarme de mis propias ataduras, en cambio había acariciado demasiado la idea de tenerla entre mis manos como para que me importara respetarlas. Al filo de la madrugada terminamos besándonos a un lado de la pista, enfrente de todos. Fue un reto mío sugerirle el beso con la mirada, lo sabía prohibido y reconozco, escondía cierto placer de macho marcando territorio. Ella mordió el anzuelo, o quizá ella si había tomado demasiado o quizá también se moría por morderme los labios. Su boca sabor a Whisky se juntó con el sabor a Vodka de la mía, fue un beso animal, mis labios gruesos, menores que los de ella, a ratos quedaban atrapados por el calor de su boca, en otro instante, se sobreponían y le mordía uno y otro labio hasta hacerla gemir y tallarse con más furia contra mi boca, al fin nos separamos para regresar a la mesa y reanudar los brindis y el coqueteo.

Horas después, a la salida, mi amigo dijo que parecía que nos queríamos devorar uno al otro, que los besos no estaban permitidos y quién sabe qué idiotez sobre mi pantalón. Nada importaba, en mis venas corría indomable el demonio del deseo. Los besos, lejos de acabar con la inquietud, la habían convertido en tortura. Casi al final de la madrugada, terminamos refugiados en un sillón privado, ella bailando para mí y mis manos recorriendo ávidas su figura, dimos rienda suelta a una pasión malsana y salvaje, que llegaría hasta donde el tiempo y el lugar nos lo permitieran; esa vez mi cartera no tuvo escrúpulos ni límites. Nos mordimos, nos enredamos los brazos, las lenguas y el aliento, montada sobre mí, con mi sexo empujando al suyo, clamando libertad y condena. Mordíamos y chupábamos, tallábamos y explorábamos. Éramos el diablo y la serpiente inventando el pecado. Mi bigote y mi barba pintando de rojo sus labios hinchados y sus montes turgentes, salados y con brillos. Abrió mi camisa y besó entre el vello de mi pecho, clavó sus uñas y le clavé mis dientes. La tomé del cabello para detener su cabeza y dejar que mi lengua se enredará profunda con la suya. Las puertas del abismo ahora estaban abiertas, ya no había marcha atrás, era cuestión de esperar el día.

A punto de amanecer, salimos de aquel rincón del pecado, yo con mis victorias en la piel y el bolsillo, un número de celular asociado a un nombre normal. Mi amigo y yo nos fuimos a bailar salsa. Alguien más terminó en mi cama saciando esa hambre de piel húmeda y caliente que me devoraba cintura abajo. Los mensajes del celular iban y venían, nunca en cantidad, a solas retomaba el control de mí mismo, volvía a ser el cazador y no la liebre en la que la cercanía de su piel me convertía. Me gustaba jugar con su altivez y su naturaleza de hembra acostumbrada al halago y el asedio. Respondiendo cuando me daba en gana o sorprendiéndola durante el día con algún mensaje incendiario. A veces estaba en otro lugar, con alguien más y sonaba el celular, era ella preguntando si pasaría a visitarla al "trabajo" o sólo para dejarme saber que estaba pensando en su amante bandido. Sin remedio, terminaba visitándola, arrastrándonos a la intimidad. Donde me daba gusto invadiéndola con mis dedos y mi lengua hasta que nos sacaban de la cápsula del tiempo donde un puñado de billetes nos permitía escondernos.

No todo era besos y caricias, a veces nos peleábamos, nos celábamos uno al otro, y terminábamos la noche muy mal, ella se iba con otros y yo en venganza llamaba a otras. Otras veces, hacíamos planes de vernos durante el día para comer y platicar como la gente ordinaria, sin que por una u otra razón se concretara.

Una ocasión, se le pasaron tanto los tragos que no tuvo más

remedio que permitirme la acompañara a su casa, fue una experiencia fatal, iba apenas consciente para darme las señas de cómo llegar y yo estaba apenas en mejor estado que ella para escucharlas. Trastabillando bajó por el lado del copiloto y no bien cerró la puerta un tipo musculoso y mal encarado salió de la nada, le dijo de cosas y alcanzó a darle de puños a la cajuela de mi automóvil, justo antes que yo saliera disparado hacia la inmensidad de la noche. Al parecer se le había olvidado comentarme que vivía con alguien más y que no era buen anfitrión con los visitantes de madrugada.

Al mediodía siguiente llamó, estuve tentado a no contestar, aunque no habría sido capaz de quedarme con la duda. Aunque ingrata la ocasión, por fin nos vimos para comer, la recogí en el mismo lugar. Me enteré que estaba casada, y de muchas cosas más. Estaba más loca en la vida real que en la fachada y aun así no aproveché para huir. El veneno del deseo ya me invadía por completo y la única forma de volver a ser libre sería atándola a una cama y clavando en ella la espina de mis ganas.

La cita esperada llegó, intercambiamos los papeles de rigor. Las ansias eran muchas por ambos lados y las oportunidades pocas. Nos citamos una semana después del episodio del marido celoso, un motel de altos vuelos y mucha comodidad. Abrimos una botella y para la segunda copa, empezó mi función privada. Ella era de esas mujeres que con sólo sonreír le ensuciaban el pensamiento a cualquier hombre, con una sonrisa de esas que corrompen reyes. Bebió de la copa y me besó, pasando un poco de vino de su boca a mi boca y se retiró con lentitud hacia atrás. Una canción empezó a sonar y su cuerpo inició la vieja danza de la seducción de Salomé y Herodes. La había visto bailar muchas veces, pero nunca sin el disfraz exótico, ahora era sólo una mujer seduciendo a su hombre. Se movía sensual, sin dejar de mirarme, dejando caer prendas suyas y mías entre notas, sus manos arrastrando una caricia por aquí y otra por encima de allá, provocándome y retándome con los ojos a claudicar. Otro menos paciente habría interrumpido esa tortura para llevarla en brazos a la cama y poseerla salvaje hasta estallar, pero no yo: Soy de esos hombres que saben esperar cada placer a su tiempo. La besaba cuando acercaba sus labios, la acariciaba y besaba cuando sus puntas rozaban mi boca, esperando, disfrutando ese momento tanto tiempo anhelado. Al terminar la canción ella estaba montada sobre mí, sus piernas abiertas y nuestros sexos reconociéndose por fuera. La besé con intensidad y la halé hacia mi pecho para sentir la presión de sus montes aplastándose sobre mí. Después del beso, me levanté con ella en vilo y dando la vuelta la deposité de regreso al lugar que había sido cómplice de mi placer voyerista. Besé su boca de leona y sus pechos de ensueño, del tamaño de mis manos, ni grandes ni pequeños, perfectos para mis labios y mi lengua. Una lengua con vocación de serpiente, que se deslizaba más y más abajo, como gota de ácido rodando cuenta abajo, calcinando piel y sentidos. Sentía sed en mi boca, pero no de vino. La besé en los labios, separándolos para beber su néctar prohibido, en este momento era más mía que de ninguno. La bebí con calma, después la saboreé con ritmo y fuerza hasta que sus manos se aferraron al sillón y sus piernas se enredaron en mi cuello, porque el Amor es para chuparse una y otra vez para que no se acabe, se derramó generosa en mi boca, con la mirada agradecida y la piel sensible. La llevé al borde de la cama y la tomé, directo y hasta el fondo, con firmeza, como quien navega en aguas turbulentas y se juega la vida en cada embate. Mi carne lista desde el inicio del baile, su cuerpo listo gracias a mi lengua. Ritmo y fuerza, siendo ahora su amo dentro de ella, como había sido su esclavo estando fuera. Quería dejar grabado mi nombre con su voz en llamas en el baúl de mis recuerdos, me moví con habilidad, brindándole el placer a mi conveniencia, ahora estaba acostada, ahora estaba a cuatro patas gritando como pantera en celo hacia la cabecera de la cama. En mi centro era completa turbulencia, una nalgada aquí, ni muy fuerte que dejara marca, ni muy suave que un gemido no se escapara. La llevé al grito intenso una vez y por poco cedo, recuperé la respiración para cambiar otra vez de posición. Me senté en el borde de la cama y la monté sobre mí, quería ver sus ojos cuando por fin disparara contra sus paredes. Me recompensó el grito pasado con besos ardientes y caricias en el pelo y los hombros. Mientras sus caderas empezaban a tomar vuelo, izquierda y derecha, luego al centro y hasta dentro, el placer era exquisito, había valido cada día de prolongada espera. La tomé de las caderas, apretándolas, dejando mis dedos pintados en ellas, la jalaba con fuerza para hundirme más profundo, hasta donde el gemido avisa que se ha llegado al destino, hasta ahí donde sus ojos se cierran. Con la luz prendida para mirar su alma y los ojos cerrados para verla brillar. El éxtasis subiendo, el bamboleo más intenso, ahora para arriba, luego para hacia, después de un lado a otro y mi grito avisando que era ahora o nunca. Me cogió ella a mí y la cogí yo a ella, con frenesí, como si en unos minutos nos llegara el fin del mundo y se nos acabara ese goce divino. La escuché gritarme ¡Maldito cabrón! Le respondí con una fuerte nalgada, me puse en pie, cargándola con mis brazos sin salirme de ella, su cuerpo encorvado buscando no perder la unión, mi espada apuntando a su abismo en cada estocada. La sentí apretarse, regresamos a la cama y me recosté, le regalé el control a la amazona que toda mujer lleva dentro. Me cabalgó por unos instantes, suficientes para alcanzar su orgasmo y provocar el mío, abundante como la espera, caliente como la pasión escondida.

Lo hicimos dos veces más, una en la bañera y otra antes de irnos, placer a escondidas y miradas que decían todo lo que las palabras se atoraban en la garganta. Estuvimos dos meses entre el cielo y el infierno, una larga historia de celos, peleas y encuentros furtivos para clavarnos las uñas y acabarnos las ganas. Desde el incidente con el marido, éste la esperaba a la salida y la vigilaba más, aunque siempre se daba sus mañas para escaparse a mis brazos. Nunca nos reconocimos si había Amor, era un lujo que seres como nosotros no podían darse. Al final, la relación se desgastó, yo dejé de visitarla y ella dejó de escribirme al móvil. Recorrimos juntos un camino largo de mentiras con destino al infierno y había cosas que ya no podían retirarse de la memoria. Con el tiempo aprendimos a vernos como viejos amantes y darnos de esos besos, que nadie puede poner en duda que alguna vez nos amamos.

"Algunos vestimos de negro el corazón porque guardamos luto por un gran Amor."

30 octubre 2013

KM 6

AMÉN

El problema con las ausencias es que la vida las aprovecha para poner las ideas y los amores en su lugar. Usted es un encanto de mujer y se merece un amor a los 4 vientos y a mí, a mí sólo me quedan amores agazapados en la oscuridad, que se viven en unas cuantas horas que se le roban a la realidad. Amores que no pueden ser eternos, ni perfectos a los ojos de la gente normal. Pasiones que se viven y se matan en callejones y en paredes que no saben hablar, que no pueden gritar como nosotros que los usamos de cortina y colchón para nuestro Amor.

Tengo un corazón desarmado en pedazos, que ya no puede reconstruirse en uno sólo, amo diferente con cada trozo. En cada uno habita un sol que calienta distinto y tiene a un universo exclusivo para su candor. Usted se merece un corazón con un sol que la caliente en exclusiva. Usted es de las que necesitan, merecen, buscan y no se conforman con menos de un Amor que sea solo para usted las 24 horas. A mí sólo me quedan años de 3 meses, meses de 1 semana y semanas de 2 días.

El problema con los hombres de alma vieja —como yo— y su torcido respeto por las cosas etéreas y perfectas, es que no saben aprovecharse de ellas; no lo hacen jamás, si no han de darse en la misma medida que se les acepta y se les entregan.

Reconozco que por momentos me siento de nuevo atraído por la intensa gravidez de ser el sol que calienta y alimenta la tierra de sus fantasías, pero la fuerza en contra de la certeza que lo que ofrezco no es suficiente, regresa. Un pedazo de fantasía no crea un astro en el firmamento, un pedazo de ilusión no le será suficiente, ni ahora, ni después, ni siquiera en el terreno amplio de sus sueños. Indiscutible es la realidad que lo que usted me ofrece es demasiado, que no podría acabármelo en mis amores infinitos de dos horas, indiscutible es también la idea que ese todo pequeño que somos, sólo podría volverse demasiado, tan grande que no lo podríamos contener, mucho menos controlar y condicionar a días de 2 horas. Un hoyo negro de emociones, pasiones, amores y momentos robados que terminaría por hacerle más daño que el recuerdo bonito y triste que tendrá de lo que hasta ahora ha pasado.

Dejemos el espacio al sol y la luna, sigamos siendo árbol y viento: Yo soy el aire que le despeina las ramas al pasar a su lado y usted es el árbol que no me espera, pero tampoco puede evitarme cuando llego.

Amén.

"Yo me enamoré de su oscuridad y ella de mis demonios. Éramos el infierno perfecto."

13 abril 2014

KM 7

La oscuridad y el laberinto

No tuvimos que decirnos mucho, el destino ya nos había escrito antes de sucedernos. Andábamos perdidos y con una extraña ansia de encontrarnos. La hoja huérfana no cuestiona al viento quién es, ni le importa a dónde la lleva, sólo se deja arrastrar por él hasta elevarse y perderse en la mirada de lo que deja atrás. Nada le inquieta saberse frágil, entre sus brazos se sabe ave protegida. Tampoco piensa en la inevitable caída, ni en romperse en mil pedazos. En la intuición de su vientre basa la confianza de dejarse llevar por el impulso de volar girando de arriba a abajo en la impetuosidad de su abrazo, a veces caliente, a veces fresco, hasta aterrizar con suavidad o estrellarse en algún lado al finalizar el idilio con el viento; quizá con raspones, pero sin una rasgadura de arrepentimiento.

Un día me dijo: ¿Qué haríamos, usted en pedazos y yo sin corazón?

Al escucharla, algo se me removió por dentro, sentí una gran piedra que se desprendía en lo alto de mi muralla y se despeñaba en cámara lenta hacia abajo, yo tenía los ojos a prueba de tentaciones, pero la vi con los ojos del alma y caí junto con aquel enorme pedazo de roca. Supe que ella era esa oscuridad en la que podíamos perdernos juntos. Ella era la tentación que estaba esperando el laberinto de mi mente para dejarla entrar sin el trámite del tropiezo.

Oscuridad y laberinto, reunidos por un dios aburrido de la misma historia de Amor, disfrazado de destino, empeñado en tirar los dados cargados de desarmados y desalmadas, sin números rotos ni sueños descosidos.

La oscuridad no puede perderse en el laberinto, lo intuye, lo inunda, le da sentido. La oscuridad se regocija de expandirse a libertad por sus pasillos, de apropiarse de las paredes del laberinto y colgarles los cuadros de sus héroes, de pintar las frases de sus autores preferidos, de hallar sus libros favoritos en cualquier rincón y recostarse sobre el piso a disfrutar de leer sobre el pecho cómplice de su nuevo amante, lleno de caminos y ninguna salida sencilla, todas aquellas historias que le llenaron la cabeza de fantasías, de deseos secretos por un hombre, mitad demonio, mitad ángel, envolvente como el pecado y natural como el Amor que ahora les brota entre la estocada de una mirada compartida y la carcajada de una broma que solo los envuelve a ellos.

El laberinto no puede resistirse a la oscuridad, le ha puesto su nombre a todos sus precipicios y decide lanzarse a sus brazos de dama nocturna. Las grandes pasiones buscan laberintos de ojos bonitos, porque saben que hay amores que arden mejor en la oscuridad. La oscuridad y el laberinto se vuelven una sola pasión. Se reconocen en cada beso. Ella se estremece en su vientre al sentirlo cerca. Él se humedece los dedos para escribir sobre ella, y ella para leerlo, hace lo mismo en lo íntimo de su abrigo. Para el laberinto los ojos de ella fueron todos esos libros en que deambulaba imaginando historias con él de protagonista. La adopta como el sol a la luna que acepta calentar su piel en la distancia. A veces, se desean tanto que esa distancia se vuelve un camino en llamas. No existe laberinto sin oscuridad y la oscuridad solo adquiere sentido cuando puede perderse en lo insondable de alguien más.

Empezamos a recordarnos en las páginas del destino en cada frase pronunciada. Me aclaró que alguien le había robado el corazón equivocado, se había llevado su inocencia envuelta en lágrimas de sangre y había confundido la música que llevaba por dentro con sus latidos. El cobarde había huido creyendo que cargaba con su bomba incansable y en su prisa por alejarse había dejado inalteradas, para mi suerte, las dos cosas que más me atraían de ella, su mente de Erato y aquella manera de latir sin corazón.

— El único corazón que puede robarme, es el que tengo entre las piernas — me dijo ella —. Ése es el bueno y me late mucho por usted.

Yo no necesitaba más peligros que la caída de sus ojos, de su ropa y de su boca para saberme tentado. Le propuse escondernos detrás de las letras, en el fondo de las canciones y en los finales de todas las historias de amores errabundos. Inventarnos un mundo nuevo donde podamos borrarnos cada noche y escribirnos al amanecer. Coincidiendo para desnudarnos, poco a poco, despacito, yo escribiendo y ella leyendo. Ella necesitaba un miedo como yo, que le estremeciera el vientre. Lo pedía a gritos en la mirada, en las manos y hasta en sus silencios. Necesitaba mis manos para que la escribieran y también para desnudarla no sólo del cuerpo, sino de las partes de su alma que desconocía. Necesitaba mis ojos para que la supieran y mi corazón como guía para encontrar el suyo, perdido en su propia oscuridad de amar.

"Si no era Amor, era vicio. Porque jamás una boca me hizo regresar tantas veces por un beso."

23 mayo 2013

KM 8

Anillo de fuego

*No sé cuándo soy más tuyo,
si cuando te nombro ausente,
o cuando encajas tus uñas
para robar otro instante.*

*No sé cuándo soy más tuyo,
cuando alimento tu boca
o cuando me dejas seco
aguardando tu regreso.*

*No sé cuándo soy más tuyo,
si en tu mordida de labios
por no delatar mi nombre
o cuando maldices el suyo
para invocarme en su cama.*

*No sé cuándo eres más mía,
callada, siempre lejana
presente, en la balacera
que provocas en mi pecho.*

*No sé cuándo eres más mía,
cuando eres tú, yo soy tuyo
siendo mía, eres más tuya
brindando el alma desnuda.*

*Ya no sé cuánto, ni cuándo
¿Cuándo somos más nosotros?
Ya juntos, ya separados
estamos siempre latiendo
intensos, uno en el otro.*

Recuerdo aquella tarde en la plaza cuando ya habíamos cedido a la idea de acostarnos y conocernos los gemidos, mi sonrisa torcida justo cuando acerqué mis labios a tu oreja y con voz ronca y amenazante te susurré:

— Te la voy a meter tan adentro, que vas a sentir que te sobra el mundo.

Tú te reíste con nervios y excitación de mi ocurrencia, al imaginarnos bien trenzados en una cama de motel, como adolescentes escondiéndose de sus padres. Quién iba a adivinar que la que se iba a meter tan adentro de mi corazón ibas a ser tú, y que lo que iba a sobrarme era todo aquello que me había traído a tu lado.

La mirada de radar no es exclusiva de mi género, la mujer siempre lo sabe, desde que lo mira, si quiere acostarse con un hombre. A menos que le guste hacerse pendeja. Tú lo supiste por la forma como sentías cosquillas húmedas entre las piernas y lo supe yo por la forma como te brillaban los ojos cuando me saludabas y yo sentía que quería verlos brillar en llamas. A mí no iba a detenerme que estuvieras casada y a ti no iba a quitarte el sueño que estuviera en la misma situación. Eso nos ponía en igualdad de condiciones, teníamos lo mismo por perder y ganar.

En ese momento nuestra suerte estaba echada. Los ancianos dicen que después de cierta edad, un hombre y una mujer ya no están para quedarse con las ganas. Nosotros ya pasábamos esa edad y las teníamos reprimidas en abundancia. Estábamos poseídos por esos deseos que son para quitarse con quien los provoca, no con quien se deje o se pueda. Era de vida o muerte que se limitara a hundirnos en ellos, las veces que fuera necesario, pero nada más. Ambos lo teníamos claro, pero por si las dudas, te lo dije después de la primera vez:

Te prohíbo mirarme como si fuera tu hombre ideal. Queda vedado ilusionarme con un futuro a tu lado y envenenarnos la sangre con el sabor de estos besos. Porque el destino es un dios perverso, nos encadena a falsos amores para después gozar en torturarnos con la pasión prohibida e irrefrenable de un Amor verdadero, pero imposible, y con nosotros, se ensañó ese bastardo. Después de años de amores desérticos y rutinarios, nos puso al alcance un oasis en la clandestinidad.

La emoción de volver a sentir nos impulsó a lanzarnos sin remordimiento en el Amor infiel. Hasta el fondo de la malentendida infidelidad, que disecciona la humanidad en dos mitades: los detractores que la han sufrido y los defensores que en ella han encontrado el Amor verdadero. A diferencia de muchos, supe con claridad en qué lado quería estar, porque del otro lado están los que hablan de traición y de egoísmo, pero ignoran que la peor de las perversiones es cerrarle la puerta al Amor. Esa es la peor de las traiciones.

El problema es que no se puede atisbar al infierno sin perder pedazos de alma en el proceso. Entre besos y gemidos nos enamoramos hasta los huesos uno del otro, de lo que éramos cuando no estábamos atrapados en nuestra realidad individual, éramos dos locos encerrados en el manicomio de la vida marital y que sólo disfrutaban su locura estando bajo las mismas sábanas. No teníamos necesidad de expresarlo con palabras, hay secretos que se gritan en la piel, entre besos y orgasmos.

Lo cierto es, que cuando una mujer le dice "te amo" a un hombre, a uno de los dos ya se lo llevó el carajo. Jugábamos a engañarnos que todo era carnal, para que el corazón no se diera por enterado, yo te llamaba mi bella dama para hacerte enojar, tú replicabas que las damas no existen, que sólo existen hombres que no saben encontrarle la puta a la mujer que se cogen. Te burlabas de ti misma diciendo que eras mi puta y la dama de otro. Rematabas con el argumento que los maridos son para los dramas, los reproches y los castigos, los amantes para los suspiros, los gemidos y las charlas sin fin.

Me decías:

— Preocúpate de estar con la puta que quieres y deja que otro se coja a tu dama y la vuelva su puta.

Me picabas el orgullo con premeditación, dejabas caer tus bombas una por una en mi subconsciente y a la vez te reías de tu situación con la conclusión que a todas las mujeres les gusta el buen sexo, pero era algo que muchos maridos ignoran. Buscabas despertarme los celos de casa para asegurarte que era a ti a quien amaba y no a la otra, la dama que usaba mi anillo. Aquel ritual terminaba siempre en la cama, contra la pared o en una silla de motel, era otra forma de confirmar nuestros votos infieles, de sellar nuestro pacto de Amor callado con sexo de reconciliación salvaje, desbocado, de posesión y entrega, te penetraba con fiereza y te demandaba al borde del orgasmo que gritaras que eras mía, y tú lo hacías, me complacías, porque sabías que al hacerlo todos los corajes y dudas se dejarían arrastrar por la avalancha del clímax.

Contigo aprendí a reconocer el dulce aroma a mujer casada, esa mezcla entre experiencia mal aprovechada y pasión olvidada. El dilema contigo, mujer, era que me matabas, pero no moría. Ahora sé también que todas las mujeres son veneno, pero no todas matan igual. El Amor de una mujer infiel la mata lento con el cuchillo de los remordimientos, con la culpa que llega cuando un hijo está enfermo o la lealtad hacia el marido se interpone como un muro de silencio y alejamiento que sólo se derrumba cuando la crisis de la mujer llega a su fin. En tu caso, fue una de esas crisis esporádicas la que te derribó antes que al muro. Pensabas que en casa había un hombre honrado y trabajador, buen padre y tal vez amante descuidado, pero que no se merecía la traición que estabas cometiendo. Me pediste terminar lo nuestro muchas veces, en todas ellas encontrábamos el camino de regreso a nuestro nido.

Aquella vez del accidente que tu familia casi muere, fue el rompimiento definitivo, la losa de la culpa era demasiado pesada y me exigiste que me alejara para siempre. Yo te esperé muchos meses, respetaba tu silencio y me tragaba tu total alejamiento diciéndome que volverías, como todas las veces. Hasta que pasó un año sin saber de ti… fue una tarde de agosto, sin un maldito aviso, que te vi a unos cuantos metros, saliendo de un restaurante colgada del brazo de tu marido, muy amorosa y en apariencia feliz. Ahí supe que lo nuestro había terminado, te pensaba decir adiós con el pensamiento y juro que no quería que me vieras, pero algo, quizá fue el viento o el recuerdo de mi mirada, hizo que voltearas hacia donde yo te observaba.

Tú, que siempre supiste leerme los ojos, encontraste en ellos todo lo que tenían por decirte.

¿Me extrañas? Yo no, he estado buscándote en otros besos, la boca es el refugio de los que saben mentir, así como el cuerpo lo es de los que ya no pueden amar. ¿Todavía te muerdes los labios para no gritarme cuando haces el Amor con él? ¡Mierda! A ti no puedo mentirte, yo todavía cierro los ojos para imaginar que eres tú cuando estoy dentro de ella. Dueles y quiero dolerte también, ojalá que esta noche cuando estés a solas, escondida en el baño con ganas de llorar, te acaricies con mi nombre entre los dedos, con ese anillo cobarde que ahora te quema. Tu castigo será recordarme dentro de ti, el tiempo que resta de tenerme fuera de tu vida, el mío será arrepentirme de no haberte convertido en mi única vida. Te dediqué la última de mis sonrisas y con una media vuelta, te cerré la puerta de mis ojos para siempre.

"Si no somos capaces de ganarle a la distancia, no merecemos la locura de este Amor."

14 mayo 2013

KM 9

Las fotografías de tu boda

A lo lejos, salido de quién sabe dónde, un gallo citadino me trajo de vuelta a la consciencia. Mis piernas semidesnudas se estiraron dejándose acariciar por el aire fresco de los últimos suspiros de la primavera. Mis manos tibias tantearon sobre el colchón, buscándote debajo de una sábana arrugada, esponja involuntaria de los aromas de la noche, mitad míos, mitad fantasmales. Entonces recordé que me mentía en un sueño y como en todas las alboradas habías soltado mi mano en el último instante dejándome regresar solitario de la fantasía. Sonreí agradecido, porque aunque a nosotros nada nos salva de la distancia, al menos el sueño nos salva de lo imposible.

Las calles de mi ciudad tienen la virtud de no recordarte, de no guardar ni un recuerdo tuyo; ojalá los callejones de mi cabeza tuvieran la misma suerte. Mi primer pensamiento fue para ti, como lo fue también el último, antes que mi insomnio peleara con bravura contra el peso de mis párpados. Caí con suavidad sobre una nube formada de sonrisas y suspiros con tu nombre.

En el rojo de un semáforo, mis manos apretaron el volante, corroborando lo que ya conozco con cada fibra de mi cuerpo. Te deseo de carne y hueso, te quiero colándote por los poros de mi nariz, retumbando en el laberinto de mis oídos y escociéndome en los labios y más allá de ellos. Te anhelo aquí, en estas manos callosas que sujetan el cuero nuevo, pero áspero que dirige las llantas de mi automóvil; aquí entre mis dedos, dirigiendo mis deseos hacia tu piel y atrayendo tus labios, tu pelo, tus manos y toda tú hacia mi cuerpo.

Los amores imposibles se conforman con poco, les basta un poco de oxígeno al día para continuar latiendo sin tregua en la noche más larga. Esta vez, el primer mensaje de buenos días ha sido mío, del otro lado del hilo digital una sonrisa en tu cara ha deletreado mi nombre, estamos con un zapato en nuestra propia realidad y el otro zapato en nuestro mundo privado. Ese lugar que se alimenta de emociones, sensaciones y pensamientos, pero de rostros estáticos de hace un año o media agonía, un muro de pixeles donde las arrugas se quedaron detenidas en el tiempo y los motivos de nuestros gestos se quedaron en la memoria de alguien más. Tus fotos, mis fotos, pedacitos de nuestros otros yo, recortes de la vida que hemos vivido, gritado, sentido y disfrutado con otros, pero no entre nosotros dos. Dueles. Duelo.

Sentado enfrente de una computadora, fiel compañera de muchas batallas, pero todas parte de la misma guerra virtual y despiadada. Resolví a ganarle un combate a la vida. Mis dedos teclean sin parar, corren de una puerta a otra, casi frenéticos, buscando de aquí para allá, explorando todas las posibilidades en el Internet, demandándole al destino un par de ases, un asidero para llegar a ti, a tu otra vida. Te buscan en cada rincón posible, debajo de piedras con la sombra de tu cara, dentro de riachuelos que arrastran palabras que pudieran hablar de ti.

Quiero saber más de ti, por detrás de la pantalla que separa tu boca dulce de mi vista media truncada. Pretendo saltar esas vallas tras las que escondes o proteges a la otra tú, a la que dijo sí en una iglesia sin saber que sería un no para ese nosotros que aún no nacía. Busco la soga que me ayude a escalar los muros de tu vida privada, no me importan ni su altura ni el riesgo al vértigo que pueda sentir al llegar arriba. Nada vale los peligros que me esperen allende la cortina de lo escondido, por echar un vistazo a lo que por necia o sabia mantuviste lejos de mis ojos estos meses.

La paciencia es lo que más cultiva en la tierra del nunca jamás, el que ama a un imposible. Tiempo es lo que le florece para seguir arando, picando piedra o desmoronado terrones. Al fin un nombre, alguien que me dejó migajas de pan para salir del bosque maldito y encontrarte en la ciudad donde has vivido toda mi ausencia en tu vida. No puedo creer mi suerte, te he hallado en Facebook, he dado con un verdadero oasis, no con otro espejismo más de este desierto de Amor virtual que nosotros mismos hemos creado. Eres tú, de carne y hueso, con otro nombre y con otro Amor. Eres tú, sonriendo a unos ojos cariñosos pegados a una cámara. Eres tú, sosteniendo un ramo de novia, y mirando hacia un futuro de Amor domesticado. Eres tú, la misma que es mía a retazos y que eres de él para toda la eternidad humana.

Ahí estás, entrando por la puerta de la iglesia, con los ojos destellantes de la emoción, la silueta entallada, perfecta y envuelta en la tela blanca y bañada de estrellas de lentejuela. Te lleva de la mano tu padre, que es alto, blanco y sereno como lo imaginé muchas veces. Allá está tu hermana, sé que es ella porque la veo emocionada y un tanto envidiosa como solo los hermanos pueden sentirse entre sí y porque tiene tu misma nariz y una copia de tus ojos. Tu madre llora y me bebo sus lágrimas, las hago mías y comparto su sentimiento de pérdida y su esperanza de felicidad en tu nueva vida.

Pero yo sé que no puedes ser feliz, no deberías serlo, yo no te espero del otro lado de la alfombra, al final de la marcha nupcial. Y sin embargo, ahí estoy, sentado en la orilla de una de esas bancas duras de madera gastada y pintada decenas de veces que hay en los recintos santos, asiento imperfecto para presenciar y compartir lo que debiera ser y lo es, uno de los momentos más definitivos de tu existencia.

Espero con ansia que el órgano suelte sus últimos acordes, quiero verle la cara al hombre que me ganó con cuatro ases una partida a la que nunca pude siquiera sentarme para ver mis cartas. Pero estoy lejos del altar, apenas veo su rostro de perfil, es mayor que tú y apenas un poco menor que yo. No es como lo imaginé, porque siempre vi mi rostro en él, pero es tal como nunca pudiste prohibirme verlo, feliz a lo estúpido y enamorado de ti. Una parte de mí se alegra y la otra se despedaza al comprobarte en la misma sintonía que tu futuro amante, compañero y marido.

Pasaste por un lado mío, pero no me viste, no podrías verme porque aun no existía en tu memoria. Yo estoy aquí, oliendo el vaho de tu perfume mezclado con el aroma de los cientos de flores que adornan la iglesia, vestido de negro como si fuera un funeral, pero sin que nadie se percate de mi etérea presencia. Toco la cola de tu vestido, como diciéndote hola y adiós, pues al fin de cuentas era lo que quería, vivirte en tu otra vida. Lástima que escogí el mejor y el peor momento para adentrarme por el túnel del tiempo, para fisgonear una realidad que es más intensa y profunda que millones de besos virtuales. Dueles.

Mis zapatos se empapan de agua salada y la arena se mete por mis calcetines. Estamos los tres en una playa. Yo, el fantasma del futuro y ustedes, la pareja de la luna de miel. ¡Dios, qué hermosa te miras! Ni siquiera me importa que te estoy viendo a través de los ojos del mismo que te comerá a besos tan pronto regresen al hotel. Uso esos ojos prestados para recorrer cada palmo de tu piel mojada, de tus piernas largas, tus brazos a medio tostar y tu pecho resguardado por un bikini que atrapó al arcoíris para hacerte lucir como un cielo después de la lluvia.

Escucho tu risa cantarina y coqueta, sonrío con cada una de tus frases dichosas y despreocupadas, y como avaro medieval, las almaceno en el más preciado de mis baúles, sin permitir que mis oídos se pierdan uno sólo de tus sonidos, sin que mis ojos parpadeen por temor a perderse incluso el vaivén de tus cabellos, sin desdeñar uno sólo de tus gestos de mujer. No son gestos virtuales, eres tú, riendo de verdad, levantando la ceja y amenazando con un falso castigo por algo que te han dicho o hecho. Dueles, pero mucho menos que lo que sigue.

Por la ventana de la habitación puede contemplarse el verdeazulado de la inmensidad del agua maya. Las olas tibias se levantan y caen una tras otra, pero yo he dejado de verlas, no me interesan en lo más mínimo. La habitación es fina y de buen gusto como todo lo que te gusta. En la mesa hay un arreglo de flores blancas que la administración ha puesto a modo de complicidad con sus inquilinos. La cama es grande, arreglada con pulcritud y de colores sobrios, pero alegres. Las maletas están guardadas y toda la ropa la has acomodado en cajones y colgado en ganchos. Desde ya has tomado tus nuevas obligaciones, demostrando que estarás lista al volver a casa para hacerte cargo de todas las labores domésticas. El obturador automático de la cámara dispara una y otra vez, tomándoles una foto con los trajes de baño encima de sus cuerpos, simulando que se mueren por despojarse de esos estorbos de tela. Otra foto más de ti, mordiendo su cuello y una más, sonriéndole a la cámara mientras él te muerde a ti. La cámara guarda la última de los dos, escondidos debajo de la sábana, con las cortinas abiertas y mis ojos cerrados. Piadosa o pudorosa, la cámara se ha saltado todas las fotos siguientes.

No dormí, pero tampoco estuve despierto, tan solo no estuve ahí en las horas que la pasión se desbordó y estrelló sus sonidos en las paredes. El túnel del tiempo me ha dejado ver la charola del desayuno sobre la mesa de estar. Tú vas saliendo del baño envuelta en una toalla blanca y el dorado de tu piel resalta y pareces un postre gourmet para quien te espera recostado en la cama, hojeando una revista, con todo el tiempo del mundo para disfrutarte ese y todos los días venideros.

Mis ojos curiosos, a ratos sorprendidos, sonrientes o melancólicos van recorriendo todas y cada una de tus fotos privadas. He tenido oportunidad de conocer el departamento que ahora tiene el toque hogareño que sólo las mujeres son capaces de imprimirle a cuatro paredes, un techo y un piso. Hay fotos de toda tu familia y de su familia, de tu coche, de ti con el celular en la mano, de fines de semana y pequeños escapes para estirar la luna de miel, de sus amigos y conocidos, del trabajo y montones de poses y gracias de tu perrita. En casi todas tus fotos estás acompañada y cuando no lo estás, estás sonriéndole al ojo masculino detrás del lente de una cámara. Los meses han ido pasando, se percibe el paso de las estaciones en las fotos, en los cambios de peinado y el aire relajado y satisfecho que se ha ido fijando en el rostro de los dos. Pronto serán tres en ese departamento. No me sorprende, soy un viajero del futuro que lo sabe todo y ahora veo la película de un guion que conocía en trozos y lo que me inventaba en la cabeza ahora tiene forma, color y memoria.

En este instante llega un mensaje a mi celular, eres tú. Me dices que me amas, pero estarás poco tiempo disponible. Me mandas un centenar de besos. Nos despedimos con suspiros y sonrisas al viento.

Sabes Amor mío, separan más dos realidades que una sola distancia.

"El Amor es imposible si empieza tarde, es tortura si es de tres y es el infierno si es sólo de uno."

31 mayo 2013

KM 10

El anciano en el cementerio

Los cementerios de esta ciudad son como en todas partes del mundo, lugares en donde las flores se riegan con la brisa del recuerdo y las lágrimas ante lo inevitable. El silencio no es casualidad, cuando se respeta se calla y cuando se calla se busca tocar con el pensamiento al que ha partido.

Esa tarde el sol perdía la batalla contra las nubes y en los cuatro puntos cardinales se divisaban cruces solitarias haciéndose compañía unas a otras, menos una. Al pie de una cruz pintada de gris oscuro, un hombre curtido por los años y a duras penas en lucha contra la dama pálida, lloraba como un niño perdido. La dignidad no sirve como escondite para el dolor y a aquel hombre el dolor se le deslizaba por sus arrugas en estado líquido y sin vergüenza, le lloraba con los ojos cerrados al nombre de una mujer muerta 35 años atrás; según se leía en las fechas grabadas en el travesaño de la cruz en la que recargaba su brazo, como si la abrazara a ella, la mujer a la que había dejado de ver mucho tiempo hacia atrás.

Sus labios secos contrastaban con la humedad en las mejillas. Sus piernas estaban dobladas en forma grotesca, como si hubiese pedido que lo aventaran donde estaba enterrado un pedazo de su corazón y lo hubieran dejado caer desde gran altura y sin consideración alguna, como quien arroja un muñeco de trapo a la caja de juguetes. La tela de su pantalón estaba manchada de polvo en las rodillas, como lo estaban las puntas de sus zapatos y su camisa mojada a la altura del pecho. De su cabello blanco se había desprendido un mechón rebelde que aún se agitaba de un lado a otro como lo había hecho media vida atrás cuando el color negro matizaba la cabeza del dueño.

Perdóname, Amor mío. Su voz pesaba como la losa en la que estaba, cansada y angustiada por la culpa.

La sombra de un hombre se proyectaba en las paredes gastadas y despintadas de los edificios que acompañaban en sentido inverso su caminar. Sus pasos eran silenciosos, despreocupados, pero elegantes como de gato de callejón. Se desplazaba en forma sutil, pero sin exceso de energía, llamaba la atención por el conjunto de todas esas cosas que pasan desapercibidas en la gente común y que a él lo hacían ver como un hombre seguro de sí mismo. Había en su mirada una extraña tranquilidad, como la de aquel que ha resuelto la encrucijada de su vida y camina determinado a enfrentar su destino.

En realidad así era, Gabriel iba al encuentro del Amor, con su conocido sentido de la oportunidad había esperado el cobijo de la noche para emprender el recorrido hacia la morada de su amada. Desde una hora antes se había esmerado en el detalle de su arreglo personal con el propósito de ofrecer su mejor retrato a esos ojos grandes a los que les cabía tanto Amor por él. Un mechón de pelo negro se balanceaba en la sien derecha, dándole un porte casual a su peinado, Gabriel pensó en acomodárselo pero desistió de inmediato, adoraba sentir los dedos de Ángela tratando de acomodarlo entre los demás cabellos y acariciando, como sin querer, el suelo de su cabellera, para luego soltar la risa y una queja sobre la indomabilidad del cabello y de su dueño.

Por sus venas se desató un viento cálido, recorriéndolo de un rincón a otro, tan sólo de pensar en el efecto de las manos de ella.

— Tranquilo corazón —le dijo al sentirlo palpitar por todo su cuerpo—. Pronto estaremos bajo el efecto de su cercanía.

Del otro lado de la mirada de Gabriel, a muchas cuadras de distancia, una mujer terminaba de pintarse los labios de rosa tenue. Vestía una falda plisada de color rosa pálido como su boca y una blusa de un blanco liso, sus piernas blancas asomaban delgadas y torneadas a partir de ocho centímetros por encima de las rodillas, su cintura era delgada, su vientre plano como de muñeca de aparador y sus pechos eran dos duraznos pequeños que daban a su silueta un aire virginal. Su cabello era castaño y estaba peinado con una coleta pequeña en el centro y el resto suelto por debajo de los hombros. Su cara delicada era la viva imagen de una esposa devota y fiel. Ninguno de los vecinos de Ángela habría imaginado los secretos que se escondían en el corazón de esa mujer angelical. Cualquier hombre debería temer más a los secretos de una mujer que a su pasado. Ella echó un último vistazo a su rostro en el espejo y se sentó a esperar a su amante en la salita de su casa, cerca de la foto de bodas que reposaba en la mesita del té a su mano derecha.

Seis meses atrás el rayo de los amores y las pasiones clandestinas cayó entre Ángela y Gabriel y sus vidas cambiaron por accidente y para siempre, como sucede con las grandes tragedias de la vida. Con tres años de un matrimonio convencional y la chispa apagada, ella encontró hasta en la forma de mirarla, que Gabriel podía sacudirla por debajo del pecho y por en medio de las piernas sin tocarla siquiera, con sólo olerlo, con su aroma a hombre intenso y apasionado, con sus manos de mapa rústico y caricias desconocidas, con su sonrisa franca y destellante, con la premonición de que esa boca firme no se iría de este mundo sin hacerla suya mil veces y sin hacerla río infinito otras mil más.

Hay Amores a los que se llega tan tarde, que no pasan por la fase del cortejo, como si el destino les recompensara la equivocación y los llevara de la mano por encima de la zozobra de la mente enamorada y la inquietud de la piel sin entregar. Basta una sonrisa para decirse "bienvenido a mi vida" y una mirada para responder "bienvenida al resto de la mía". Ninguno de los dos supo cómo fue, ni tampoco les importó demasiado, pero a la semana de conocerse, la piel de él ya había estado dentro de la piel de ella y el nombre de uno navegaba por los siete mares de las venas del otro. Como no podían verse en público, acordaban lugares discretos donde verse y dar rienda suelta a la charla sin fin de sus bocas y sus cuerpos, la ciudad donde ambos residían era pequeña y el más ligero desliz podía con acabar con el secreto de su Amor y la reputación de ella. Cuando no estaban platicando con palabras, estaban gritándose en silencio con las manos y los sexos. En todo su tiempo de casada, Ángela no había conocido jamás un éxtasis como el que encontraba en la mente sensual de Gabriel, en la pureza de su corazón y sobre el tope de sus ganas. Ahora no entendía cómo hasta entonces se había podido conformar con tan poco en su hogar, y con tristeza pensaba que tampoco podría seguir haciéndolo por el resto de sus años. Pero se lo callaba, como callan muchas cosas los amantes furtivos para no herirse con el filo de la realidad.

El marido de Ángela era un hombre chapado a la antigua, demasiado. De sentimientos silenciosos y demostraciones glaciales, a quien le resultaba más fácil llenar la nevera, que los oídos de su mujer con un "Te quiero". ¿Qué si la quería? No había una palabra que lo probara, pero tampoco había un gesto que lo desmintiera. Buscaba el cuerpo de Ángela bajo las sábanas cuando lo necesitaba y respetaba cuando éste no estaba disponible, en público jamás tomaba de la mano a su esposa por iniciativa propia, pero tampoco retiraba la suya si era ella quien lo sostenía. Tenía un carácter áspero, temperamental y de arranques, pero nada más a veces y jamás había encontrado motivo para levantar el brazo en una discusión con su mujer, quizá porque ella sabía, con esa sabiduría milenaria en algunas mujeres, que con un marido necio se gana más cediendo que contendiendo. Trabajaba de día en un pequeño negocio propio de ferretería y algunas noches estaba de supervisor en guardia para una fábrica de material de plomería, para complementar el ingreso familiar. No se le podía llamar un hombre flojo, desde las seis de la tarde atravesaba la ciudad para llegar a tiempo y bien dispuesto a cumplir su jornada. Salía del trabajo antes que el sol empezara el suyo y para las siete ya estaba en su hogar de regreso. Sus únicos vicios eran el dominó y los tragos con los amigos los viernes por la noche. Su único gran defecto era carecer del encanto para mantener enamorada a una mujer después de medio año de casados.

No pasaron muchas semanas de verse a escondidas en la calle y recorrer todos los lugares que podían servir de refugio para su Amor, para que los amantes empezaran a considerar la posibilidad de verse en la casa de ella. Si por sus miedos hubiera sido, Ángela jamás se habría atrevido a meter a su adorado amante entre sus piernas bajo el techo de su casa. Fue el encuentro casual con un amigo de su marido lo que aceleró la decisión. Cuando sólo estaba a 3 metros de reunirse con Gabriel, ocurrió que el entrometido sujeto estuvo a punto de atraparlos juntos y esa fue la última palada que necesitó para enterrar sus recatos y sus miedos. Prefería mil veces profanar el voto matrimonial que renunciar a la adicción y el hechizo de la boca de Gabriel. Esa noche se les fue en planear cada detalle de su próximo encuentro y hasta que estuvieron de acuerdo en cada punto hicieron el Amor de manera apresurada y frenética tratando de llevarse el recuerdo de cada beso y de cada caricia. Él tenía prohibido, sin necesidad de mencionarlo, marcarle la piel con las uñas, los labios o los dientes, así que ella era la encargada de marcarlo a él por los dos. Esa madrugada, le dejó diez surcos en carne viva en la espalda y en respuesta, él la penetró con toda su fuerza y empuje, marcándole las entrañas con cada embestida y con toda su potencia de macho necesitado de dejar su marca en algún lado. Alcanzaron el orgasmo entre lágrimas de placer y "Te Amos" de felicidad. Se despidieron con un último beso animal y se encomendaron al dios de los ladrones y los amantes.

Esa fue la segunda trampa que les plantó el demonio en el camino, una vez al amparo de los curiosos, su Amor y pasión respiraron la libertad que da la privacidad y los amantes se entregaron sin límites a reconocerse uno al otro en todas las formas posibles que la piel permite. Ángela era una mujer que contrarrestaba su natural pudor con una curiosidad insaciable, exploraba cada centímetro de la piel de Gabriel recostada a su lado sin nada más encima que su labial rosa. Recorría sin prisas, mojándolo todo, acariciándolo a ratos con ternura y otros, con una sorprendente lujuria. Se entregaban con tal pasión, y era tanto el Amor que generaban a su alrededor, que aquella sintonía en cuerpo y alma contaminó con ironía lo que tenían, fue inevitable que acariciaran también la idea de amarse bajo el mismo techo para todos los días de sus vidas. Aquella fue la tercera y última trampa del Diablo: La posibilidad de amanecer juntos.

A pocos metros de llegar a casa de Ángela y de colarse al interior por la puerta de atrás, previo cerciorarse que la pañoleta blanca acordada estaba en la maceta de siempre, Gabriel había tomado la determinación de fugarse con ella esa misma noche, cambiar de residencia e irse a un lugar donde nadie los conociera, donde pudieran amarse a la luz del día y entregarse al ruido de sus cuerpos a cualquier hora de la noche. Pero Ángela, si acaso no esperaba la propuesta, sí la ansiaba con toda el alma y ni siquiera tenía que cuestionarse su reacción. Ahora sabía que nada deseaba más en el mundo que ser su mujer en forma exclusiva. Llevaba meses viviendo como leona enjaulada cuando no estaba al lado de Gabriel, rehuyendo las manos de su marido por debajo de las sábanas con hastío, rindiéndose resignada al acecho cuando ya no encontraba más pretextos para no hacerlo o porque era preferible cerrar los ojos y gemir un poco que respirar aquel aire tóxico y enrarecido, cargado de reproches y tensión sexual hasta por cosas tan insignificantes como la temperatura de la comida, el que ésta o aquella camisa estuviese sucia o sin planchar. Si aquel hombre tosco y ordinario hubiese sabido cuánto trabajo le costaba a ella planchar la ropa para un hombre al que no amaba con la misma dedicación que si fuera para el hombre por el que daría hasta la vida, pero se mordía la lengua decenas de veces para no dar rienda suelta a una lengua que cada día era más difícil mantener callada. Le desagradaba su hermetismo, su falta de modales y su depreciado encanto, odiaba verlo desnudo y pensar en la dureza y sensualidad de su amante. Maldecía al destino, a sí misma por su impaciencia al casarse tan joven, a los fines de semana que debía pasar con él, cuando podría estar en el dulce amarre de los brazos de su amado. Sí, aquello ya no era vida sin Gabriel a su lado, sin su sonrisa tranquilizadora, provocadora y cómplice, sin el calor de sus manos, sin la tibieza de su pecho y el rugir de su sexo dentro de ella.

Esa noche no había tiempo para hacerse el Amor, la decisión estaba tomada, su historia merecía escribirse en el día a día. Ángela estaba preparando su maleta y Gabriel se había marchado a su casa a hacer la suya, estaría de regreso en una hora. Cuando un ruido en la puerta principal puso a ladrar desesperado el corazón de Ángela, no hubo tiempo ni de esconder la maleta antes que un marido iracundo y ciego de rabia entrara a la recámara buscando algo con la mirada.

— ¿Dónde está ese hijo de puta con el que te revuelcas en mi ausencia, puta maldita? —bramó con toda la furia del animal que se sabe herido de muerte, pero aún con fuerzas para acabar con su enemigo.

— No sé de qué hablas. —le dijo Ángela, pero no hubo forma que no viera la maleta ni de ocultar su nerviosismo ante el regreso inesperado de su marido.

—¡Perra del infierno! ¡Pensabas largarte con él! —escupió con odio las palabras, con una frialdad que jamás le había visto en toda su vida juntos.

El energúmeno levantó la mano y le cruzó a Ángela dos veces la cara de ángel con su manaza de piedra, la sangre brotó de inmediato de los labios rotos, inclemente le golpeó de nuevo en ambas mejillas, aturdiéndola y poniendo a zumbar su cabeza con cada golpe, ella no alcanzaba a pensar, a entender qué estaba sucediendo, por qué había llegado de sorpresa, dónde estaba Gabriel, qué podía hacer para calmarlo, para evitar los golpes, sintió un miedo inmenso por ella, por su amante, por el futuro incierto que se partía bajo la mano vengativa de su marido.

— ¡Quiero saber quién es el bastardo con el que me has engañado! —Atacó de nuevo, golpeándola en una oreja y jaloneándola de la coleta—. ¿Cómo se llama ese desgraciado? ¡Porque hoy mismo lo voy a buscar y matar como a un perro con mis propias manos! — gritó cegado de bilis y celos.

Ángela comprendió que pasara lo que pasara no podía exponer a Gabriel, no podía condenarlo a una muerte certera. Desesperada buscaba una salida, una manera de escapar y poner distancia entre los golpes y la furia de su esposo, pero se sentía débil y atontada. En ese instante, que el miedo la mantenía paralizarla por completo, pensaba en las últimos meses de felicidad y comprendía que tanta dicha no podía quedarse sin castigo, con un frío profundo en el alma observó aquella mano desquiciada que empuñaba una pistola. Se sintió como gacela herida, con las patas quebradas y a merced de su depredador.

Gabriel estaba a unas cuadras de distancia cuando se escuchó el primer disparo, al que siguió casi de inmediato otro más y después el sonido de una sirena policial que se acercaba con rapidez por una calle lateral. Un vecino había llamado a la policía unos minutos antes, cuando había escuchado los gritos del marido y el llanto de Ángela. Gabriel empezó a correr a toda velocidad de regreso, preocupado, maldiciéndose por no haberse quedado. El camino se le hizo eterno y los metros los recorrió sin la elegancia de hacía unas horas, desesperado e inquieto, sentía que algo malo pasaba y tenía que ver con ellos.

Cuando terminó su carrera desaforada, dos policías contenían ya al marido de Ángela y lo cargaban esposado hacia el interior de una patrulla. Sus peores temores se volvieron realidad y la desesperación hacía presa de Gabriel. Los agentes de la policía no lo dejaron entrar y tuvo que esperar hasta la llegada de la ambulancia para poder subirse a ella, alegando ser familiar y poder acompañar a una Ángela agonizante y apenas consciente en una camilla.

El primer disparo había dejado una mancha roja a un costado del estómago de Ángela y el segundo había dejado otra mancha en medio del pecho. La pesadumbre hizo presa de Gabriel, sostenía su mano casi inerte y las lágrimas habían empezado a desprenderse de su tallo. Los ojos de Ángela decían más que mil palabras, por su vista agotada por el esfuerzo de aferrarse a la vida podían leerse sus pensamientos. Hubiese querido decirle que su marido había intentado sacarle su nombre con golpes y balas, pedirle que no se culpara por haberla dejado sola, pero el resuello no le alcanzaba. La vida se le escapaba cuando sentía que apenas estaba por iniciar la verdadera forma de vivir. Sus labios estaban lívidos, su pecho desvanecido, y el olor a desesperanza flotaba en el aire. Abrió la boca para despedirse y se encontró sin fuerza para mover la lengua, sin la entereza para pedirle que no le guardara luto en el corazón, que sacara algún provecho del tiempo que le habían comprado los disparos en su cuerpo y les diera a sus hijos todo ese Amor que estaba reservado para sus propios hijos. Que no se permitiera vivir esclavizado al recuerdo de lo que pudo ser. Pero sólo pudo decir unas cuantas palabras.

—Amor —susurró— sé feliz, aprovecha el tiempo sin mí.

Dentro del tórax de Gabriel, un despiadado leñador le arrancaba a hachazos el pecho. Golpe tras golpe caían pedazos de corazón y esperanza, la mujer que más amaba y deseaba en la vida se le soltaba de las manos. No había forma de ganarle esa partida a la muerte. Una lágrimas amargas como la derrota y calientes como el arrepentimiento rodaron hasta estrellarse en algún lado ésa y muchas noches más después de la llegada al hospital, después de las malditas paladas de tierra que enterraron para siempre sus mejores sonrisas.

* * *

Perdóname, Amor de mi vida, perdóname por dejarte sola aquella noche, por ser un estúpido que no supo llevarte lejos desde el primer día que comprendí que te amaba— se escuchó al anciano repetir entre lágrimas—. Dime que hice algo de provecho con la vida que me regalaste, que he sabido darle a mi familia todo el Amor que tenía reservado para ti y nuestros hijos. Yo te sigo amando y no he dejado de hacerlo un sólo instante de mi existencia, pronto, por fin me reuniré contigo, allá, donde estás.

Va en contra de las leyes del Amor que un hombre sepulte al Amor de su vida. No es justo decirle adiós para siempre y tragarse el dolor de su ausencia por el resto de su vida.

"Una mujer con perversiones es equivalente a un harén."

4 enero 2013

KM 11

LA SOMBRA DE DOS DESCONOCIDOS

Pienso que me despertó el instinto su mente enferma, esa oscuridad en la sombra de su sombra que sacudía de una forma siniestra mis deseos más abyectos, unas ganas, hasta entonces desconocidas en mí, de lacerar su piel no solo con uñas y dientes, sino con cualquier tipo de instrumentos tal vez inofensivos en otras manos, pero no en las garras de una bestia que apenas despertaba en mi mente y que se afilaban con sólo avistar una piel de vampira como la de ella.

Nos encontramos por primera vez una tarde de marzo cuando escurría la luz de un jueves en los pasillos de la universidad donde ella estudiaba y yo impartía clases, nos miramos como se miran dos extraños que se reconocen de alguna otra vida, pero el recuerdo se les escabulle entre miradas furtivas y un escalofrío traicionero que se resbala por la cordillera del deseo. Debajo de mis cejas negras se quedó grabada su boca de luciérnaga sin nombre y entre sus pestañas se quedó impreso el filo imaginado de mi barba arrastrado por sus alas. Nos dijimos todo en un segundo y lo olvidamos de nuevo en el siguiente movimiento del reloj, ella siguió su rumbo desconocido y yo anduve partiéndome en pedazos de cama en cama las siguientes noches.

Pero el destino tiene abismos imposibles de sortear para los seres que se han quedado a deber de todo en otras vidas. Una semana después coincidimos de nuevo en el estacionamiento de la facultad. Quise sonreírle y sólo me salió una mueca hacia dentro, porque mi boca se quedó pasmada, quizá imaginando el roce tibio contra aquellos labios con promesas de placeres errantes y ella quiso no voltear a verme, pero se le hizo tarde a sus ojos para buscar en donde perderse, nos sostuvimos la mirada uno al otro sin remedio y esta vez, se escuchó el bramido de nuestras almas al reconocerse de manera definitiva en esa manera legendaria que tienen un hombre y una mujer de comunicarse en silencio, cuando todo en ellos se sincroniza con sólo miradas y palabras del cuerpo.

Le quité las llaves del coche de su mano y ella se coló hacia el asiento del copiloto saltando por encima del asiento del conductor, fustigando mis ojos con la revelación de la parte trasera de unos muslos de un blanco asesino. Me acomodé al volante y arranqué sin decir nada, para dejarnos tragar por la noche y perdernos en los renglones enredados de nuestro sino. Mi mano alternaba el vuelo entre la palanca de velocidades y el canal que se abría cada vez que mis dedos separaban sus piernas, la tela de su vestido fue la última frontera para mis dedos desvergonzados y exploradores, mi vampira gustaba de volar sin redes ni protecciones de ningún tipo; entre semáforos y altos, me encontré muchas veces con el antónimo de seco, que empapó el viaje y abortó la llegada de cualquier silencio incómodo. Para cuando arribamos a nuestro incierto destino, ya conocía de ella todo lo que me resultaba importante para el resto del camino con los pies descalzos.

Recuerdo que la habitación estaba en penumbras, un cuarto con un número cualquiera, en un hotel sin mayores lujos que la quietud y la complicidad de sus paredes marrones. Entramos sin prisas, como si fuera parte de nuestra rutina encontrarnos con desconocidos todas las noches o desencontrarnos para conocernos cada noche, dejamos las luces en la misma intensidad que estaban a nuestro arribo, ella se alejó hacia la ventana y yo fui en su busca, cazador y presa, intercambiando pasos sobre la alfombra callada. Llegué por detrás, a besarle la espalda entre suave e hiriente con mis labios cálidos y una barba de tres días, ella sintió mi aliento peinando los vellos de su nuca, yo acampé por completo en su cuello, clavando la tibieza de mi boca en esa tierra exquisita que comunica la garganta con la nuca, trazando un círculo imperfecto de jadeos y respiraciones entrecortadas. Sin voltear, ella inclinó la cabeza hacia atrás, como para provocar que mordiera su cuello, pero yo sin caer en su provocación, mojé con saliva hirviente su oreja izquierda, le susurré –vas a ser mía – entonces se la mordí fuerte y la chupé para que se lo confirmaran el borde de mis dientes, mientras mis manos le abrían las páginas del pecho para leerla en braille con mis dedos, las puntas sobre las puntas, la suavidad de unas contra la rugosidad de las otras.

A partir de esos instantes, la temperatura en la habitación pegó un brinco mortal, la ciudad desapareció en el alfeizar de la ventana y mi vampira se prendió a mí, con el hambre feroz de 10 siglos, nos besamos con una necesidad insaciable de recorrernos por completo, empezando por el interior de nuestras bocas, a los besos reptantes y las dentelladas salvajes siguieron las caricias descaradas y urgentes, pero acompasadas.

En la habitación empezó a sonar una placentera y acelerada melodía ejecutada magistral a cuatro manos y dos bocas, en perfecta sincronía de caricias y recorridos sin límites ni escrúpulos, haciéndonos poquito daño como para cerciorarnos que estábamos por fuera del sueño, escribiendo con saliva y sangre la fantasía de hallarnos frente a frente después de malvivir alejados tantas vidas. Nos besábamos donde sabíamos por instinto que se escondía un gemido, nos mordíamos en el lugar exacto donde habitaba atrapado un grito de placer a la espera de ser liberado por la llegada de los dientes, mis dedos no titubeaban, si no que profanaban con el acero tibio de sus movimientos todos sus recovecos de mujer de la noche, calentando cada reducto de piel conquistado, dejándolos oscilando hasta el regreso de mis manos o mis besos. Mi vampira demostró que sus labios errantes sabían descubrir nuevas rutas para brindarme placeres intensos y despiadados, que sólo un jalón oportuno en sus cabellos oscuros los interrumpían por agónicos segundos, antes que destaparan otras vetas donde escarbar sin misericordia hasta descubrir sonidos que ignoraban hasta mis propios oídos. Nos desvestimos contra la pared, matándonos uno al otro entre mordidas y caricias inagotables, haciéndonos pedazos con la boca y armándonos de nuevo con la lengua, a cada beso animal con menos ropa y menos calma, disparándonos de esos besos mezcla de Amor y odio que sólo se comparaban con las zanjas que dejaban sus uñas en mi espalda y las marcas que le imprimían mis dientes en la delicada piel que había estado escondida bajo el vestido. Nos bebimos la noche en todos los lugares donde llueve el Amor y más se encienden los grandes deseos. Dos rivales extraños que por fin se infligían las heridas que la pasión exige y el cuerpo anhela, dos armas de fuego que jugaban a golpearse, ahorcarse, penetrarse y fundirse en un abrazo húmedo e hirviente. Un duelo no mortal, sin otro ganador que el destino de dos amantes escritos uno para el otro. Mi vampira me enseñó al recibirme en su interior, que la frialdad de su piel era una mentira escondida en el color de la nieve y ella aprendió que en la negrura de mis cabellos se agazapaba un ser más oscuro y perverso que ellos, que se asomaba en las ráfagas veloces de unas manos marcadas una y otra vez sobre sus blancos montes tirando a tinto entre espasmos de placer y gritos secos. El juego se volvió una guerra, cada uno buscando el fin del otro, encontrando su propia muerte en un toma y daca del cañón y la bala que se repujan uno al otro hasta que es inevitable la explosión intensa, la dispersión del placer en pequeños disparos que se van sintiendo en todo el cuerpo, hasta llegar con toda su fuerza al alma, al núcleo secreto donde se multiplican todos los placeres físicos.

    Agotados, con la misma chispa prendida en la mirada, pero sin haber cruzado una sola palabra, nos tapamos las heridas con la ropa encima. Ella tomó sus llaves y abandonó la habitación, yo me quedé tendido en la cama, fumando un cigarro para atrapar en el humo el recuerdo de sus vuelos sobre mi cuello. Al filo de la madrugada, dejé el hotel y me fui en un taxi a recoger mi coche. En el parabrisas estaba un papel con una fecha, una hora y un número de habitación escritos con una letra que albergaba más amenazas que promesas. Firmaba: "Tu vampira".

"Te he prohibido conocer mi nombre, para que el Amor no traicione a tu lengua en tu otra vida."

6 enero 2013

KM 12

CARTA A M.

Querida M:

Estoy sentado enfrente de la vieja máquina con la que solía mandarte a diario incansables mensajes instantáneos en aquellos años de arrebato, cuando el destino nos reunió sólo para dejarnos claro que podíamos sentir el mismo inmenso Amor, pero no vivir bajo el mismo techo.

Ahora te escribo desde mi casa, no tengo que sujetarme al horario específico de la oficina. Estoy solo, en unas vacaciones infinitas: Ella, a la que llamabas "la afortunada" ha abandonado este hogar.

En aquella última vez que estuviste encima de mí, prometimos no buscarnos de nuevo, en aquel último abrazo nos herimos con uñas y dientes, nos curamos con lágrimas y besos, la amargura se mezcló con tu éxtasis y yo dejé dentro de ti mis agonizantes demonios. Lo más difícil fueron los primeros meses, tuve que cambiar de actividades y marcharme a trabajar a nivel de calle, lo que fuera necesario para mantenerme lejos del Internet, para no jugar con la idea de mandarte un correo electrónico a una dirección inexistente. Lo supe que la habías cerrado al tiempo, cuando llegó de regreso el mensaje que te había escrito por tu cumpleaños.

Siempre he tenido una conveniente inclinación a romper las promesas que me contienen y alejan del Amor. Te busqué mucho, para intentar recuperarte, para hacerte cambiar de opinión, para volver a compartirte con él y hasta para hacer mis maletas para escaparme contigo. Pero no te encontré, el destino es mezquino con los cobardes y con los que no aprovechan las primeras oportunidades.

Fue hasta que desapareciste por última vez, que caí en cuenta de lo poco que sabía de ti en el mundo real: Conocía el color de todos tus emoticones favoritos o la intensidad de tus gemidos en un orgasmo, pero no tus apellidos reales ni la dirección de tu casa, nunca los consideré necesarios, siempre encontrabas el camino de regreso a mí, jamás imaginé que un día me estaría volviendo loco sin poder localizarte.

Ahora estoy libre, quisiera que pasara lo mismo contigo, que no te hubieras llenado de risas infantiles a tu alrededor y que acariciaras la idea de los amaneceres a mi lado. Quizá la rutina haya agrietado tus principios, tal vez ya no te importe tanto el corazón ajeno y pienses más en la felicidad del tuyo y del mío. A quién engaño, yo puedo estar solo, pero tú sigues estando contigo misma, la que se amarra el alma con las ganas, la que se respeta por su autodeterminación para mantener sus promesas, honrar sus principios y aceptar las consecuencias de sus decisiones.

Voy a cerrar este cacharro, con otra carta más sin enviar. No sé dónde estás y tú siempre has sabido dónde hallarme, si no has vuelto es porque has sabido ser feliz sin mí y si yo ahora estoy solo es porque "la afortunada" ha muerto y me ha dejado con todas mis nostalgias vivas y todos mis demonios despiertos.

P.D. Hay una charla interminable pendiente entre nosotros, este monólogo no cuenta.

"Si me vas a amar, que sea sin restricciones ni arrepentimientos, si me vas a olvidar, también."

10 septiembre 2012

Una Escala

Confesión de un hombre

Confieso que al inicio no sentía nada por ti, pero tú te fuiste acercando a mí por el lado del cuerpo, que es otra forma de llegar al corazón de un hombre. Un camino corto y sin muchas tribulaciones, pero un camino al fin. Tú lo supiste desde el principio, que no te quería ni me sentía atraído por ti, así como una mujer sabe esas cosas por instinto o por una sabiduría adquirida o heredada de tu género. Quizá las mujeres tienen un radar especial para detectar un corazón necesitado de cariño y sin que puedan evitarlo se sienten atraídas hacia el desvalido para prodigarle un poco de aquello que adolece. Lo irónico es que mientras tú hacías eso conmigo, yo pensaba que era yo quien te rescataba a ti. Te miré tan vulnerable en tu disfraz de mujercita, si más armas ante los lobos que una sonrisa tímida y una figura que solo llamaba la atención alejada de otras mujeres. Empezamos a platicar, porque eso hacemos los hombres cuando no tenemos nada que perder y eso hacen las mujeres cuando tienen todo por ofrecer. Al principio fueron cosas triviales y poco a poco me fui enterando del nombre al que respondía tu cabeza; que habías perdido la esperanza en los hombres, pero no en el Amor; que creías en Dios, pero poco en la religión; encontré en el brillo de tus ojos que sonreías mucho, solo que lo hacías para adentro. La primera vez solo hablamos y te habría olvidado si me hubieras dejado. Te pedí el número de tu teléfono móvil por la inercia de hacerlo, apuntaste el mío como quien anota en dónde vive su alma gemela.

Nunca supe cómo te volviste una constante en mi vida, no recuerdo por qué llegó el primer beso ni todos los demás. Recuerdo que te invité a mi casa, con alguno de esos pretextos que nos inventamos los hombres y lo aceptaste con una sonrisa inocente, de esas que tienen las mujeres para hacernos creer que nos han creído el embuste. En algún momento debo haber percibido el olor de tu piel o de tu cabello, o bien pudo haber sido el calor de tu cuerpo que fue a despertar al monstruo que está siempre en vigilia en todos los hombres. Cualquiera que haya sido el motivo, fue suficiente para atraerte a mi regazo y fue la única llave que necesitaste para entrar en mi vida a partir de ese momento.

No puedo decir que no me gustaban tus besos, si así hubiera sido, no habría vuelto a tu boca cada vez con más asiduidad. Tampoco puedo decir que no me gustaba tu cuerpo, porque dentro de él yo era el rey de tu universo y en ese momento, tú eras todo lo que necesitaba para sentirme completo.

A los hombres nos nace el amor a través de la piel, después de hacer el amor empezamos a querer cada vez más y más a una mujer. Aunque también nos empiezan a perder poco a poco, si no tienen otros recursos para retenernos. Al principio yo no lo sabía, eras solo un refugio al que recurría cada fin de semana, después no fue suficiente, quise verte en los demás días, en otros lugares y con otra escenografía, buscaba inconsciente las pruebas para saber si encajabas en mi vida. Quizá tú te sentías querida, enamorada y necesitada. Quizá eso que yo te daba, era lo que tú buscabas. Tal vez, al verme feliz y sonriente, te sentías también plena y satisfecha en tu papel de mujer. Qué sé yo si éramos el borrador de aquel destino que nos esperaba al lado de alguien más o en verdad éramos la versión final de una pareja destinada a permanecer unida. Yo solo sé que fui el primero en decir "Te quiero" y así fue como me hice responsable del "nosotros" que se volvió oficial a partir de ese momento. Fui yo el que te regresó la confianza en los hombres y fui también el verdugo que la acribilló en forma definitiva.

¿Cómo iba yo a saber que tus alas no eran lo suficiente fuertes para volar sin mí? O quizá si lo sabía, pero temía que las mías se debilitaran tanto que ya no pudiera alejarme de ti. Con seguridad pensaste que fue otra mujer la que me arrebató de tu lado, nunca aceptaste que pudo ser la mujer que estaba del otro lado de tu espejo.

Un hombre puede engañarse casi toda la vida acerca de lo que siente por una mujer, pero no puede engañarse acerca de la infelicidad que habita en su propio pecho y que se apropia con sutil lentitud, como el oxido del metal, de todo lo que hace y lo que emprende. Tuve que dejarte partir, antes que me partieras la vida y juntos se la partiéramos a almas inocentes. Quizá ahora todavía me odies, yo sigo esperando que algún día aceptes, aunque sea solo para ti o ese creador en el que crees, que lo que hice, fue un acto de Amor y valentía. Quise que fueras infeliz por algunos meses, con la esperanza que pudieras encontrar la felicidad con alguien más para toda la vida, y no al revés.

Adiós para siempre.

"Le pedí que me regalara algo para recordarla toda la vida y me regaló un orgasmo en el oído."

19 mayo 2013

KM 13

1. Ruben's
2. El laberinto
3. El bosque de los castigos
4. La dama de rojo
5. Sonrisa eterna
6. Le llamaban Nick
7. Preludio
8. Las lunas de octubre
9. Epílogo - Labios de rosa prohibido

KM 13

Ruben's

"Everybody knows that the dice are loaded
Everybody rolls with their fingers crossed".
L. Cohen

Era una noche a finales de julio, una de esas en las que el calor se resiste a ceder su lugar al templado clima del otoño y basta un poco de agitación para provocar humedad en el cuerpo y la imperiosa necesidad de buscar alivio en la ligereza de ropa, el consumo indolente de bebidas frías o el placentero conjunto de ambas alternativas. En el interior de un Jaguar clásico plateado sonaba la voz pastosa y nostálgica de Cohen, muy *ad hoc* con las horas y el ánimo de Max, el conductor del automóvil. Una nube de humo plomizo revoloteaba en el techo del coche escapando violenta por las ventanillas y formándose de nuevo en cada bocanada, tal como ocurría con los planes para pasar las últimas horas antes de su eventual retorno a casa. Cada posibilidad luchaba inútil por su vida, sólo para ser masacrada sin piedad por aburrida o carecer de emociones atractivas. Atrás habían quedado las trasnochadas con los compañeros de parrandas sin fin y las horas entusiastas en la búsqueda del efímero placer físico o el mítico Amor eterno; ahora cazaba a solas, en lugares estratégicos y bien estudiados, ahí radicaba en principio la masacre de sus planes para atravesar la medianoche, los sitios en los que pensaba eran tan predecibles como decepcionantes.

Hacía tiempo que Max caminaba, sin percatarse, por la cuerda floja de la vida. La mayoría ha escuchado que el sexo es adictivo, pero ignora que es por su conexión con nuestras raíces primarias. El aroma de una mujer excitada es el más sutil de los olores y, también, el más obvio a nivel inconsciente para los machos de nuestra especie; una verdadera droga natural para quienes la han saboreado en su forma más pura: líquida, caliente y manando directo de la fuente. Max es adicto al embriagante olor a entrepierna mojada, esa es la delgada cuerda por la que camina, a ciegas, sin otra brújula que sus ganas. Está acostumbrado a su efecto placentero, a buscarlo y obtenerlo en cualquiera de sus manifestaciones, ya sea física, auditiva o textual. Los efectos son tan intensos y efectivos que no hace distinción ni desaire al que se presente primero. Una sesión de sexo telefónico con una trama sugerente susurrada en el tono adecuado y con una interlocutora sensual y creativa, puede ser tan arrebatadora y excitante como un *blow job* en el coche o un "rapidín" en un lugar público. Para la mayoría, esas son meras fantasías a las que sólo pueden aspirar en el terreno de los sueños y que, al renunciar a ellas, adquieren un aura de misticismo sexual más allá de su realidad, pero para Max, esas visiones eróticas cumplidas son parte del exceso de equipaje con el que carga a la hora de buscar parejas sexuales y sentimentales. Le resulta difícil conformarse con hábitos comunes y comportamientos promedio, sus expectativas sexuales se elevan por encima de las de la media.

Aquella noche se decidió por hacer una parada tardía en Ruben's con la idea de tomar un trago, fumar un cigarrillo y quizá, levantar algo más intenso para beberlo de madrugada. En la barra se hallaban algunos clientes conocidos, camaradas regulares que se acompañaban con la callada o bulliciosa soledad de otros retazos de vida cortados por la misma tijera. No faltaba la promesa velada de una antigua compañera de sexo casual, pero ninguna lo motivaba lo suficiente como para lanzarse al vacío de las caricias sin química. Después de un largo trance, sentado en su mesa y a solas, con sus elucubraciones filosófico-etílicas, se percató de que Ricky, el encargado del lugar estaba a nada de correrlos con el cruel encendido de las luces mata alegrías y arrojarlos sin piedad a un clima libre de humo, huérfano de complicidad para camuflar las tristezas y los defectos físicos. Aunque recordó ocasiones en las que el cierre demoró para favorecer algún romance que se fraguaba por debajo de una mesa o por simple compasión de dar un rato más de refugio a la ansiedad de los parroquianos.

Ricky no es el dueño, por lo menos no se ostenta como tal. Hasta donde Max recuerda de charlas en la barra, entre un trago y el consumo de aceitunas, había escuchado que la dueña de Ruben's era la esposa de Ricky, una escort jubilada que arañaba los cincuenta, quien fundó el bar como fachada para un negocio alterno de venta de besos al que dedicaba su experiencia en el ramo para percibir ingresos a costa de los vacíos emocionales o sexuales de sus clientes, hombres y mujeres por igual. Cuando Ricky entró en su vida tuvieron uno de esos raros y afortunados acuerdos que consiguen pocas parejas para hacer del Amor una perfecta balanza que se inclina hacia cada uno para darle lo que espera y necesita. Ella podía con tranquilidad dedicar las noches a su antigua profesión, sin necesidad de practicarla, pero obteniendo mejores entradas monetarias que cuando la ejercía y Ricky podía hacer uso del obligado tiempo libre de una manera complementaria, alejado de los peligros que subyacen en las parejas que viven en husos horarios diferentes. Para ambos era lo mejor a lo que podían aspirar sin renunciar a su estilo habitual de vida. Ricky había sido barman, barista e incluso guardia de seguridad, entre otras muchas ocupaciones en su prolífica lista de oficios, por lo que estaba más habituado a trabajar bajo las luces neón que del sol y a convivir con esos seres que parecen asomarse sólo cuando la luna se exhibe sin pudores en el firmamento.

Max se preparaba para pedir una última copa y tomar otro cigarrillo de una cajetilla semivacía que cabeceaba junto al cenicero, cuando la captó con el rabillo del ojo, insoportable y sensual, enfundada en un vestido rojo y con el soberbio caminar de una mantis religiosa en tacones. Ella se deslizaba con donaire en el medio de una fila despreocupada de trasnochados que la acompañaba, sin imaginarlo, para hacer derrapar a Max en una de las curvas más peligrosas jamás preparadas por el dios del azar para uno de sus hijos predilectos. Si para el mundo el rojo es señal de pasión, a partir de esa noche, para Max sería sinónimo de una mujer sin nombre, que cavaría surcos de lava caliente en su espalda, una emperatriz del sexo que llegaba como una ladrona a su vida, justo en el estertor de aquella madrugada de tragos y alegrías artificiales, y se iría algún día de la misma manera.

Para su buena o mala fortuna, Max, que estaba por marcharse, se encontraba a pocos metros de la mesa que les asignó el mesero en el momento de la inesperada irrupción. Hasta ese instante tomaba su bebida con desinterés en el ambiente ensopado de sudor de Ruben's, impregnado de olores mezclados de cigarros medio consumidos, alcohol barato y el perfume de la desesperación. Con estudiada parsimonia y disimulado interés se llevó la bebida a los labios, para permitirse echar un lento vistazo a la dama de rojo; la recorrió desde las zapatillas, también rojas, con tacones de doce centímetros, hasta la cabellera negra, ondulada y de un largo mortal a media espalda o por debajo del pecho, según se la acomodara. Max se dio el lujo de paladear el vodka en su boca y repasar varias veces la curva de sus caderas y el estrecho por encima de su cintura. Era bella en una forma salvaje y felina, más que mirarla, la olió como un tiburón que detecta la sangre a kilómetros de distancia, ella emanaba un aroma a sexo ancestral, su rostro había dejado atrás la inocencia, pero aún no mostraba huellas del paso inexorable del tiempo, su boca era una discreta rendija al castigo pintada de un rojo intenso y sugerente. Lucía imponente desde su altura artificial con ancas de yegua y porte de amazona, esculpida con abundante piedra, aunque con una figura cincelada con maestría en cada orilla. Sus pechos eran una cobija capaz de arropar a un recién nacido y volverlo el niño más feliz sobre la tierra. Max dio una larga chupada a su cigarrillo antes de desviar la mirada, como para desquitarse con el tabaco por el dolor de quitarla a ella de sus ojos y dirigirlos hacia otro lado.

Unos minutos antes meditaba en marcharse, sin nada que lo retuviera en Ruben's, incluso la mujer de rojo estaba bien franqueada y ni siquiera él tenía la osadía para intentar sortear la guardia que la acompañaba. Sin embargo, Max reparó en lo extraño del grupo de entes que custodiaban a la dama de rojo; dos mujeres y tres hombres, con ella completaban tres parejas disímiles, sin ese aire cotidiano que delata a las parejas que mantienen una relación amorosa normal. Ninguno de los varones era feo o demasiado atractivo; era el conjunto lo que los hacía llamativos para el sexo opuesto. Vestían ropa cara y de buen gusto, presentaban modales educados, eran atentos y tenían la gracia de reír o escuchar en los momentos precisos. Las mujeres estaban vestidas y maquilladas como las mujeres que salen de casa con la premisa que esa noche se las van a coger. Es decir, se veían impecables y seguras de sí mismas, como ninfas ingrávidas y divinas. Se movían de forma provocativa, aunque con la clase y naturalidad de la mujer acostumbrada al poder, la riqueza o la belleza. Quizá fue esa proyección sobre sí mismo lo que llamó la atención de la mantis religiosa hacia el hombre de la mesa de a lado. Max vestía de pantalón sastre negro, camisa italiana clara y un saco que le caía perfecto de los hombros a la cadera, su cara estaba afeitada en las áreas sin ocupar por una barba de candado bien cuidada y recortada, algunas canas asomaban tímidas en el bigote y la barba; marca discreta de sus andares por la vida. Tenía ojos solitarios y con una pincelada de ternura en el iris que desarmaba en las distancias cortas. Max era de esos hombres que buscan la mirada de una mujer sin miedo, pero sin insistencia, sabía mirar de reojo y esperar el momento para mover la vista en el segundo preciso para cruzarla con su presa sin que se prestara a la interpretación de que la estaba buscando. Así sucedió con el primer cruce de espadas, Max la esperaba sin verla de frente, aunque ninguna conquista pasada le había preparado para vislumbrar el abismo en el fondo de sus ojos. Duró segundos, él sonrió con el brillo descarado del coqueteo en sus pupilas y ella le respondió indiferente con el desvío de la mirada, en un gesto que expresaba:

"No estoy interesada en ti, mírame lo que quieras, pero tengo acompañante y no eres tú".

Al cabo de unos instantes encajó de nuevo la vista hacia la mesa de Max, cuando el tiempo transcurrido podía juzgarse de prudente y que, apuesta de por medio, él debería estar mirando hacia otro lado, como perro apaleado.

Para sorpresa de sus demonios del sexo, en efecto no la miraba directo, pero estaba al pendiente en la periferia de los movimientos de su cara y la atrapó estudiándolo descarada y lasciva, como saborean los lobos a una posible presa antes de acorralarla. Esta vez no tuvo más remedio que sostenerle la mirada al tipo de a lado, se enfrentaron en una esgrima visual en la que perdería el primero que quitara la vista, aquel que titubeara de miedo a que se le asomaran las comisuras del alma entre las pestañas. Terminaron en empate, un mesero se atravesó y rompió su contacto visual para informarles que era la última ronda de bebidas; el bar estaba por cerrar.

A la distancia, con una señal de mano que asemeja una firma en el aire, Max pidió la cuenta al mesero, mientras la preparaban se levantó para ir al cuarto de caballeros. En el camino pasó por la barra y una idea se le reveló al mirar a Ricky sirviendo cerveza en un tarro grande de paredes empañadas a un hombre de nariz roja y saco azul que tenía más arrugas en el rostro que grietas un pergamino egipcio. Con la sonrisa en la cara, Max se recargó en la barra y esperó a que Ricky lo identificara y se acercara a saludar, uno de los privilegios de ser cliente regular.

—Buenas noches, Lobo — le dijo Ricky, aludiendo a su fama de cazador.

—Hola Ricky, veo que se acerca la hora de despertar. respondió Max.

—Mi mujer aguarda por mí en la agencia, le gusta regresar a casa colgada de mi brazo —dijo el cantinero al tiempo que se atusó la boina.

—¿Quién afirma que el romance ha muerto, eh?— bromeó Max. Tras una pausa calculada, prosiguió— Oye Ricky, ¿qué sabes de la dama de rojo? — le soltó sin rodeos.

—Sé lo mismo que tú, que más de uno mataría por meterse bajo ese vestido —dijo Ricky —. Pero reconozco a uno de los tipos que la acompañan, si aprecias mi consejo, olvida que los has visto, se les trasluce el peligro a pesar de sus ropas negras. El más alto de ellos, ese que tiene mentón de toro y hombros de travesaño de barco, le rompió el culo a la texana, una de las chicas de mi mujer. Según supe después, la levantó de aquí hace unos meses y la llevó a un motel, al parecer pintaba para sexo casual, normal y bien pagado, hasta que unas cuerdas aparecieron en sus manos por arte de magia. Cuentan las chicas que la llevaron a la clínica del Dr. Stevens, que su acompañante de cama la mantuvo amarrada varias horas y se la metió por todos los recovecos posibles, además de otras bestialidades. La texana es flexible como espiga, delgada y de nalgas angostas, dicen que esa noche aullaba como animal herido y que estuvo un mes sin querer acercarse a una verga ni en fotografía. No soy santurrón, tú lo sabes, pero hay modos y eso que se llama consentimiento —finalizó con su confidencia antes de marchar a servir la última ronda a los clientes del otro extremo de la barra.

Max se escabulló entre los bancos de la barra y enfiló hacia el baño de hombres, las palabras de Ricky daban vueltas en su cabeza y combinaba esa información con lo que había observado por sí mismo. Pasaron unos cuantos minutos y estaba a punto de tomar la manija para salir del baño cuando empujaron la puerta desde afuera, por instinto se echó hacia atrás para no chocar con el hombre que seguro estaba por aparecer en el dintel, pero se quedó de una pieza al mirar hacia la entrada. La dama de rojo no entró por completo, pero le tomó del cuello de la camisa y lo jaló con decisión hacia ella, por unos segundos le hizo sentir que quizá lo besaría o mordería en el cuello; sintió su aliento cálido y con un ligero vaho de alcohol que se estrelló contra su rostro sorprendido, un fino perfume de mujer se coló por debajo de su camisa, en picada directa hacia abajo, despertando en milisegundos su carne. Ese fue el tiempo que le tomó olvidarse del cantinero y que la adrenalina se disparara hacia los puntos más remotos del cuerpo. Los labios de la mujer casi rozaban la oreja de Max y le provocaban violentas bombeadas de sangre en las sienes, su boca se abrió y susurró: "KM 13 en 20 minutos". La dama de rojo soltó su camisa y sin esperar respuesta, ni voltear a verlo, se marchó dejando a Max más desconcertado por lo escuchado que por su aparición en el baño de hombres, con una erección que le reventaba el pantalón y sintiendo las pisadas de un elefante debajo de los vellos del pecho.

Cuando regresó a la mesa se percató de que el grupo de la dama de rojo se había marchado, pagó apresurado su consumo y salió de prisa al aire tibio de ese verano postrero con su cigarro encendido colgado de los labios y en la mano las llaves que lo llevarían a un punto preciso en el mapa. Aún temblaba conmovido por la escena y la fugaz fantasía de tener sexo en el baño con esa inquietante mujer. En su nariz revoloteaba el aroma a perfume fino y entrepierna húmeda. Había un inconfundible sabor a riesgo atrayéndolo, introdujo la llave en la chapa gastada de décadas de uso y se dejó caer sin una pizca de duda en el asiento del conductor. Percibía que una aventura fuera de lo común le esperaba en el KM 13, su instinto se lo gritaba y por nada del mundo se lo perdería.

Max manejó sin problemas, no había bebido gran cosa y la carretera estaba desierta, a esa hora eran pocas las llantas que rodaban por el asfalto. En su cerebro, el humo del cigarrillo se mezclaba con los intentos por encontrarle sentido a aquello. A cien metros, después de pasar la curva del último tramo del KM 12 vio una formación de autos estacionados en el acotamiento de la carretera, todos eran de colores oscuros, como si fueran hijos de la noche, además estaban lustrosos y olían a lujo y buena vida. El corazón le dio un nuevo brinco en el pecho, se sentía en un tobogán de sensaciones nuevas y descontroladas, pero la necesidad de dilucidar el misterio y también la mezcla de excitación y miedo lo instaron a estacionarse detrás del último coche. Por instinto apagó las luces y se quedó sentado detrás del volante a la espera, sin saber de qué, sólo con la certeza de que era lo adecuado.

No fue necesario que pasara mucho tiempo, desde su privilegiado lugar pudo observar dos manos de mujer que estaban pegadas por dentro al vidrio trasero del coche frente al suyo. Una cabellera castaña alborotada subía y bajaba a ritmo semilento y con marcada cadencia. Reconoció a la mujer, era una de las acompañantes de la dama de rojo, la que estaba sentada en un extremo de la mesa y vestía un pantalón crema ceñido a la cintura y una blusita color carbón consumido que le dibujaba a la perfección un par de senos de melocotón cobijados bajo algún sostén fino y diseñado para hacerla ver delgada y segura de sus encantos. Max sintió entre las piernas el latigazo del placer voyerista y bajó la ventanilla en automático para atrapar cualquier sonido que fuera posible arrebatarle al viento. Así como la nariz puede detectar ciertos olores, el oído está capacitado para captar y discernir algunos sonidos aun entre la más caótica cacofonía, no se diga en un silencio que impera en una carretera desierta. Unos gemidos de mujer viajaron por el aire para entrar como alfombra voladora por la ventana como si no estuviera a varios metros del otro auto, sino sentado en alguno de los asientos libres observando cómo la garganta de ella jadeaba excitada y demandaba con acento arrebatado que se lo diera más duro, que no parara de penetrarla de esa manera. Los gruñidos de esfuerzo y placer de una voz masculina se entrecruzaban con sus gemidos, un hombre estaba sentado debajo de ella y era el dichoso responsable de impulsarla hacia arriba y jalarla hacia abajo de las caderas, hacia su estaca empapada y despiadada.

Max estaba por prender un cigarrillo, más por evitar la tentación de poner las manos en un lugar distinto del volante que por ganas de fumar, cuando al raspar el encendedor para abrir fuego contra el tabaco alcanzó a percibir otros gemidos de mujer más lejanos y arrastrados. De alguno de los autos de más adelante en la línea, otra pareja o trío estaba cogiendo de forma salvaje bajo el amparo de la noche. Los sonidos eran inconfundibles y el miedo había cedido por completo su lugar a una intensa excitación. Sentado con su inseparable cigarrillo entre los dedos, se debatía entre continuar como espectador o apercibirse en alguno de los automóviles, pero intuyó un código implícito, no había sido invitado para unirse a ellos, sino para ser testigo; la dama de rojo lo quería observando, intentando determinar cuáles gemidos eran los suyos y envidiando al hombre que se los provocaba. No podía ni debía abandonar su lugar, no sabía cuál podría ser el castigo, mas intuía que lo habría. Se puede atisbar al infierno, pero no evitar perder pedazos de alma en el proceso. Max se quedó inmóvil escuchando los gemidos y dando caladas al cigarrillo cuando, por dentro, habría querido estar chupando piel de mujer, si era caliente y húmeda, tanto mejor.

Su mano derecha soltó el volante, con el pretexto de descansar se posó sobre la palanca de velocidades y en algún momento, cuando lo auxilió para prender otro cigarrillo, terminó en reposo por debajo del cinturón, justo sobre el bulto que golpeteaba encabritado la tela de su pantalón. Con la palma completa, su mano se restregó contra su carne por encima de la costura de la cremallera, como quien intenta en vano tranquilizar a un animal salvaje, lo empujaba tratando de confinarlo a su encierro, pero regresaba fiero y con renovadas fuerzas a exigir que lo liberaran de su prisión de tela. Los sonidos de fuera no hacían sino agitarlo más. Unos gemidos cada vez más intensos entraban por los oídos de Max que observaba a la mujer apareciendo por la ventana del auto cada vez que el hombre debajo de ella la levantaba para atraerla de nuevo hacia él y dejarla caer sobre aquel animal que sí estaba libre, bebiendo y disfrutando de las entrañas húmedas de su jinete.

La puerta del carro al inicio de la caravana se abrió y salió caminando la dama de rojo, más etérea y sensual que nunca. Cruzó por enfrente de la defensa delantera del último coche de la fila, donde se hallaba refugiado Max y se coló por la puerta del copiloto hasta quedar sentada a su lado. En silencio, sin dejar de mirar hacia su pantalón, le retiró la mano derecha de donde estaba, bajó la cremallera y la relevó de su labor con sus labios carmesí. Max cerró los ojos y se dejó llevar por la ardiente sensación de estar dentro de una boca de mujer. Su roce era intenso, pero exacto, calmaba su necesidad de placer sin prisa y sin forzarlo por un segundo al punto sin retorno. Su agenda era meticulosa, con una mano se ayudaba en la labor de mojar y acariciar, con la otra le recorría los muslos, arrastrando unas uñas largas y heladas. Las piernas de Max eran dos soldados que colgaban de su pelvis, incapaces de ofrecer resistencia, se tensaban cada vez que su general entraba en la cueva del enemigo y se apoyaban en el piso para impulsarlo en la batalla. El lapso era arrollador, en su cuerpo ardían intensas sensaciones de placer, era embriagante la emoción de estar en un auto a la orilla de una carretera teniendo sexo con una desconocida. Imaginó que ahora podían ser los otros quienes estuvieran observando y eso lo excitó más. La mano de la dama de rojo le abrió el pantalón y en seguida sintió una pierna lisa y encogida subiendo por encima de sus muslos. Max supo de inmediato lo que pasaría a continuación. No hubo tiempo para pensarlo, su carne inflamada sintió el aire fresco de la completa libertad y rozó con su punta la suavidad entreabierta de una piel cálida y delicada, pero también húmeda y fresca, abrió los ojos en el momento en el que su boca se prendió de la suya en un beso salvaje con su propio sabor de hombre entre los labios y el sabor de una saliva dulce con un toque de alcohol. Su lengua penetró su boca y su carne se hundió sin remedio entre la suya. Aquella debía ser la poesía que cantaban las sirenas de Ulises y ese debía ser el mejor de los viajes hacia la aventura.

Max sentía que lo estaban observando desde afuera, esa percepción de no estar solo cuando hay alguien siendo testigo de lo que uno hace. Con los ojos cerrados se imaginó a los acompañantes de la dama de rojo mirando cómo la carrocería del Jaguar se balanceaba de un lado a otro, disfrutando, como antes lo hizo él, aquel placer voyerista de ver a dos seres copulando sobre un asiento, chocando con el volante de un auto y mojando las vestiduras. Se los imaginaba atentos, compartiendo su placer. La amazona de rojo lo montaba con bravura, revolvía su cadera con un ritmo violento y se tallaba contra su bajo vientre, tragándose por completo la carne que los unía. Se olvidó por un momento de los espectadores y se concentró en la placentera sensación de estar debajo de ella, recibiendo y absorbiendo el deseo líquido de sus entrañas de mantis religiosa. Entre un movimiento y otro, ella clavó sus uñas en sus hombros usándolos para revolverse herida de muerte. Max se le prendió del cuello con labios ansiosos de besar y morder, por debajo del vestido le metió los dedos entre las nalgas abriéndoselas, aferrándose a ella para jalarla hacia él y clavarse más adentro, para herirla con el filo de su espada. Era una toma y daca posesiva, orquestada y administrada por una experta anfitriona, donde Max hacía su aportación, pero la mayor parte estaba a cargo de ella. Su cabellera negra caía sobre el rostro de su compañero de aventura, su perfume inundaba la atmósfera del coche y su garganta disparaba unos gemidos de leona, no gritaba, gemía y jadeaba en completo control del placer de su cuerpo, tomando de Max lo que necesitaba para satisfacerse a sí misma, no estaba ahí para beneficio de él, sino al revés. Ella lo había elegido para hacerlo mirar lo que pasaba delante de sus ojos en los otros automóviles y provocar el anhelo de ser uno de los protagonistas que saboreaban las sublimes sensaciones de ese tipo de aventura sexual. Max le estaba agradecido por ello, debajo de ella, a punto del más increíble de sus orgasmos, le entregó la dureza y resistencia que le quedaba, se inflamó de nuevas fuerzas, su compañera se percató y aprovechó al máximo el regalo. El ritmo de sus caderas se volvió rapaz, una vorágine de placer hedonista en la búsqueda exclusiva de su propio final. Con ambas manos se aferró por debajo de la camisa a los hombros de Max, le dejó las uñas enterradas en la piel y se sacudió replegada contra su pubis empapado asfixiando su carne hinchada y enfebrecida por el castigo, sin pausa, ni piedad, una y otra vez, hasta alcanzar el éxtasis de la explosión descontrolada de Max en su interior.

Por la mente del hombre con el pantalón abierto y una mujer sin nombre en su regazo brotó la idea de mirar hacia afuera y constatar la presencia de los cómplices y testigos, pero no era necesario, sabía que los habían estado observando, era parte del ritual, de los beneficios de ese club singular al que hoy había sido invitado. Pensó en mil cosas por decir, pero no había necesidad de hacerlo, lo que querían decirse lo habían dicho con el lenguaje del cuerpo. Había sido iniciado en los secretos de una hermandad del sexo y sólo deseaba ser aceptado en ella, sin importarle las consecuencias ni las reglas.

La dama de rojo dio señales de vida escapando del abrazo involuntario en que habían quedado debido a la inercia del acto sexual, se retiró un poco dejando la cabeza recostada en uno de los hombros de su extasiado compañero, en donde la giró de manera lenta y premeditada para besarle la base del cuello, el cual recorrió en un largo y lascivo beso hasta llegar al oído de un Max ahora alerta a cada señal recibida. Fue en ese punto que la mujer entreabrió los labios y Max sintió de nuevo su aliento cálido y la misma inquietud de tiempo atrás en el baño de Ruben's. En *dejavú* volvió a escucharla susurrarle al oído: "KM 27 en una semana". Una sonrisa de satisfacción se perfiló en la boca del sorprendido receptor, expandiendo ligero el candado de su barba, en cambio ella se mordió un labio y le pasó un dedo por encima del pecho.

La dama de rojo sin voltear a verlo, se acomodó el vestido en un solo movimiento, abrió la portezuela y descendió para dirigirse con pasos arrogantes al auto ubicado al frente de la caravana. En cuestión de segundos, como si todos hubieran estado esperando esa señal, el resto de los autos encendieron y emprendieron la huida.

De pronto, Max estaba solo en medio de la carretera con los pantalones abajo y una camisa blanca y arrugada que cubría el campo de una épica e inolvidable batalla. Con una euforia desconocida asomando por sus ojos cerró el pantalón y rescató un cigarrillo huérfano de una aplastada cajetilla, victima causal de los acontecimientos. Acercó el fuego a la punta del tabaco, le dio una larga chupada y giró la llave de encendido del coche, de las bocinas brotó la voz inconfundible del poeta del caos.

"If you want a lover
I'll do anything you ask me to
And if you want another kind of love
I'll wear a mask for you"
                               L.Cohen

El laberinto

Los caminos del laberinto son sinuosos e irreversibles. El laberinto es el viaje a nuestra satisfacción sexual y sus encrucijadas son los detonadores necesarios para alcanzarla. Hay laberintos simples de veredas convencionales; sus prisioneros encuentran la libertad en los placeres socialmente aceptables inculcados desde temprano y confirmados mediante la experiencia sexual. Los que viven atrapados en laberintos complejos son torturados por los peores demonios del sexo; van cayendo por una escalera en espiral que los aleja cada vez más de las salidas fáciles. Cada escalafón más decadente, cada caída más irremediable. En los primeros niveles están los placeres extravagantes. Un toque de perversión y nada más. Devoción por los tatuajes, los lunares o cierta característica física. Un poco de fetichismo; alguna desviación ligera como un dedo en el culo o masturbarse viendo al otro hacer lo mismo, uso ligero de cuerdas y juguetes sexuales. En los niveles secundarios, la ecuación del sexo no se resuelve sin todas las variantes despejadas. Incluye rituales especiales, patrones de conducta que se desvían de lo normal y prácticas específicas. Sadomasoquismo, máscaras y guiones, pequeños daños físicos con cera y materiales calientes, tríos y orgías. En los niveles más profundos, se es esclavo del laberinto, las huellas son borrosas y los parámetros exigentes. Las filias son soberanas absolutas, nadie escapa vivo del último círculo.

El nivel del laberinto no está en función del placer recibido, sino en la percepción de éste. No goza ni más ni menos el prisionero de un nivel que de otro, pero su percepción del placer está sujeta a cumplir con los requisitos de su escalón sexual. La falta de estos requisitos abre una herida en su psiquis; el cazador se vuelve presa, la presa se transforma en trofeo. Quien conoce la clave secreta de otro se vuelve el carcelero de su laberinto. Quien tiene la llave cierra por dentro y se enfrenta al monstruo en el laberinto.

Dos en un laberinto se vuelven simbiosis. El ying y el yang de una misma fantasía. Las dos caras de una moneda. La que monta y el potro que se rebela. La marca del laberinto se lleva tatuada en la mente, nada la borra ni sustituye, es indeleble e imperecedera. Buscamos a quien tenga la habilidad de mirar directo a los ojos del monstruo y que se quede a besarle las cicatrices de los grilletes. Nos apegamos a quien se enamora de nuestros demonios, porque de nuestras virtudes cualquiera se enamora. Están quienes aceptan el laberinto y quienes lo esconden en el closet. Los que reniegan de él y se engañan dando vueltas en el laberinto equivocado. Están los que dejan todo por abrazar las paredes de su amada encrucijada, los que renuncian a la consciencia, entierran la moral y escriben nuevos principios para convivir con el monstruo en sus venas.

El laberinto nos tiene a todos. Todos somos un laberinto gigante llamado raza humana.

El bosque de los castigos

El sol de aquel domingo había avanzado varios puntos en el horizonte. Los vidrios en las ventanas de casas y edificios estaban calientes y un ligero vapor se desprendía del pavimento en las calles. Parecía que el verano había decidido dar su última función antes de marcharse de gira por un año, era un hecho o era que el Diablo estaba alegre por el trabajo de sus muchachos en la madrugada.

En el estacionamiento subterráneo de un viejo edificio de grandes ventanales revestido con paredes azules y rayas blancas, estaba estacionado un Jaguar plateado. En el último piso, su dueño dormía a pierna suelta. Por debajo de unas sabanas grises asomaba una pantorrilla velluda y sobre una almohada descansaba una cabellera oscura y despeinada. Sus mejillas morenas mostraban una barba apenas crecida, sus labios entreabiertos estaban enmarcados en vello negro con pinceladas blancas y sus párpados denotaban el incesante movimiento de un par de ojos que no dejaban de desplazarse, aunque lo único que captasen fuera una noche artificial. Max recobró la consciencia con reticencia, al mover los hombros sintió unas punzadas de dolor en el brazo derecho y recordó su papel de semental en la madrugada anterior, también le escocían los labios y sentía el sexo aporreado.

Debajo de las sábanas sintió un respingo doloroso por aquellas memorias y una sonrisa torcida asomó en su cara. Recordó a la dama de rojo algunas semanas atrás y su invitación en Ruben's para verse en cierto punto de la carretera estatal y el misterio de aquella hermandad secreta. Dentro de la ducha pudo constatar el daño que, de nuevo, habían dejado el filo de unas uñas en su espalda, en un brazo tenía las marcas de unos dientes pequeños y afilados, un sacrificio que había valido la pena por aquel orgasmo trepidante en el estacionamiento vacío de la Facultad de Medicina. Los cajones desocupados habían sido testigos de su encuentro con "Adriana", la chica de pelo castaño que había espiado en su primera noche. Ahora conocía el tamaño y el sabor exacto de sus senos, el olor de su sexo y el sonido de sus gemidos, sabía que se humedecía poco y en ocasiones rompía el coito para ensalivarle el miembro antes de clavárselo de nuevo. Se puso caliente al pensarla y deseó tenerla desnuda y recostada en su cama, pero eso estaba fuera de los límites; estaba prohibido intercambiar sus nombres verdaderos y los números de sus teléfonos móviles, cualquier tipo de comunicación que pudiera dar pie a crear lazos íntimos o amistosos entre ellos. Aquello le había quedado claro con lo acontecido en el bosque. Max salió de la ducha y mientras frotaba la toalla para secar el agua que escurría por su cuerpo desnudo empezó a rememorar el episodio en el bosque.

Fue apenas una semana después de lo de Ruben's, recordó Max. La siguiente cita del club de lectura de cuerpos había tenido lugar algunos kilómetros más adelante del KM 13, en una zona donde la carretera está bordeada por grandes árboles y las posibilidades de ser descubiertos en plena madrugada por ojos curiosos o una patrulla son remotas. La caravana se había formado en el mismo orden de jerarquía, al frente estaba un Mercedes de años recientes que pertenecía a la líder del grupo, la dama de rojo y el resto se alineaba detrás de acuerdo a su antigüedad. Los nuevos, como Max, se quedaban rezagados al fondo de la fila y debían captar las órdenes a la primera, pues no había un manual al cual recurrir para despejar sus dudas. En esa, su segunda vez, Max se quedó fumando dentro de su auto, no sabía qué otra cosa hacer, suponía que algo ocurriría o habría alguna señal que le indicaría cuál debía ser su papel y entonces actuaría de acuerdo a este. Sus ojos no se perdían detalle, miraba cada uno de los coches a la expectativa que algo, lo que fuera, pero nada pasaba. Creyó que había llegado a destiempo o quizá los demás se habían ido al bosque y aquí estaba él, como idiota, alejado de la diversión. Se estiró lo más que pudo para despejar las malas suposiciones; las piernas hacia el piso del coche y los brazos apuntando al techo. Dio una nueva fumada a su cigarro y fue cuando notó movimientos en su periferia.

La portezuela del coche de enfrente se abrió dejando salir a un hombre pálido que pasaba la treintena, su piel clara resaltaba dentro de sus ropas oscuras, como un vampiro de Rice que había cambiado el hábito de la sangre por el sabor del sexo. Su cara se extendía por su cabeza calva y sobre ella viajaba un sombrero bombacho. Al salir del auto se ajustó el saco a manera de ofrecer su mejor aspecto y volteó sin mirar hacia donde los ojos atónitos de Max lo observaban. Sus pasos enfilaron en esa dirección, meditando durante el breve desplazamiento sobre lo que el novato estaría pensando si esta vez le había tocado en el sorteo un hombre y estaría buscando desesperado cómo escapar de la situación o quizá resultaba uno de esos extraordinarios especímenes capaces de amar en dos direcciones. A saber, por lo observado con anterioridad, el nuevo disfrutaba el contacto de la piel femenina. Se le ocurrió una idea tortuosa que lo haría sufrir un poco. Ocultó una sonrisa de satisfacción bajo el sombrero, justo antes de inclinarse para transmitir su mensaje.

—Bájate y sígueme, te toca conmigo —le dijo a Max por la ventanilla del copiloto.

En la cabeza de Max se desató una batalla campal entre sus pensamientos, los sucios y perversos contra los racionales y convencionales. Se negaba a reconocer el arañazo del Diablo, la corriente de excitación traicionera que recorría sus vertebras. Aunque en el menú de sus extravagancias no estaban las pelotas de hombre, este era un club especial del que no dudaba pondría a prueba sus propios límites. Empezó a caminar detrás del hombre de negro, pensó que tal vez la dama de rojo los esperaba en su coche y aquella incertidumbre terminaría en un trío con ella y el tipo a quien ahora le seguía los pasos, aquella idea lo excitó aún más. Se percató de que, sin querer, lo estaba estudiando por detrás, pero sin connotaciones sexuales. Era de una estatura similar a la de Max, que rondaba el 1.80, apenas a unas décimas del número perfecto, del número redondo con que sueñan las mujeres, por eso cuando le preguntaban su estatura decía que era 1.80 sin más, los tacones de sus zapatos lo dejaban mentir un poco y a nadie hacía daño con ese inocente redondeo que, además, servía para cumplir fantasías y trazar un brillo en la mirada de la mujer que formulaba la pregunta.

Conforme se acercaban al extremo de la caravana escucharon

los rumores de una discusión. Max divisó de espaldas a "Bruno", el troglodita del que le había advertido Ricky en el bar, se notaba inconforme y empujaba con ambas manos a otro de los hombres del clan, "Armand" era un tipo delgado y atlético, pero de un peso muy inferior a su oponente.

— El sorteo es una mierda — espetaba "Bruno" a "Armand"— tú no tienes jerarquía, yo digo que se debe elegir a nuestro acompañante y la quiero a ella. Su contrincante no hablaba, sólo desviaba las manos que buscaban imponerse sobre sus hombros, aunque intentaba no retroceder ante su embate.

Al cabo de unos pasos, "Armand" se plantó de frente como David ante Goliat y levantó los puños, decidido a dar pelea. Nadie intervenía en el connato de bronca, los duelos por una mujer son cuestión privada, aunque haya público de por medio. Los cinco espectadores restantes se limitaban a verlos intercambiar fintas a la orilla de la carretera, midiéndose uno al otro. Sin embargo, el primer puñetazo y también el resto, los encajó el mastodonte en su involuntaria víctima. En la cara de "Armand", un lienzo pardo con una nariz recta, aparecieron manchones rojizos. Un grito de la dama de rojo detuvo el combate cuando fue claro el monologo de un par de puños contra un costal de box. Al oír la voz de la dama de rojo, el clan cambió de postura para escuchar el desenlace. El motivo del altercado se debió a que "Bruno" se inconformó del resultado del sorteo. A "Roxanne", la rubia del grupo, le tocó irse con "Armand", el hombre que ahora tenía la cara menos manchada de sangre que el orgullo marchito. Era evidente que se habían roto las reglas. El mastodonte y la moderna Helena se habían visto a escondidas entre semana, sin que nadie lo supiera o impidiera; cogían por las noches como si el fin del mundo, inevitable y fatídico, estuviera detrás de ellos. Max se preguntaba qué implicaciones habría, aunque sospechaba que lo averiguaría pronto. Esa madrugada, la sesión de sexo casual fue una dura lección que "Bruno" tuvo que soportar con estoicismo de eunuco.

El clan de los siete abandonó los autos a la orilla del camino. Los cuatro hombres vestidos de negro y las otras dos mujeres vestidas a discreción enfilaron hacia el bosque, siguiendo a su reina. Max notó que ninguna vestía de rojo, sólo ella, la mujer a la cabeza de la expedición, que como una novia privilegiaba el color para su exclusivo uso. Obedeciendo sus instrucciones se internaron entre varios árboles grandes y espigados. Reinaba un silencio sepulcral, hasta los animales salvajes dormían a esa hora y sólo se escuchaba el lejano ulular de una lechuza. Caminaron por algunos minutos pisando hierba seca y pateando alguna piedra desprevenida, hasta llegar a un área despejada en donde hicieron alto. Parecía que el grupo sabía lo que iba a suceder, todos menos Max, que se sentía presa de una desconocida y creciente excitación. Todo era nuevo para él y le producía un pérfido placer no tener idea de lo que vendría a partir de ese momento. Imaginaba que habría un terrible castigo por la violación a las reglas. Se sentía afortunado de estar presente y deseó nunca estar a merced de las manazas de "Bruno" o provocar la desaprobación de la dama de rojo.

Hombres y mujeres formaron un círculo alrededor de la rubia que agachaba sumisa la cabeza, como aceptando su inminente castigo, había un toque ceremonioso en la rutina. Ella vestía una falda de mezclilla azul eléctrico que le daba por encima de las rodillas y una blusa a cuadros en tonos naranjas de dos intensidades. En torno a ella estaban todos, menos "Bruno", que también comprendía su papel, sin perder su imponente aspecto estaba sentado sobre una gran roca a pocos metros del grupo, con la vista clavada en la congregación. "Armand" fue el primero en el ritual de castigo, quizá por su papel de ofendido. Estaba de pie, con las manos caídas en posición de soldado sobre sus muslos, Max notó su respiración tranquila y no encontró en su semblante un rastro vengativo o violento. "Armand" tomó por los hombros a "Roxanne" en una forma que no dejaba lugar a la duda y la obligó con suavidad a inclinarse hacia él, ella bajó la cremallera del pantalón que quedó frente a su boca y procedió a pagar con sus labios y lengua la ofensa. Nadie hablaba ni se distraía mirando hacia otro lado, el silencio era absoluto y sólo se rompía por los sonidos propios de los cuerpos moviéndose. Los ojos de los demás estaban clavados en la escena, la boca de la rubia se movía hacia adelante y hacia atrás, su lengua ofrecía el tributo de paz. La sangre en el rostro de "Armand" estaba seca y este se perdía de dicha, al cabo de unos minutos de lúdico placer había olvidado los golpes y disfrutaba los movimientos y el calor de su prisión. Max sentía su cuerpo lleno de poder y una fuerte energía sexual lo cimbraba de los pies a la cabeza. La luz de la luna caía noble sobre las siluetas y proyectaba sombras inmóviles, excepto dos pegadas en un balanceo sensual.

Al ritual se unió la dama de rojo, vestía una falda plisada y de textura rugosa en tono tinto, su blusa era holgada de la cintura hacia abajo y a la altura del pecho se ceñía para contener sus frugales pechos. En forma deliberada se plantó detrás de la "L" que formaba el cuerpo de "Roxanne", con firmeza y determinación despojó de su falda a la chica, bajando el cierre trasero con la mano izquierda y al dejarla caer hasta sus tobillos puso al descubierto sus nalgas redondas y blanqueadas en el área del bikini. A la altura del sacro, el tatuaje de una mariposa de tres colores saludó las pupilas del resto con su coqueto aleteo al sentirse expuesta. Con la mano derecha, la dama de rojo azotó a la rubia varias veces en ambos extremos por debajo de la cadera, dejando sus largos dedos marcados en carmesí, provocando cruces rojas entre las huellas recientes y las previas y arrancando gritos de la boca de la chica que gemía entre dolor y placer. Aunque se suponía un castigo, no dejaba de ser parte de un ritual secreto que confluía en la satisfacción de los sentidos y la búsqueda exclusiva del placer individual. Siguió el turno del tercer hombre, el calvo con su sombrero bombacho, a él correspondió un honor especial, bajó las bragas de la chica hasta las rodillas y la penetró en una sola estocada estremeciéndola de placer y deseo, unos gemidos sosegados y aniñados fueron expulsados de la garganta de "Roxanne" para pronto perderse en el pasto y ser la siguiente señal. Agachada, con las piernas abiertas y su cabellera rubia colgando hacia el suelo, "Roxanne" estiró sus manos a tientas para alcanzar a Max por el pantalón y repetirle el tributo pagado a "Armand" con una mano delgada y de uñas cortas sin pintar. Un par de ojos observaban al trío sin perder detalle, sentado en su esquina de castigo, "Bruno" observaba la piel sin broncear de "Roxanne" estremecerse con las embestidas recibidas por detrás y que servían para impulsarla contra Max y tragárselo casi completo en cada movimiento hacia adelante. Su castigo era ver entregada al grupo completo a la mujer que había codiciado para él solo. Nadie le prestaba atención, aunque presente, estaba excluido de la ceremonia.

A unos metros del círculo, un árbol con el grosor de una persona se convirtió en el inesperado receptor del abrazo de la dama de rojo, discreta se había llevado a "Armand" de una mano, este se había acomodado por detrás de ella y la penetraba con movimientos firmes y con la mirada atenta hacia la otra escena, la dama de rojo también saboreaba el doble castigo que le propinaban los dos hombres a "Roxanne", jadeaba y una mano suya acompañaba en círculos íntimos el ritmo de "Armand". Sólo "Adriana", la chica de la cabellera castaña, parecía relegada de la acción. Recargada a horcadas sobre una piedra, con su vestido verde oliva extendido alrededor y cubriendo parte de la roca, miraba hacia la escena del trío, luego hacia el árbol arropado por un brazo femenino y el recorrido terminaba en "Bruno", al que miraba a hurtadillas de manera lasciva y provocativa. Un poco más abajo de su cara, sus manos estaban perdidas por debajo del vestido, tocándose entre las piernas, experimentando el placer ajeno a través del túnel que conectaba su mirada con su psiquis caliente y excitada. Una sincronía de movimientos y sonidos se adueñaban de la quietud del bosque, un grupo de 3 mujeres y 3 hombres unidos más allá de la piel, hundidos en sus laberintos, liberados al alcanzar la salida por obra y gracia de sus sentidos. El placer y la lujuria eran los dioses a los que se adoraba esa madrugada, los hijos de Adán y Eva habían hallado una nueva variedad del fruto prohibido. La intensidad de los gemidos daba prueba, la curva de ascenso hacia el Monte Sinaí no era para buscar leyes, sino para romperlas, para encontrar el orgasmo en sus diferentes expresiones: "No desearás la mujer de tu grupo para ti solo, no robarás ese cuerpo que pertenece al clan, estos son los mandamientos, esta es mi ley." Un hombre de sombrero yace tirado en el pasto sobre un saco empolvado y cubierto de hierba, otro más tomó lugar de pie para el rito sagrado, Max está poseído por el placer de la carne, por la esclavitud de los sentidos, entra en la piel empapada de la rubia, sus movimientos son intensos y enajenados, la sostiene con una mano de la cadera y con la otra golpea sus nalgas, aplasta las alas de la mariposa, gime por todos, grita por todos, concentra la energía del grupo en la punta de su miembro que abre el mar para que el pueblo elegido de la lujuria lo atraviese. Las mujeres gimen al unísono, doblegando la resistencia de sus hombres, de sus manos. De pronto, la ausencia de sonido, Max voltea desde lo alto de su vuelo para mirarlos por última vez, "Adriana" talla con fuerza debajo de su vestido, el cuello de la dama de rojo choca una y otra vez contra la corteza de su nuevo amigo el árbol, los pantalones de "Armand" yacen en sus tobillos, a un lado en el suelo su sombra entra y sale de la sombra de una mujer inclinada. El hombre calvo usa su mano, ha perdido la elegancia del sombrero y sus ojos están perdidos entre las nalgas de la rubia. "Bruno" calla; ausente, presente, castigado, ¿arrepentido? Vuelve el sonido intenso, violento, placentero, de gritos agónicos, de vahídos sensuales y orgasmos trepidantes que estremecen la tierra que los recibe al volver de su vuelo grupal. Se ha roto hasta el último resquicio de silencio que quedaba en la noche. Sentado en su esquina, con los ojos inciertos, "Bruno" ha recibido su lección, después de esa noche no volverán a romperse las reglas, no habrá más peleas, los pecados han sido perdonados a través del pecado, la ley grupal se asienta en las piernas de una moral de ojos vendados y tetas al aire.

Max termina su remembranza, su conciencia se encuentra de vuelta en su departamento, ajustando los botones de una camisa, está de pie en el tocador, viste unos jeans azules y camiseta polo oscura, su pelo peinado y con apariencia húmeda. Se mira en el espejo y le sonríe al hombre que se parece tanto a él, lo observa con una llamarada en la mirada, son los ojos del monstruo que habita en su sangre, los recuerdos lo han despertado de su letargo, es muy pronto para otra dosis de ese placer supremo. Tendrá que conformarse con otro tipo de presa esa noche. Lo sacará a pasear por viejos y conocidos terruños.

La ineludible complicidad de la noche arropa la ciudad, las luces de los autos deambulan como libélulas metálicas de una dirección a otra. En la calle, los letreros fluorescentes emiten sus mensajes sin cesar, no existe descanso para ellos. Los seres nocturnos hacen su aparición en cada esquina, en cada lugar, envueltos en la inercia de sus vidas, tomados de la mano de un destino que no los deja escapar. Las mismas mujeres vendiendo los mismos bienes en la misma esquina. Los mismos establecimientos recibiendo caras diferentes con las mismas necesidades cada noche. Todos buscando algo, sin saber qué, todos esperando aquello que no habrá de llegar. Sólo unos cuantos son los elegidos, a unos pocos se les permite dar la vuelta en el momento preciso y el lugar correcto para enfilar hacia la tierra prometida, los demás deben cumplir cada noche con su papel, realizar su rutina sin permitirse dudar de la sabiduría de un Dios que les escribe el destino con letra de médico y olvida poner la vigencia de cada dosis de mierda.

Ahí va Sarita, hoy lleva el pantalón negro de lentejuelas brillantes en las nalgas que compró en los callejones del centro hace unas semanas. En unos minutos llegará a recogerla Arturo que ha escapado de la tiranía del matrimonio y la rutina del menú bajo las sábanas; la llevará a un motel y por unos cuantos billetes será feliz el resto de la semana y ella tendrá el dinero que necesita para mantener su sentido de equilibrio. En medio de una fila de autos estacionados están Argel y Louis, un par de jovencitos que venden de otro tipo de alegrías artificiales. Al final de la calle una patrulla da la vuelta en el semáforo, el auto oficial trae las luces prendidas, pero sus ocupantes traen la percepción apagada. Vive y deja vivir es el lema en la jungla de asfalto.

Los demonios no duermen de noche, falta una hora para las doce, su hora preferida para salir. En cada piso los pasillos están iluminados por faroles estilo veneciano, un tanto opacos por el polvo, mandados instalar por la gerencia muchos años atrás. Dos plantas matizadas de un verde artificial, casi eterno, resguardan la puerta del ascensor que Max espera para acceder al estacionamiento subterráneo donde está su incansable Jaguar. Las puertas metálicas se abren con su característico ruido mecánico dándole la bienvenida a una cámara vacía, pero aún con el breve aroma de la pasajera anterior. En cada pared lateral hay un espejo reflejando de manera infinita ambos perfiles de Max, este lanza un último vistazo a su atuendo en la primera de las imágenes que devuelve el espejo a su derecha. Los jeans y la polo del desayuno han sido sustituidos por un traje negro de corte italiano y rayas grises casi imperceptibles, la camisa es de un tinto tenue, sí, hoy puede darse el lujo de vestir ese color, además combina con el color del monstruo en sus venas. Lo siente agitarse en su interior, el recuerdo de las últimas semanas mantiene su libido activa y hambrienta, sólo que hoy, en especial, necesita de la tibieza de una mujer normal, que se recueste en su cama y se meta entre sus brazos, mientras él está detrás de ella, desea que se quede hasta el amanecer o quizá hasta la mañana para preparar el café y charlar de las cosas insignificantes que se utilizan para olvidarse de la desnudez y la llegada inoportuna del sol. Max enciende un cigarro y camina hacia el cajón donde deja su automóvil por las noches. En su cabeza ha empezado el playlist mental con sus canciones favoritas. Está listo para ir en pos de la aventura. Su auto se desliza suave por el concreto, al pasar por enfrente de la caseta de vigilancia, Max saluda al guardia de la noche. Roberto es un hombre de color, con más canas que años y recuerda mejor que Max la cara de las mujeres que lo han visitado desde su mudanza al viejo edificio. Al tocar la calle decide empezar la noche con un rondín por Ruben's y de ahí ver para dónde sopla el aliento del infierno.

El ambiente en Ruben's es el típico de un domingo en la noche, la mitad de las vacías y la otra mitad apenas ocupadas por uno o dos de los clientes regulares. Max se arrepiente no bien se planta en el recibidor, sólo a él, se recrimina, se le ocurre que podría encontrar movimiento en el bar en domingo. Está a punto de regresar por la puerta, pero decide tomar un trago para quitarse la sed en lo que hace algunas llamadas. Encima de la barra, entre los estantes de botellas multicolores, hay una pantalla plana mostrando las últimas hazañas de un deporte popular. Siempre se ha preguntado por qué en los bares donde es menos probable hallar deportistas siempre hay alguna competición deportiva en las pantallas digitales. ¿Será que los clientes por ver a los deportistas en su hábitat sienten que están haciendo algún tipo de ejercicio distinto del levantamiento de tarro? Enciende otro cigarro y ordena un Vodka Tonic. Le gusta su sabor puro, la dureza de su aroma, disfruta de sentirse un hombre de placeres sofisticados. Él no necesita el gimnasio para mantenerse en forma, no padece esa costumbre de los hombres de su edad de hartarse de cerveza y almacenarla en el abdomen para una improbable época de escasez.

Max acostumbra comer tan sano como su vida de soltero se lo permite, hace ejercicio moderado algunos días a la semana y rara vez cede a la tentación de las golosinas. Es alegre, carismático y sociable, todavía hay muchas mujeres que lo consideran un buen partido, pero desisten de la idea al probar el borde helado de sus murallas. Sabe dejar claro que no está interesado en jugar a la casita y escapa con sutileza de las trampas de la intimidad y la exclusividad sentimental.

Max se remueve en su banco, en el sonido ambiental vibra un cadencioso blues, Etta James con voz felina canta *"I Just Want To Make Love To You"*, con una mano se enciende otro cigarrillo, entre los hilos de humo mira hacia la pantalla en la que aparece un nuevo deporte. Inclina la cabeza hacia su trago que se acerca a la mitad, llevando la bebida con lentitud a sus labios para dar un sorbo. Con el sabor del vodka inundando su boca echa una ojeada a la concurrencia, observa muchos hombres solos en un diálogo privado con su bebida, como él; las mujeres, por el contrario, suelen estar en parejas y grupos, con un ojo a su mesa y otro a las mesas continuas. Busca un rostro en específico, aunque no sabe cuál, ni siquiera se ha dado cuenta que algo es lo que está buscándolo a él. Así de sutil camina la insatisfacción en el inconsciente, se apropia de la mirada, escudriña lo que pasa a su alrededor y hace comparaciones fugaces sobre lo que observa y lo que necesita. El lado consciente de su mente todavía no lo percibe, tardará un tiempo en percatarse del vacío, sólo sabe que quiere dormir acompañado y tener una charla intrascendente antes y después del sexo, fumarse un cigarro y repetir en la madrugada.

Por el extremo opuesto de la barra una figura conocida se aproxima hacia Max, luce en el rostro la sonrisa del que espera y ve su paciencia coronada. Se planta enfrente de él y se ajusta la boina.

— Por fin te apareces, Lobo —le saluda Ricky con un brillo cómplice en la mirada.

— ¡Eh, Ricky! Jamás me olvido de mi segunda casa y su buen gusto musical —responde Max apuntando un dedo hacia los altavoces en el techo —. ¿Qué tal la noche, viejo amigo?

— Ya sabes cómo son los domingos, aunque me extraña verte por aquí, me alegra que hayas escapado de tus rehenes. — se ríe Ricky apuntando a su vez hacia el pecho, a la altura del corazón.

— No es el Amor el que me ha mantenido ocupado, sino su exquisito placebo— le dice, Max.

— Hablando de eso, me dejaste un encargo y no volviste por la respuesta.

— ¿De cuál encargo hablas? —pregunta Max y en eso recuerda su charla previa con Ricky en la noche que conoció al club del sexo y le preguntó por la mujer que los comandaba.

—Le pedí a Johnny, uno de los chicos de la entrada que corriera la cinta de seguridad de esa noche y me hiciera llegar algunas imágenes de tu dama de rojo, se las enseñé a mi mujer y el resto es historia: ¡Te tengo su nombre, Lobo! —le disparó Ricky a quemarropa.

La dama de rojo

Los teléfonos sonaban sin parar en una actividad incesante que se sentía de esquina a esquina en la oficina que ocupaba el quinto piso de una torre que albergaba a compañías de distintos giros, pero dedicadas a un mismo objetivo: hacer dinero. Una mujer respondía con educada paciencia una llamada a la vez que introducía información a una computadora, sus manos volaban sobre el teclado con delicadeza y habilidad. Sus uñas largas y bien pintadas no parecían ser impedimento para que alcanzara las teclas. En el cubículo de a lado, un hombre joven mascaba chicle, con ese desagradable hábito para los demás de hacer burbujas y tronarlas dentro de su boca. En la pantalla de su computadora había varias gráficas y cerca del teclado un tarro semivacío de café. Enfrente de ambos apartados una puerta resguardaba una oficina privada y escrito en letras negras estaba el puesto y el nombre de la dama de rojo. Los ocupantes de la hilera de cubículos frente a su oficina estaban a su cargo, durante el día era la responsable del departamento de riesgos de una firma de consultoría para grandes corporativos y de noche era la directora de una hermandad transgresora y secreta.

A esa hora, la dama de rojo no estaba en su oficina, sino encerrada en una sala de juntas con un singular grupo de hombres. Vestía un traje sastre que robó su color a la arena del mar caribeño y portaba una blusa blanca de olanes que asomaban por el cuello del saco dándole un aire distinguido y femenino, no había ni rastro de la vampiresa que por las noches hacía del sexo casual un arte. Se expresaba de manera clara y precisa ante sus oyentes. Para ello había llegado desde temprano con un café en una mano y en la otra una carpeta con informes y gráficas que usaría para la reunión en la que ahora exponía. Sabina, con habilidad deslumbraba y cumplía las expectativas de un grupo de ejecutivos trasladados en un avión comercial desde el otro lado del país en exclusiva para conocer su veredicto. La mujer enfrente de aquellos hombres de negocios caminaba de un lado a otro esgrimiendo el apuntador laser como si fuera una fusta de cuero digital, los bombardeaba con datos y conclusiones, pero para sus adentros, sonreía al sentir en la

129

piel un dolorcito sensual; recordaba los azotes que había propinado y recibido en el estacionamiento de la universidad, se excitaba de nuevo y tomaba nuevas fuerzas para derramar su encanto en aquel reducido espacio ante un público cautivado por su aura magnética.

La reunión terminó una hora después, pero no la ola de recuerdos en retrospectiva. A solas en su oficina, Sabina se remontó a los tiempos antes del Club de sexo, antes de vestirse de rojo y desvestirse los límites. Se miró de nuevo a sí misma, más joven e inocente, en aquellos años en los que el dinero y el trabajo fluían en sentido opuesto a la satisfacción sexual. Sabina había saltado de una relación sentimental a otra buscando mantener a flote un barco sexual que sólo navegaba con buen viento las primeras semanas de encuentros apasionados y se hundía sin remedio en el mar de la monotonía en cuanto conocía mejor a sus parejas.

Aquella noche de primavera, antes del nacimiento de su hermandad del sexo, Sabina estaba sentada bebiendo una copa acompañada por sus amigas en unos de los tantos bares que estaban en boga en la ciudad por su ambiente moderno y estrambótico. Ignoraba que esa noche su vida cambiaría, tal como ella había cambiado la vida de Max tiempo después en Ruben's. Las luces en el bar eran tenues, en las paredes colgaban litografías en blanco y negro de cantantes e iconos de la cultura americana; Marilyn Monroe, James Dean y Jim Morrison entre otros servían de escenografía para que el reggae, el rock clásico y otros ritmos más modernos hicieran turnos para sonar en los altavoces y crear una atmosfera mezcla retro y siglo XXI. Las mesas eran una delicada combinación de metal y madera oscura, en la parte de arriba colgaban unas lámparas de luz suave que caía en el centro y se expandía como la marea para acariciar las bebidas y dar un toque de complicidad a los trasnochadores. Sabina y sus amigas habían llegado alrededor de las nueve y para antes de la medianoche ya habían consumido tres rondas de cocteles y vaciado una cajetilla de cigarros mentolados y alargados, de esos que parecen haber sido diseñados para las charlas sin fin entre mujeres. Algunas de las bebidas habían sido cortesía de los pretendientes en la periferia, galanes deseosos de ganarse unos puntos con alguna de las mujeres del grupo. Hombres jóvenes, bien vestidos y de no mal ver que gastaban su dinero a manos llenas con tal de tener la oportunidad de atraer a sus presas. Sabina y sus amigas conocían el ritual; se aceptaban las bebidas sin ningún compromiso de por medio, si alguno de ellos resultaba privilegiado por una de las presentes, debían irse a otra mesa o a la barra a flirtear y conocerse en completa intimidad. En la barra del bar había muchas parejas en esa situación, cuya charla se difuminaba con el sonido de la música ambiental. El alcohol corría a mares sobre las mesas alterando las conciencias y limando los prejuicios. Sabina había recorrido los rostros anónimos sin dar con ninguno que le ayudara a olvidar la frustración aún latente de su última relación, un círculo vicioso que había roto, no sin esfuerzo y dolor, el mes anterior.

Decir que fue Amor a primera vista sería una equivocación, lo que llamó la atención de Sabina sobre aquel semental de hombros anchos, nariz recta y sonrisa cretina fue el intenso magnetismo sexual que irradiaba, vestía de negro, su piel era blanca cual vampiro y tomaba whisky en las rocas con otros dos tipos de características similares, pero que parecían copias inferiores al original, al líder indiscutible del grupo.

El cretino poseía el semblante de un león, soberbio e indiferente hasta la dureza; sus ojos fríos y los movimientos de sus manos hablaban elegantes y seguros. Cuando la vio por primera vez de manera casual le lanzó una de esas miradas que traspasan la ropa hasta llegar al alma. Sabina sintió un extraño cosquilleo enredándosele por debajo del vientre. Observándolo con más detenimiento de lo normal en una chica en su posición, pudo admirar unas cejas negras y pobladas, un mentón de tipo duro a la Marlon Brando, con músculo puro cincelado bajo la camisa y el pantalón entallado, no era un dandy, ni un producto de gimnasio, su gallardía era tan natural como las rocas en el Cañón de Colorado, con una mirada de caída en el Everest, forjado hasta el último centímetro en el yunque de Hefestos.

Le gustó que fumara puro, como hombre de mundo, sin la pose forzada que observaba en los jóvenes con un habano entre los dedos y los deseos de impresionar envueltos en humo. Sus labios eran delgados, finos, le daban un toque perverso o de crueldad infinita, pero compensada con manos amplias, como su pecho, con la impresión de ser cálidas y sabias. Sabina supo que ese hombre tenía que ser suyo y que ella quería ser suya en todas las formas sucias de pegar un cuerpo con el otro.

Con sus treinta años apenas pasados, su cuerpo era un banquete a la vista de cualquier hombre, se sabía bella, sensual y atractiva, sus senos eran amplios y turgentes, su figura esbelta y sus piernas largas y bien torneadas. Su rostro era de gitana, piel morena clara y cabellera negra de enredadera, con ojos de pantera al acecho y labios contrastantes entre sí, el labio inferior era grueso y el superior una línea mediana que Sabina sabía aprovechar con el artificio del labial. Adoraba vestir blusas escotadas para atraer como moscas a la miel las miradas masculinas justo hacia la rendija dibujada entre sus pechos.

Sacaba provecho de su altura para filtrar a los candidatos entre los que la alcanzaban con tacones y los que sólo podían tenerla en sus sueños. Era de temperamento fogoso, de humor ligero y manejado con bisturí para nunca perder la compostura ni la clase. Poseía una mente tan inteligente como sensual, debajo de su ropa la fina lencería no dejaba lugar a dudas; disfrutaba su feminidad y sabía sacarle provecho a sus atractivos. Esos atributos le daban la seguridad de que, esa noche, a ese tipo duro iba a probarlo entre sus piernas.

Un mesero veterano, con tantas canas en el pelo, como horas de vuelo nocturno llegó con una nueva ronda a la mesa de Sabina y compañía, un emprendedor probaba suerte con el conocido rito de las bebidas gratis. Las chicas trataron, en vano, de sonsacarle la ubicación del pretendiente, pero no hubo manera de arrancarle el secreto, ni siquiera provocándole sonrojos o coqueteándole a la descarada para doblegarlo. Un billete de los grandes en el fondo de su bolsillo había sellado sus labios, si fuera un confesor de pueblo no habría sido más discreto, si algo había aprendido en sus años de atender mesas y sortear egos era que ese tipo de propinas nunca llegaban huérfanas y la jornada aún podía ser más productiva. Sabina tuvo la corazonada sobre el misterioso mecenas de aquellas bebidas, pero por alguna razón, que ni ella misma pudo explicarse, se lo reservó para ella. Probó su bebida y cerró los ojos imaginando que eran los labios de navaja suiza del cretino los que mojaban su boca carmesí. Al abrirlos miró hacia la mesa del hombre para constatar que sus ojos estaban clavados en ella y le hablaban a sus entrañas en un diálogo sucio y privado. Con la copa aún en su mano le hizo un brindis imperceptible para cualquiera, menos para él, que correspondió con una ligera inclinación de cabeza.

El ruido ambiental estaba al máximo, una cacofonía de voces, murmullos, risas y sonidos residuales saturaban el aire del bar. Las mujeres eran cada vez más hermosas y los hombres más simpáticos y menos feos. Dos amigas de Sabina se habían ido a buscar lugar en la barra en compañía de un par de corredores de bolsa, al menos eso parecían, en la mesa quedaban sólo cuatro mujeres.

Sabina expresó a voz en grito que necesitaba respirar aire fresco, tomó su bolso y se levantó para ir a la terraza del bar a buscar un espacio en la baranda para fumar un cigarrillo y, por supuesto, crear la oportunidad de un acercamiento del demonio de labios finos.

La terraza del bar tenía de todo, menos silencio, además no había una sola persona que no echara humo por la boca o la nariz. Por fortuna, el viento llegaba a ráfagas para llevarse las nubes grises que se formaban en el techo semi-abierto. A esas horas nadie reparaba en los demás y cada quien estaba enfrascado en su propia cacería. Sabina estaba de espaldas recargada en la baldosa de concreto con vista a la calle.

Con sus ojos gitanos escudriñaba las puertas de los demás bares en las calles aledañas y sus hileras de noctámbulos a la espera de su turno para entrar, los guardias eran parecían especímenes de la misma hechura, voluminosos e imperturbables. En su papel de guardianes del cielo, en su caso de las puertas de una Sodoma soft. El tránsito de coches era escaso, para la mayoría de los que visitaban esa parte de la ciudad era más cómodo llegar en taxi, era común ver grupos de hombres y mujeres a pie en uno u otro sentido de la acera como hormigas al final de la jornada.

Más que escucharlo acercarse por detrás, lo percibió en los delicados vellos de la nuca y lo sintió colarse por los poros de su nariz para revolverle las entrañas con su aroma de metal y fuego. El arsenal de mañas femenino tiene siglos de probada efectividad, como para olvidar que a los hombres les place cazar presas en apariencia solas. Sabina esperaba que se situara en uno de sus extremos para abrir charla circunstancial, pero el tipo era un cretino bastante seguro de sí mismo. Con sus manos de oso la tomó del talle, acercó su aliento cálido a su oreja y le dijo al oído, con una voz de vicio inclemente, al que la atraería sin remedio a partir de ese momento.

— Me encanta que hayas sabido dónde buscarme —dijo a un centímetro de su pendiente de oro.
— Sabía que un cazador experimentado como tú, no desperdiciaría esta oportunidad —respondió Sabina, sin voltear la mirada, disfrutando la sensación de sentirse contenida entre sus manos.
—Me llamo...
—¡Shhh! —la interrumpió con suavidad el hombre— No me interesa saberlo.

A continuación besó su cuello sin pedir permiso, los hombres como él, pensó ella, no piden permiso, sólo pagan las consecuencias de sus actos. Pegó sus labios de trópico en el punto debajo de la oreja de Sabina en un beso largo, caliente y húmedo, que trasladó esas sensaciones hacia abajo de su lencería fina. Así deben besar los vampiros, pensó ella, perdiéndose en el placer de aquel beso. Sus dientes recorrían su cuello y su nuca, a ratos lamía leve o mordisqueaba hasta toparse con los huesitos de los hombros. En unos instantes había nacido un río en donde antes había sólo rocío. La abrazó con suavidad por la cintura, ondulando sus cuerpos, lo sentía pegado a sus nalgas, imponente y absoluto, así como cuando la lengua detecta un objeto extraño dentro de la boca y no puede evitar moverse para tocarlo, para reconocerlo, para declararlo aliado o enemigo, así se movían sus caderas sobre aquel intruso.

Con un descaro increíble, el desconocido le deslizó la mano con la que llevaba el ritmo de sus cuerpos desde su ombligo hacia abajo, más y más abajo. ¡Maldito seas! pensó para sus adentros, no soy puta ni ofrecida, qué se cree que... se inundó al sentir sus dedos rozando los vellos del pubis, intentó romper el hechizo, pero las navajas de sus labios cortaban cualquier intento de defensa, mordisqueaba y chupaba su oreja con la habilidad con la que un halcón juega con un ratón entre sus garras.

Sabina sentía que decenas de miradas disfrutaban con morbo el espectáculo, quizá alguna de sus amigas no tardaría en venir en su auxilio a separarla de aquel demonio con aroma a Mont Blanc y testosterona, pero si alguien a su alrededor reparaba en ellos por un segundo, su mirada indolente se toparía sólo con una pareja a la orilla de la terraza, bailando y admirando las luces de la ciudad fundidos en un abrazo romántico y tierno. La música, las charlas y los ruidos ambientales se mezclaban de tal manera que para escucharse unos a otros tenían que estar a pocos centímetros de distancia. Aquella saturación impedía que los jadeos de Sabina se escucharan, aunque ella sentía que serían capaces de despertar a un muerto, pero sólo el hombre detrás de ella podía captarlos y usarlos para sus irreverentes propósitos.

Sabina mantenía los ojos cerrados por miedo de que al abrirlos se encontraran con un guardia dispuesto a sacarlos del bar, cuando unos dedos gruesos y rugosos se posaron sobre su centro; tallándolo, azuzándolo y violándolo a la vista de todos, ante la inevitable rendición de su dueña.

Aquellos dedos estaban calientes, pero no tanto como el aire confinado al que se enfrentaban, aquel barco de piel se encaminaba entre olas cada vez más violentas al corazón de una tormenta. Los intrusos hurgaban, acariciaban y penetraban sin misericordia, sin el menor atisbo de pena y con la aparente determinación de no parar hasta desgarrarla por dentro en una agónica muerte pequeña. Sus piernas la sostenían apenas, de no ser por sus manos que se aferraban a la baranda, sus rodillas se habrían doblado llenándola de vergüenza.

El pecho del desconocido la detenía, lo sentía amplio y seguro, un lugar donde refugiarse ante cualquier tempestad, incluso las provocadas por él mismo. Sabina respiraba su aroma de hombre, su aliento tibio y hasta el olor de su deseo trenzado con el suyo. Sus dedos la usaban, la abrían, la clavaban sin pausa, con ritmo lento y acompasado.

Envuelta en un torbellino de sensaciones, la adrenalina hacía tumbos en su interior, en un intento por ganarle la carrera a la excitación que la recorría de pies a cabeza. El martirio se concentraba entre la humedad de sus labios hinchados por el roce indirecto y el punto al rojo vivo donde giraban con lentitud agónica, Sabina quería que aquel placer no terminara jamás y demorara el tiempo que su cuerpo lo pudiera resistir, pero a la vez quería escapar de ahí, correr con aquel desconocido a estrellarse contra una pared para poder separar sus piernas y darle la más ardiente de las bienvenidas a su carne salvaje y desconocida. La boca del engendro irreverente se separó unos centímetros de su cuello para susurrar algo.

—Estacionamiento subterráneo, en veinte minutos— le dijo al oído, al tiempo que rompía el contacto íntimo y se separaba de ella, alejándose sin volver la vista atrás.

Sabina dejó de percibir la presencia del cretino, sintió cómo su aura sexual y magnética se diluía al paso de los instantes dejando sólo su aroma enroscado en su cuello, donde unos minutos antes estaban sus labios chupando y besando. Respiró hondo, todavía temerosa de voltear y enfrentar las miradas curiosas. Con una mano alisó su ropa, como si pudiera plancharla y ocultar las pruebas de su desvergonzado encuentro, sonrío mustia y sintió de nuevo la conocida marea líquida alcanzando sus bragas. ¡Dios! pensó, qué placer tan tempestuoso e inolvidable.

Quiero más de esta agonía, lo quiero sentir, se reconoció a sí misma, aquí otra vez, o allá, ¿en dónde dijo que estaría? Oh sí, el estacionamiento, y se estremeció de excitación otra vez. Se armó de valor para volver la vista y enfrentar, por fin, el juicio de la concurrencia. No le importaba ya, estaba preparada para lo que fuera.

En la terraza, una pareja intercambiaba números de teléfono de silla a silla, los vasos casi vacíos evidenciaban que para ellos la velada había terminado y cada cual tomaría su propio rumbo, al menos aquella noche. Un grupo de mujeres sin pareja bailaba entre sí a la orilla de su mesa, todas ellas alegres y con la mirada extraviada, cantando a gritos desaforados y saltando desinhibidas con las manos al aire, al compás de melodía. Un grupo de hombres arreglaba el mundo, con la botella de cerveza en una mano y en la otra el infaltable cigarro. Se quitaban la palabra unos a otros cuando la discusión agudizaba o esperaban en actitud de respeto a que el orador terminara de escupir sus argumentos antes de reclamar la voz para sí mismos. Otra pareja se comía a besos contra una pared, a lado de una maceta. La pobre planta trabajaba turno extra filtrando el aire y soportando la vejación a su tierra por las colillas del mismo veneno que purificaba para aquellos que la veían como un ancho cenicero natural en el que dejaban encajadas las sobras de su contrato de muerte. Nadie volteó hacia la mujer que abandonaba la terraza con paso decidido, el ruido de sus tacones jamás existió en aquel ambiente; se lo tragaron las baldosas percudidas de pisadas y manchas de tierra remojada en residuos de alcohol, aquel piso fue el único testigo del taconeo de una nueva y peligrosa Sabina que se alejaba del mundo tal como hasta ahora lo había conocido rumbo a una tierra adictiva y excitante.

LA SONRISA ETERNA

Soplaba un viento fresco la noche que Max salió de Ruben's con el nombre de la dama de rojo en la bolsa izquierda de la camisa quemando al contacto con su pecho. Una vez más estaba a solas frente de la puerta del Jaguar, con un cigarro en la mano y un enjambre de pensamientos revoloteando su mente. Unos minutos antes, Ricky, el encargado del bar le había hecho un regalo especial, aunque por ahora no supiera qué hacer con la información garabateada en un manoseado pedazo de papel con membrete de bar. Unas semanas atrás se había hecho jirones la cabeza para adivinar quién era la obsesión vestida de rojo que había sacudido su precario equilibrio sexual y lo había empujado cuesta abajo en una pendiente de lujuria y aventura.

¿Cuál era su verdadero nombre?, ¿a qué se dedicaba de día?, si llevaba una vida normal, si estaba casada con algún carcamán que le extendía un cheque en blanco de libertad o si se lo firmaba ella misma para llevar una vida clandestina y sin límites, si aún creería en el Amor o éste se había convertido en un viaje interminable de amores anónimos y pasajeros.

Su obsesión no obedecía a las leyes del Amor, estaba sujeta a una ley más primitiva y salvaje: la ley de la posesión, de la marca en la carne, del chorro de semen que quema y cala la piel de una mujer para convertirla en extensión de un hombre. No podía pensar en términos de enamorados sobre lo que quería saber de Sabina, —daba por descontado que ese era su nombre—, lo que necesitaba conocer eran sus orígenes, quién y cuándo le había impuesto la marca del monstruo en la sangre y la había reclutado en las filas del ejército de los que pelean por la libertad de la carne y abrazan el triunfo del placer sobre la moral.

Max se había preguntado además, quiénes eran los aliados que semana tras semana se daban cita en los más inesperados lugares al aire libre para sumarse a sus fugaces guerrillas de piel contra piel. Las reglas no estaban escritas, nadie le entregó a su ingreso un manual de comportamiento, lo que sabía lo aprendió sobre la marcha, al observar, callar y retener en la memoria cada detalle y código transmitido a él u otro miembro de la secreta hermandad. Sabía, por ejemplo, que faltar a una cita era el trámite más corto para rescindir la membresía, quien faltaba a una cita perdía la oportunidad de conocer el siguiente punto de reunión y sin esa referencia, en automático quedaba excluido del club. Rota la cadena de contacto y sin el eslabón faltante, el ausente era remplazado, ya fuera por la dama de rojo, o por una invitación especial de otro de los miembros más antiguos, así fue como lo habían reclutado en Ruben's, beneficiado sin querer por una ausencia y elegido por el ojo caprichoso de Sabina.

Por otro lado, Max intuía que la dama de rojo debía poseer una manera de contactarlos, pero ignoraba la naturaleza del medio, jamás le había preguntado su nombre o número de móvil. Sin embargo, "Charly", el pelón que le jugó la broma en la escapada al bosque de los castigos, había faltado a una cita y apareció a la siguiente semana sin aparente confusión sobre el punto de reunión. Quizá era un privilegio que se ganaba con la antigüedad. En esa ocasión escuchó a "Bruno" comentar a "Charly" sobre lo oportuno de su regreso, porque las lunas de octubre estaban por empezar y se las habría perdido. A Max le intrigó el término, "Las lunas de octubre", ¿a qué se referían esos dos?, ¿qué pasaba bajo la majestuosa luna de octubre?, pero Max no se atrevió a preguntar. ¿Acaso se celebraba un evento distinto a todo lo que hasta ahora conocía?, ¿cambiaría en algo la rutina semanal? —Si es que se le podía llamar rutina al ritual de protagonizar entregas candentes en los lugares más insospechados—. Una semana podían verse a la orilla de la carretera y la siguiente cita estaban trenzados en el estacionamiento vacío de una universidad, a veces era dentro de los coches y otras ocasiones al aire libre. Una madrugada había sido en un callejón en medio de la ciudad y en otra, en un estacionamiento subterráneo de un bar popular. Sabía que el grupo se conformaba por siete miembros regulares y constantes, pero había invitados especiales que aparecían una vez para que nunca se supiera más de ellos. No había predilección en el género, aunque notó que las mujeres solían traer hombres como invitados y los hombres del grupo llevaban mujeres, putitas que levantaban en algún cogedero o amantes ocasionales, pero jamás repetían, servían como una distracción fugaz, un escape a la rutina de las mismas caras. Para Max resultaba asombroso ver cómo miembros e invitados se adherían por instinto al código no escrito del club. Se hablaba poco y se silenciaba de manera determinante a quienes trataban de comunicar más de lo necesario. El cuerpo no necesita de palabras para comunicarse con otro cuerpo, le bastan sus partes para contactar a otro y hacerle saber lo que quiere. Sólo se necesita la caricia de una mano sobre un valle y un gemido al sentir ese roce, un ofrecimiento delicado al mover la cadera y una mano intuitiva que acepta el regalo, una mirada cómplice que traba contacto con otra y una pared como testigo de dos sombras que se aparejan entre ellas; y cuando eran necesarias las palabras, los monosílabos y las frases cortas entraban en acción. Un "No" rotundo, un gemido alargado que devenía en una cascada de demandas inconfundibles: "Más, duro, así, Dios mío, maldito, puta, cabrón y no pares". La dama de rojo comandaba al grupo en forma monárquica, sus órdenes se acataban sin respingo. Su don de mando fue manifiesto durante el tanque salvaje de "Bruno", un mastodonte capaz de reducir a polvo con una mano a cualquiera, pero ante su reina inclinaba tácito la cabeza para obedecer su comando; tan increíble como la sumisión de leonas en manada que mostraban las mujeres del grupo, bellas y caprichosas afuera, pero jerárquicas ante la voz de otra mujer: la dama de rojo.

Las ventanillas del coche de Max descendieron a la par, para dejar escapar de inmediato el humo prisionero en el interior y en los pulmones del hombre que giraba la llave de arranque. Unos cuantos vodkas se agitaron en su estómago al tomar rumbo a otro de sus refugios predilectos. Resuelto a olvidarse del club, de Sabina y de sus pasiones violentas, Max buscaba una aventura normal; conocer a una chica, coquetear un rato y, de común acuerdo, irse a su departamento a beber un trago y acallar la charla ligera con besos desesperados en el instante perfecto. El viejo ritual del que había querido escapar por predecible y aburrido, el conocido camino que ahora anhelaba retomar para sentirse de nuevo un hombre normal, con los deseos comunes de su género de un poco de sexo, cariño y atención, más otro tanto de risa, charla y complicidad en las miradas.

En pocos minutos arribó a las afueras del Latitud 40°, un bar famoso en la ciudad por su capacidad para reunir todas las preferencias sexuales bajo un mismo techo, ni la más influyente de las iglesias podía vanagloriarse de un surtido humano tan amplio y selecto a la vez. En la escalera de ascenso hacia la entrada, dos guardias denotaban la simbiosis del lugar. El de la izquierda era un negro formidable de brazos tatuados y vestido de oscuro, el de la derecha era un albino vestido de blanco y con una actitud tan de pocos amigos como su pareja de trabajo. Ambos saludaron con una sonrisa y palabras de bienvenida a Max cuando este se despidió de su Jaguar sin mirar atrás. Sin problema franqueó las puertas de cristal, tampoco volteó hacia el cuadro heterogéneo de seres que hacían fila desde quién sabe cuándo por una oportunidad para entrar al bar de la exclusividad y la oportunidad sexual.

La atmósfera en el interior era tal como la recordaba. Sin pausa la música salía expulsada desde potentes bocinas colgadas en lugares estratégicos para crear un sonido envolvente y discordante con en el que los asistentes gozaran de la intimidad que brinda la intersección de música fuerte y la amplia variedad de sonidos ambientales. La iluminación era poca, quizá por la hora, pasaban de las dos de la mañana, aunque que para los ahí reunidos parecía que apenas empezaba la noche. A Max le había agradado siempre esa extraña impresión de sentirse en casa en una moderna réplica de Sodoma y Gomorra. Por doquier se observaban parejas comerse al modo francés. Hombres bigotones con muchachitos lampiños, mujeres treintonas de tetas grandes con muchachitas con cuerpo de escoba y tetas de tenistas. Hombres como el mismo Max con mujeres que igual pegaban a los veinte que arañaban los treinta o cuarenta. Estaban las exitosas que parecían recortadas de revistas feministas acompañadas de su pareja femenina que, o era del mismo molde, o todo lo contrario. Estaban los grupos de ejecutivos jóvenes reunidos en manada olfateando una presa fácil. En varias mesas había grupos de mujeres que hacían lo mismo; bebían, charlaban, gritaban y disfrutaban, algunas buscaban parejas de su mismo sexo, otras del sexo opuesto, otras no buscaban nada, sólo estaban ahí para matar el tiempo y las neuronas con tabaco y alcohol. Max se sentó en la barra a beber un trago y a pasar el rato estudiando el terreno. Ahí, entre todas esas caras maquilladas y de cabelleras multicolores estaba escondida su futura compañía para esa madrugada.

La principal virtud de los cazadores es la paciencia, el cultivo sistemático de esperar sin desesperarse, quien aguarda agazapado en la oscuridad no puede darse el lujo de desperdiciar quizá su única oportunidad en un movimiento brusco o un blanco mal medido. Con una mirada casi paternal observaba a los participantes más recientes de ese juego, cómo se lanzaban impulsivos e inexpertos tras la primera mujer que les llenaba el ojo sin tomarse la molestia de estudiarla un poco para saber si estaba interesada en el mercado masculino, femenino o ninguno, si estaba acompañada, esperaba a alguien o estaba comprometida y por azares del destino ese día estaba lejos de su galán, si el grupo de amigas que la acompañaba le permitiría abandonar la mesa o, en el peor de los casos, traer a un extraño de invitado. Podía tratarse de aeromozas, artistas liberales, estilistas, diseñadoras, administrativas, maestras, traductoras, chefs, enfermeras e incluso hijas de papá y mamá. La gran virtud del Latitud 40 era su enorme selección del vasto catálogo que ofrece la decadencia humana. El nivel económico y cultural resultaba importante para entablar una conquista de igual a igual, las mujeres son expertas en el manejo de una mirada para decidir si un hombre les llama la atención o es por completo execrable, pero son magnánimas con quienes saben ganarse su atención con una charla ingeniosa y divertida o con la gracia de la espontaneidad. Max no se consideraba experto en mujeres, pero era un maestro en detectar a aquellas que poseían potencial de elegirlo como promesa de alcoba o incluso algo más. No era un cazador en busca de cualquier presa; buscaba una específica, aquella que en su código genético, emocional y sexual sintiera predilección por los hombres como él. En su experiencia, usar ese método facilitaba la conquista, de antemano tenía en la bolsa la aceptación de su estereotipo y la mejor noticia era que la víctima ignoraba esta circunstancia, lo que permitía invertir los papeles de la cacería/cortejo. Max contaba con el hecho que la mujer escoge, pero con este método, él se aseguraba de antemano de ser el elegido. El cazador tendía su trampa como un acto perfecto de ilusionismo, la presa se consideraba a sí misma la cazadora y entraba por su propio pie a la jaula de encanto de su depredador secreto.

Max estaba sentado no muy lejos de la barra, como era su costumbre en los lugares a los que solía asistir, para dominar con la vista las mejores áreas. Su mesa estaba cubierta con un mantel blanco que casi rascaba el piso, en medio había una estructura de metal con un cartelón de diseño modernista que anunciaba las especiales del bar y la cocina. De lado derecho estaba su cajetilla de cigarrillos a medio acabar, un mechero plateado, regalo de un cumpleaños, y una bebida recién servida. Un mesero merodeaba siempre atento, por raro que pareciera, en aquel hormiguero de gente, para reponerle su bebida, no era improbable que se tratara de un mesero con buena memoria para los clientes especiales y sabía que estos aportaban el extra generoso en sus propinas.

La vista entrenada de Max la detectó cuarenta y cinco minutos después de ordenar su primer vodka tonic, su bebida preferida para noches de caza, no producía mal aliento, su efecto embriagante era moderado si se limitaba a menos de cinco vasos y no tenía el molesto efecto diurético de la cerveza, ni mucho menos atentaba contra la planitud de su estómago. Después de un largo proceso de atrapar y escudriñar cientos de miradas relámpago de las mujeres en su radar de 260 grados, lo primero que llamó su atención fue su sonrisa, era amplia y acariciante como la caída del sol en la playa y constante como el vuelo de un colibrí. Tenía unos labios frugales de un rosa marcado y natural, de esos que se desean para llevarse a una isla perdida, de los que invitan a empeñar el alma al Diablo por un beso. Pocos recuerdan en qué sitio perdieron la razón, en cambio, Max recordaría por mucho tiempo aquella sonrisa.

Le buscó la mirada con la calma felina que le caracterizaba, pero con un nerviosismo y desesperación desconocidos en él, que se delataban en las constantes chupadas a su cigarro y los pequeños y recurrentes sorbos a la bebida. Él fue el primero en sorprenderse por la forma en la que el entorno desapareció, sentía mariposas en el cerebro y dragones en la sangre. La figura de aquella ninfa era espigada, su cabello largo y oscuro remarcaba una blancura de ángel, de luna llena y de inocencia inmaculada. Sentía en su interior el despertar del monstruo, al que le importaba una mierda la estrategia y los estereotipos, cuando el monstruo deseaba a una mujer no había razonamiento humano que lo pusiera a dormir de nuevo.

No todas las pasiones conducen al Amor, hay algunas que sólo llevan a la perdición. El monstruo sólo conoce los caminos al infierno y arrastra con él a su dueño y a quien se interponga entre él y su objetivo. La quería esa noche o en cualquier otra a merced de sus instintos, bajo el calor de sus manos y entre el filo de sus dientes. Todo crimen de posesión inicia por la fantasía y sólo el deseo genuino mata por volverse realidad. Casi en un trance, Max sintió que su consciencia abandonaba su cuerpo y lo dejaba sujeto a sus deseos asesinos, habría matado en ese instante por poseer a aquella hermosa criatura, por recorrerla palmo a palmo con manos, labios y dientes, así de violentas eran las ganas que lo carcomían. La deseó con dolor, como no había deseado a ninguna mujer en mucho tiempo; sin conocer su nombre, el sonido de su voz, el color de sus ojos o el interior de su sonrisa. A aquella distancia era más fantasía que realidad, estaba envuelta en la burbuja de lo lejano, lo ajeno y lo prohibido. Por experiencia, Max sabía que era imposible que esa beldad estuviera sola, las mujeres como ella tenían un mundo de hombres a sus pies; fue así que sintió el aguijón de los celos, de la pesadumbre, el sabor anticipado de la derrota que aqueja al cazador ante una presa inalcanzable. Así son las mujeres de peligrosas para trastocar la vida de un hombre, lo hacen en segundos y a la distancia como francotiradores profesionales, sin saber siquiera el alcance y el poder de sus balas. No era sólo que fuera bella, en aquel lugar abundaban las bellezas y promesas de sexo fácil, había en la mujer de larga cabellera una mezcla de discreta ternura y violenta sensualidad, como si apenas empezara a atisbar en el conocimiento de lo profano, la fragancia primitiva del sexo y el deambular desvergonzado de los deseos escondidos y malsanos. La lengua que descubre por primera vez que sirve para algo más que hablar, que sus movimientos silenciosos son más incisivos que la palabra correcta en el momento preciso, que se entera de que los silencios son para romperse con la punta de la lengua en el punto de quiebre de la piel y percibe un placer extraño en hacer de su boca un infierno para la piel palpitante que consigue entrar en ella. Había en la esquina de su mirada esa reconciliación que pocas mujeres alcanzan a su edad hacia el libre ejercicio del placer carnal sin culpas. Una puta en ciernes, una virgen de los sentidos aún sin corromper, pero dispuesta a cruzar cualquier frontera, unas alas alineadas hacia un nuevo cielo todavía a la espera del incentivo ideal para emprender su vuelo.

El despertar de las fantasías es más inoportuno cuando se está a unos cuantos metros del objeto del deseo. En la mesa en la que Max tenía clavados los ojos había nuevas piezas del rompecabezas, al oído de aquella linda cabellera estaba un hombre vestido de negro, con labios delgados como la línea que divide el placer del pecado, le hablaba en susurros y ella sonreía con la complicidad que uno reserva para los pensamientos en los que estorban la moral y la ropa. Max habría cedido la lealtad a cualquiera de sus vicios por saber qué le estaba diciendo aquel hombre, quién putas era en su vida y a dónde la llevaba de su mano. Hombre y mujer abandonaron el Latitud 40°, antes de marcharse el individuo arrojó unos billetes sobre la mesa a la par que le ayudaba a ella a ajustarse una chamarra diminuta que apenas llegaba a la curva de las costillas, la incomprensible moda y vanidad femenina meditó Max en segundo plano, ya que no se perdía un detalle de la escena y en inusitada congoja la despedía con la mirada, a ella, a la ninfa de la de sonrisa eterna.

El deseo es un caníbal que nos consume por dentro si no ponemos nuestra piel al alcance de quien deseamos. Esa noche quedaría enjaulada en su memoria para morderle las entrañas cada vez que la recordara en el futuro. Quizá hubo otras mujeres a las que deseó en secreto como a esta de la sonrisa ingrávida, pero si en este momento se lo preguntaran, Max no se acordaría de ninguna, más que de ella. El sabor duro y helado del vodka se deslizó por su garganta en un vano intento por congelar sus inexplicables celos, un montón de colillas se apilaban en el cenicero, esperaban la vuelta segura del mesero, que sin importar la recurrencia de sus atenciones, no conseguía ser más rápido que Max para librarlo de una nube de humo constante y moribundo. Con violencia medida apagó el último cigarro dedicado a aquella sorpresiva obsesión, había llegado en busca de compañía y no se iría sin obtenerla. Levantó su vaso para responder a lo lejos un brindis enviado con una mirada por una mujer cercana a los treinta, miró su cara y le bastó un segundo para decidir que ella era la presa que estaba esperando aquella noche. Max se levantó de la mesa dispuesto a dejar caer la trampa encima de ella y llevarla a su departamento como un trofeo que se disfruta en la cama.

***

Las luces traseras de los coches en sentido contrario se perdían veloces en la oscuridad del espejo retrovisor de un Jaguar plateado que transitaba por una avenida poco concurrida. En la lejanía se convertían con rapidez en puntos rojos brillantes y oscilantes. Max los miraba de reojo, el veinte por ciento de su atención estaba en el volante, el resto de su cerebro estaba dedicado a procesar las descargas de placer que sacudían su miembro, se extendían por todo su cuerpo y se difuminaban en sus extremidades hasta desaparecer por completo como aquellas luces rojas en el retrovisor del coche. "Lo mejor que puede hacer con su boca una mujer es hacernos olvidar que es una boca la que nos engulle" reflexionaba Max, mientras limitaba la velocidad del desplazamiento del coche; lo último que deseaba en el mundo era que un policía interrumpiera su entrevista con aquel geiser anónimo. La cabellera de un castaño oscuro de su acompañante resbalaba por la curva sur del volante, su boca era generosa y ahí donde se agotaba el túnel húmedo, la mano entraba al rescate. En el estéreo se escuchaban los acordes enajenados de la guitarra eléctrica en *"Seek and destroy"*, Max creía que en la vida sexual de todo hombre hay un *playlist* que define su personalidad en la cama y que éste se reproduce en su cabeza sin importar si está dormido, despierto o dentro de una mujer, y él no era la excepción, por ello la guitarra metalera se sumaba a la corriente de adrenalina en sus venas.

En el reducto de aquel coche, un hombre como cualquier otro estaba a merced de una mujer que hacía honor como ninguna otra a la confianza entregada con el abrigo constante de su boca sobre su piel desnuda. La música podría esconder los gemidos del hombre y desaparecer por completo el chacoteo de la carne ensalivada al entrar y salir, pero la mujer percibía sus jadeos a través de la vibración sensual de los duros muslos en los que reposaba su pecho, sentía en su boca el palpitar de una carne rabiosa y la casi temerosa ternura de una mano de vellos morenos que descansaba en su cuello, para acompañar el sube y baja de su cabeza, sin hacer presión, sólo para atemperar la intensidad de sus caricias, un soldado en guardia, alerta a la menor señal de peligro. En el rojo providencial de un semáforo, Max dejó caer sus párpados para abandonarse a la sensación envolvente de capullo sobre su orgullosa plenitud de hombre, nada podía ser más importante que palpitarle dentro, no había mejor melodía que el retumbar de sus latidos contra sus paredes húmedas y el desfiladero rugoso y nervioso llamado lengua. Sentía crecer su carne al rebelarse en contra y a favor de la caliente opresión, se impulsaba al encuentro del anillo de fuego y le rendía tributo en gemidos quedos para que no dejaran de prodigarle sus maravillosas caricias en cada asfixiante retirada.

El cliché de un claxon vino a darle punto final a la reflexión de Max.

— De todos mis vicios, mujer, son tres a los que nunca podría renunciar: estar en tu boca, que estés en mi boca y estar dentro de ti.

Las ruedas del Jaguar se movieron con la misma velocidad que un condenado a muerte hacia su ejecución, si hubiese sido por el conductor, se habrían quedado aparcados ante los cambios de luz del semáforo hasta que el frenesí de los disparos silenciosos fueran atemperados por su refugio cálido. En la periferia de sus ojos se deslizaban las siluetas borrosas de las edificaciones a su alrededor, estaban a unas cuadras de su destino; el edificio donde los esperaba una cama libre de testigos. Había que reconocer que su acompañante era incansable en sus caricias, se brindaba en forma completa y sin egoísmo a su labor, cualquier hombre podría ser feliz con una mujer con esa capacidad de entrega.

La adrenalina y el placer se mezclaban con los acordes del rock en los altavoces, la noche como única espectadora de aquella escena secreta, para el resto del mundo el automóvil sólo llevaba un pasajero, un hombre con la barba de los trasnochados y la mirada ausente que llega con la tranquilidad del alcohol.

No hay hombre que pueda resistirse al encanto de un beso íntimo, es tan difícil juntar los labios a otro sexo sin desear pegar también lo demás, pensaba Max, que comenzaba a desearla de otra manera. Una mujer que sabe amar con la boca, sabe amar con cualquier parte del cuerpo, y esta chica poseía calor y humedad, presión y ritmo, sensualidad y destreza, la receta perfecta para un viaje al cielo sin escalas ni turbulencia, por el contrario, los cambios de velocidad son bienaventurados y apreciados. Cinco dedos intentando domar al monstruo, ejerciendo el control y atemperando el calor, subir y bajar, tomar y dejar, suavidad y violencia, candor y perversión, otra vez arriba, otra vez abajo, es inevitable apagar la vista, abandonarse al placer hedonista de recibir Amor a través del sentido del tacto. La carne al servicio de la carne, la humedad doblegando a la piedra, el calor imponiéndose a la fuerza. Chupar y mojar, proteger y acariciar; verbos que sólo se conjugan a la hora de amar. Otra luz en rojo, otra mirada perdida en las vestiduras del techo y de pronto, ahí está, oscilando en el fondo de su mente, la chica de la sonrisa eterna, con su boca de fresa y su mirada de exploradora nueva, ¿qué haces aquí?, ¿quién te dio derecho a colarte en mis placeres, a apropiarte de la gloria que le pertenece a quien en este momento me mima y acompaña?

Ahora es su boca la que se cierra alrededor de su carne embravecida, es su piel de luna en la que se hunde su plenitud de hombre y la que se prodiga en besos calientes, lengüeteos imprevistos y desquiciantes lamidas. Maldita seas, bienvenida seas, adorable desconocida, te adueñas de un momento que no te pertenece y estableces tu marca en un cuerpo que empiezas a reclamar como tuyo. Max no sabe su nombre, sin embargo, se reconoce suyo por el restallar del látigo sobre la fantasía de tenerla encima de él.

Entraron al estacionamiento del condominio y rompieron las penumbras con la incandescencia violenta de los faros del coche. Pasaron frente a la caseta de seguridad, el portero les sonrió al mirar de reojo a la primera acompañante en semanas con rumbo al departamento de Max. Pensó que por fin ahuyentará por unas horas la soledad y lo escuchará silbar de nuevo por las mañanas cuando se dirija hacia su inseparable Jaguar. El guardia ignora que el brillo en la mirada de Max no es por su acompañante actual, esa luz en sus ojos aún no tiene nombre, pero le conoce una sonrisa capaz de derribar cualquier muralla en su vida con la efectividad de una bomba.

Yoga en la azotea

La luna estaba de descanso esa noche de inicio de mes, estaba ausente, quizá se preparaba para su regreso triunfal en el más deslumbrante de sus periodos durante el año: el de octubre. Sublime e incitante, mágica y colosal, responsable de romances como el del mar con la arena, de amores legendarios como el de Don Juan y Doña Inés, de estúpidos y románticos suicidios y las más arrebatadas declaraciones de Amor perpetuadas bajo el poderoso y ancestral influjo de esa misma la luna despegada del horizonte en las comisuras del otoño.

En la azotea de un edificio, un conjunto de sombras se mezclaban unas con otras. Recargada en el borde del techo con sus ojos de pantera extasiada, Sabina miraba a lo lejos sin fijar la vista en nada, con la mirada flotando sobre el techo de los edificios vecinos. El cuerpo medio desnudo y elevado a doce pisos del suelo, el rostro transformado por el deseo, con los labios temblorosos y secos de gemir y el pelo revuelto por el asedio continúo del hombre detrás de ella. Sentía en cada fibra del cuerpo la vibración producida por el embate de los muslos de su acompañante, los cuales se estrellaban a buen ritmo contra su castigado trasero al descubierto. Cada vez que sus piernas se cimbraban, sus senos se movían en un sensual vaivén que los llevaba a chocar contra la pared en la que estaba recargada. Sabina usaba sus piernas para ofrecer resistencia con sus caderas inclinadas y desafiantes, ocupadas en recibir la carga tortuosa de piel entrando y saliendo de sus entrañas convertidas en lago. En esa ocasión había elegido vestir una falda larga, de color guinda y con tenues flores negras y estampadas, el borde de tela le caía a media pantorrilla. Debajo no usaba nada, iba así sin bragas porque adoraba la simple sensación del roce entre sus labios al caminar que la mantenía excitada sin hacer otra cosa que andar. Su blusa era negra, ceñida y con mangas amplias, con un escote valiente y dos montes descarados que amenazaban romper su contención en cualquier momento. De pie tras ella, como héroe griego, un simple mortal llevaba a cabo la titánica labor de empujar y jalar de las caderas su figura de amazona, de acariciarla con las manos y calcar en rojo sus dedos extendidos sobre su piel suave, disfrutando entre jadeos y gruñidos la embriagante sensación de poseerla y tenerla a merced del fuelle de su cadera. A la vista de Max estaba el cuerpo inclinado y provocativo de la dama de rojo y también el panorama que ofrecía aquella azotea en penumbras. La ausencia de luna era la cómplice perfecta para estar agazapados en la oscuridad, entregados al gusto clandestino de reinventarse en las caricias y la piel de un desconocido. Como otras veces, el peligro de ser atrapados era el detonante para potenciar las sensaciones, para sujetar la espalda ajena con los dientes, para golpear, empujar, clavar y apretujar el cuerpo del compañero de odisea. El reto era tomar con calma la prisa implícita, olvidarse, en la medida de lo posible, del lugar para gozar la entrega de una piel cálida y dispuesta. Las manos de Max se aferraban con fuerza a aquellas caderas jóvenes y arrogantes, bajando a ratos a acariciarlas en donde la falda enrollada dejaba al descubierto una piel tentadora y redonda. Sus movimientos eran rítmicos y servían para deslizarlo con suavidad por el espacio inundado que se estrechaba alrededor de su miembro estrujándolo con fuerza, intentando aparentar una falsa oposición a su conquista, pero recibiéndolo con toda la complacencia de la tierra que reclama y exige ser habitada.

La mano derecha de Sabina estaba sincronizada con la cintura de Max, sus dedos se movían hábiles entre sus piernas al ritmo frenético que marcaba el deslizamiento violento de él. Cada tanto, sentía una planicie cubierta de bosque rasposo y ensortijado pegarse contra el origen redondeado de sus propios muslos y un par de esferas de acero que iban y venían en besos fugaces con las puntas de sus uñas o sus ingles. El aroma de sus sexos viajaba por el viento hasta su nariz mezclado con el retumbe de su encuentro al pasar por el túnel de sus oídos como debió escucharse a los lejos el ataque a las murallas de Troya. Las yemas de sus dedos se tallaban en círculos imperfectos sobre la base mojada de su sexo, para luego partirse en dos y deslizarse como tijera sin filo sobre las orillas de sus delicados labios, ahora inflamados, empapados e invadidos por la espada del conquistador de sus gemidos. Las sensaciones de placer salían disparadas desde el punto de impacto entre los dos cuerpos hacia los tobillos de Sabina, en donde daban la vuelta para regresar por el frente de sus piernas y colgarse de la curva del ombligo para luego trepar por su vientre hasta morder los pezones de sus senos arrinconados contra la pared y compartirles su parte de dicha y placer del enlace épico.

En otro piso, Emma se había levantado de madrugada a hacer yoga, como lo hacía cada sábado desde un año atrás cuando el estrés la mandó a una cama de hospital. Se calzó los zapatos deportivos, se metió en unos *leggings* azules y una sudadera con gorro del mismo color, tomó el tapete rosa para yoga que guardaba enrollado en la parte alta del closet y salió al pasillo. Le gustaba subir por las escaleras en vez de utilizar el ascensor porque, de esa manera, calentaba un poco las pantorrillas al recorrer los cuatro pisos que había entre su departamento de soltera y la azotea.

Al llegar a la escalera que conducía a la puerta de acceso, le sorprendió que el foco del pasillo estuviera fundido, por lo que tuvo que guiarse casi en penumbras, tampoco había luz de luna, así que caminó valiéndose de las luces que escapaban de los departamentos y de un rayo tenue de iluminación del alumbrado público que se colaba por el ventanal al final del pasillo. La subida a la azotea desembocaba justo al lado de un pequeño cuarto que en alguna época estaba destinado a la conserjería, pero que al paso de los años, al no contar más con el servicio de un conserje, se quedó vacío y en desuso. A Emma le daba un poco de miedo subir a esas horas, tenía que pasar por una serie de estructuras de metal y andamiajes de madera que habían quedado almacenados allá arriba en forma indefinida a saber por quién y para qué. Aunque una vez pasados esos obstáculos llegaba por fin a su área preferida, una gran extensión despejada de piso donde podía tender su tapete y practicar las posturas de yoga que más la relajaban, además, teniendo sólo por techo las estrellas o la luna llena, cuando aparecía en el cielo, contaba con perfecta iluminación natural para meditar sin otro testigo que la indolencia de la madrugada. Para cuando Emma llegó al final de los andamiajes ya había percibido ruidos extraños, con cautela se aproximó pensando que quizá serían gatos callejeros o palomas silvestres que estaban de visita en la azotea, sin embargo, sus ojos ya acostumbrados a la oscuridad percibieron la silueta inconfundible de una pareja entregada al placer de la piel contra la piel, ahí en plena intemperie. Sin explicarse por qué lo hizo, se agazapó con sigilo en un rincón apartado de la salida desde donde podía verlos sin delatarse, pero su gran sorpresa fue darse cuenta que había más parejas entre las sombras, en la misma ardiente situación, cada una en un área determinada de la terraza exploraba y experimentaba distintas formas de sensualidad y de intenso erotismo.

Ahí estaban, no eran una visión, Emma los miraba con claridad; hombres y mujeres en perfecta armonía erótica, con diferentes posturas y etapas de la comunión universal. Ellos no la vieron en el egoísmo de su éxtasis que sólo prestaba atención a las sensaciones absorbidas por sus sentidos. ¿Quiénes eran esas personas?, ¿cómo habían llegado a esa área del edificio?, se preguntaba Emma, intrigada pero silenciosa, sin exponer su presencia. Inclinada sobre una orilla de la azotea estaba la silueta sensual de una mujer, por detrás, un hombre le jalaba el cabello con suavidad, pero determinado a provocarle un doble placer. Lo clásico y equilibrado de sus movimientos provocó en Emma el recuerdo de las estatuas griegas, se imaginó al héroe recién llegado de la batalla, poseyendo el cuerpo de su consorte para celebrar la victoria. Combatía con fuerza y delicadeza a la mujer para demostrar a la muerte que seguían con vida, pasaba una mano por su espalda con suavidad y a la vez le encajaba las uñas en la piel con pasión contenida. Esa dualidad, ternura-rudeza, a Emma le pareció excitante. Estoico en su lugar apretaba las piernas para encajarse más hondo cuando la mujer se revolvía por el castigo infligido a la curva de su espina dorsal. El hombre agitaba la cadera de un lado a otro balanceándose sobre su eje para penetrar a la mujer vez tras vez en diferentes ángulos, una flecha en busca de blancos múltiples dentro de su cuerpo. La chica jadeaba a lo bajo, emitía sonidos entrecortados que danzaban por el borde de la azotea. Con una mano se tocaba por debajo del vientre, mientras el héroe de mil batallas le acariciaba las nalgas y la declaraba suya en su inspirado combate. No era un héroe taciturno, emitía ruidos de notable carga erótica.

Emma podía captar la respiración entrecortada de ambos, el esfuerzo del hombre con sus gruñidos roncos, así como los jadeos extasiados de ella. Veía que su acompañante alentaba al hombre con esa manera provocativa en una mujer excitada de agitar de un lado a otro sus caderas para inducirlo a aumentar la velocidad, pero los movimientos de su compañero eran medidos, sin prisas ni improvisaciones, su cintura marcaba un ritmo acompasado para el encuentro erótico. Emma notó que su propio cuerpo respondía al estímulo visual sintonizándose con la experiencia de saberse ignorada y excluida y ser, a la vez, una espectadora privilegiada en primera fila. No supo en qué momento el tapete de yoga terminó atrapado entre su pierna y la pared, ni tampoco en qué momento desvió su mirada hacia otra de las parejas, mientras su mano derecha se dirigía rapaz al pequeño lago por encima de sus piernas. Emma estaba en llamas, empapada, se olvidó del yoga y de la meditación, las escenas que presenciaba eran más excitante que nada de lo que hubiera visto antes en vivo o en televisión. En su silenciosa entrega a sí misma quería ser una de esas mujeres sin rostro y tener dentro a uno de aquellos hombres, el que fuera, pero ahora mismo entre sus piernas.

Emma volteó hacia donde un hombre de rostro desencajado y con el torso de un minotauro estaba recargado en una pared de la antigua conserjería, con los brazos extendidos como árbol y las manos apoyadas y abiertas contra el muro de concreto. Tenía la vista clavada en la mujer que acariciaba con boca hábil la piel erguida y expuesta al frente de su pantalón, el recorrido húmedo de la lengua femenina le dejaba un rastro tan caliente y placentero que su efecto se reflejaba en los músculos tensos de su mandíbula y en los jadeos leves que escapaban por sus labios secos. Su compañera usaba ambas manos para sostenerse de la rama de piel y con labios persuasivos chupaba la punta o lamía por arriba y por abajo para después tragárselo casi completo y repetir el ciclo. Emma lo escuchó gemir entregado y sometido, retumbaba en sus oídos el placer compartido, con la mano metida en sus bragas empapadas se apropió de su escena, se imaginó a sí misma con el tronco palpitante dentro de su boca, se talló con más fuerza, negándose a cerrar los ojos, a soltar el gemido delator y perderse o interrumpir el resto del espectáculo. Posó la vista a la tercera escena: una mujer de cabellera castaña que le caía a media espalda estaba en cuclillas sobre un hombre de rostro anónimo, él estaba sentado en el suelo y recostado contra un poste del que pendía una larga antena apuntando al cielo. La mujer llevaba el control, aunque para hacerlo se apoyaba en los hombros de su compañero para moverse sobre un riel imaginario que le permitía deslizar su cuerpo hacia adelante y hacia atrás, así como levantarse unos cuantos centímetros para después dejarse caer con premeditación sobre su carne erecta. Emma se mordió un labio al percibir en la penumbra un falo fuerte y grueso que recibía y soportaba imbatible los sentones de aquella gata de tejado, con sus senos al descubierto para que el hombre los besara o acariciara con sus manos de leñador. Un par de zapatos sin tacones le ayudaban a su compañera a controlar la penetración y mantener el equilibrio, además de brindarle unos segundos muy útiles para gemirle sucio al oído a su atormentada montura, eran ininteligibles para Emma, pero resultaba fácil deducir su propósito y significado porque se podía percibir que el hombre respondía aumentando su vigor.

Emma sentía las piernas temblorosas y a sus bragas incapaces de contener más el torrente húmedo que se extendía hacia sus mallas. Sus dedos estaban poseídos de una vitalidad y pasión que les desconocía y que jamás les había notado en sus orgasmos solitarios en casa. La acariciaban con frenesí como si tuvieran vida propia y fueran una extensión invisible de alguno de los varones en su campo visual que tomaba posesión de sus labios, se metían y deslizaban entre sus pliegues humedecidos, con giros alternados sobre su clítoris y ejerciendo presión de izquierda a derecha como si despejaran un área llena de hormigas. Alcanzó el orgasmo viendo a la pareja de la mujer de falda y el hombre de saco oscuro que ahora ya no estaba detrás de ella, sino que la había puesto de frente y con una mano le levantaba la pierna derecha y la falda para penetrarla con fiereza de abajo hacia arriba, en un movimiento sistemático e implacable de pistón pugnando por mantenerla flotando en el aire, aunque ella se empeñaba en volver las mismas veces a su violento encuentro. Emma los escuchó a ambos gritar de éxtasis y nadie pudo impedir que los retuviera entre sus piernas, como si ella fuera la desconocida de falda larga.

Las explosiones de un segundo orgasmo voyerista las sintió Emma a la par que ellos, fue más intenso que el primero, una implosión de gemidos que no podían ser liberados y se convirtieron en silencio en agua tibia, el recurso ideal para dar rienda suelta a cascadas de éxtasis incontenible en su escondrijo. Se quedó recargada en la pared, sentada sobre el tapete de yoga a medio enrollar, disfrutando las placenteras sensaciones del estallido, con los ojos cerrados y la mano todavía metida por debajo de las bragas, de pronto escuchó los pasos del grupo de vampiros del sexo, no podía pensar en una mejor manera de describirlos, sintió miedo y se arrellanó en su cueva improvisada para que no la descubrieran.

Salieron uno por uno, pasaban a sólo unos metros de Emma sin voltear a verla, ignorantes de su presencia. La última en prepararse para salir fue la mujer que había detonado el orgasmo de Emma. La misteriosa mujer vestía una falda larga de tono rojizo, con blusa escotada y provocativa, pero de gusto impecable. Emma se dio cuenta que olían a perfumes finos y sexo en las alturas, flotaban en fila en una alfombra mágica e invisible. Deseó ser una de ellos, tener esa misma cara de satisfacción y deleite, quitarse el estrés de la manera como lo hacían ellos; sin palabras, ni tensiones, sin nombres, en silencio y en total entendimiento y entrega. La dama de rojo se dirigió a la salida, había dejado marchar a todos por delante a propósito. Caminó hacia el cuarto de conserjería y al estar a unos pasos del escondite de Emma giró con determinación hacia allá, en donde con ojos atónitos la veía acercarse cada vez más.

Emma sintió que una jauría correteaba tras una liebre dentro de su pecho, el pulso se le aceleró al saberse descubierta, apretó el tapete dispuesta a usarlo como escudo o incluso como arma para defenderse, se sintió avergonzada de entregarse no sólo a la contemplación, sino de participar en su encuentro privado sin invitación, como un ladrón de emociones, un saqueador de orgasmos ajenos. Sabina se plantó callada a unos centímetros del rostro de Emma, había hecho esto muchas veces, sin embargo, seguía siendo un ritual imponente, con una gran carga de energía ancestral en su papel de reina del clan.

La miró directo a los ojos y le dijo:

—Estacionamiento trasero del Estadio Mayor, próxima

semana.

Sabina dio la media vuelta y se alejó caminando como una emperatriz que ha perdonado la vida a un condenado a muerte y le ha concedido además una inmensa riqueza. Pasaron algunos minutos antes de que Emma regresara a su departamento con su tapete de yoga aplastado bajo el brazo y un pergamino extendido de pensamientos sucios en la cabeza. Al cruzar la sala para ir a la cocina tomó una decisión que afectaría no sólo su vida, sino los acontecimientos venideros de la hermandad de sexo clandestino.

Le llamaban Nick

La noche que Sabina bajó al subterráneo del Latitud 40° fue un parteaguas que no sólo dividió su vida sexual, sino que trazó una línea muy flexible entre su moral y sus principios moviéndola varios puntos hacia la izquierda. Fue una noche en la que perdió otro tipo de virginidad; una primera vez en la que se abren los ojos ante una nueva forma de sentir y entregarse al deseo sexual sumándole altas dosis de adrenalina y quitándole los elementos amorosos que suelen aparecer en las relaciones sentimentales, sin complicaciones ni incertidumbres, pero tampoco había sido simple y puro sexo con un toque de atracción y suspenso ante un desconocido. Sabina había tenido otros episodios fugaces con altas dosis de lujuria, pero en ninguno de ellos había sentido jamás esa llama incandescente que se prendió entre sus piernas bajo las manos del hombre de labios delgados y ojos inexpresivos. Lo suyo era más profundo e intenso, una peligrosa e impredecible aventura, no habían cruzado más que unas cuantas frases, sin embargo, se habían dicho lo necesario con el lenguaje del cuerpo. Sabina se conocía demasiado bien para saber que no renunciaría a la experiencia completa, sin importar las consecuencias.

A su regreso de la terraza, en su mesa sólo había vasos semivacíos y dos cigarrillos encendidos, encontró al último par de amigas que quedaba del grupo inicial y, a juzgar por su actitud, no estaban interesadas en la idea de salir acompañadas por un hombre aquella noche. Las dos mujeres discutían de forma animada sobre el porqué de la insistencia de los hombres en arreglarlo todo, una de ella tomaba un sorbo a su bebida con una mano y con la otra hacía una señal de aprobación ante un comentario en apariencia ingenioso de su compañera. Ni siquiera prestaron atención a Sabina que había vuelto y se retocaba el maquillaje, era una actitud normal en una mujer y no revestía de interés suficiente para interrumpir su plática, tampoco les importo verla levantarse e irse con rumbo desconocido, también era algo normal que quienes encontraban pareja se fueran a otra mesa o abandonaran el lugar; estaba en el código casual: llegamos separadas, nos juntamos en una mesa y cada quien se va por su lado en algún punto de la noche, sin explicaciones innecesarias, cada quien su vida y sus calzones.

Habían pasado casi veinte minutos desde el vistazo al otro lado del abismo en la terraza, cuando llegó al estacionamiento subterráneo, pasarían algunos años antes de que Max la conociera como la dama de rojo en Ruben's. Esa noche, en el Latitud 40°, Sabina era la nueva conversa y como nuevo discípulo estaba ansiosa y nerviosa, con una corriente de adrenalina e incertidumbre que se columpiaba entre sus piernas, húmeda y con la piel sensible, el cretino la había elevado a las puertas del cielo y la había abandonado a su suerte cuando estaban por abrirse. Aquí estaba ahora, caminando sola entre los carros, sin una pista acerca del paradero de su misterioso hombre y sin saber a qué se dirigía. Le asaltaron las dudas; ¿y si se había equivocado al escucharlo?, ¿si ya se había ido al no verla aparecer?, ¿si era una forma de engancharla y secuestrarla para meterla a una red de prostitución?, había escuchado que esas cosas pasaban. Se río de sí misma y siguió caminando hacia el fondo, el eco de sus zapatillas se escuchaba ante su paso determinado contra el pavimento alejándose del área en la que confluía más gente. Por instinto buscó la zona más oscura en el aparcamiento, pasó por entre varios coches oscuros y justo en el instante que cayó en la cuenta de que los automóviles estaban ocupados, una puerta se abrió tapándole el paso. Sintió un brinco en el pecho y apenas reprimió las ganas de soltar un grito al ver una mano de dedos gruesos y blancos que la invitó a entrar con un simple giro, Sabina reconoció en el resto de aquel brazo al hombre con aroma a *Mont Blanc* y peligro al que buscaba con ansia y que a la vez temía como se teme ceder a la tentación de probar una droga en potencia adictiva.

El ambiente en el auto era acogedor y aunque reinaban las penumbras había un jazz suave en el aparato de sonido que relajaba por instantes, su misterioso acompañante quizá era de pocas palabras, pero de buenos gustos. Sabina estaba adaptando su mirada gitana a la escasez de luz cuando sintió el aroma a demonio aproximarse hacia ella, como llega el olor de la lluvia con el viento antes de que las primeras gotas de agua se estrellen sobre la tierra. Sintió un estremecimiento en las corvas de sus piernas y las replegó contra el asiento, contuvo la respiración y percibió la calidez de sus labios paseándose por su cuello sin tocarlo, como si estuviera olfateando el terreno o quizá preparándose para asaltarla con un beso, sin decidir todavía el punto ideal para la caída.. Ella cerró la puerta a las preguntas y palabras, se abandonó a ojos cerrados, a la sensación de esperar el beso que disiparía cualquier duda. Si el silencio más corto es provocación para el beso, la mordida más leve es motivo para una llamarada. La piel de Sabina iba subiendo de temperatura y registró un pico al chocar con suavidad contra los labios delgados y suaves del cretino, la sorprendió su delicadeza, no era un beso tierno, pero tampoco era salvaje o posesivo, era un beso de reconocimiento, de presentación. A ese beso siguió uno más y otro más por toda la curva del cuello hacia los hombros. Besaba bonito y sin prisa, pegando la boca en el segundo exacto y cambiando de lugar en el momento necesario, su boca sabía besar y apaciguar las inquietudes de peligro. Se tomaba el tiempo para saborear cada punto eléctrico de su cuello y bajaba como no queriendo al área del pecho, el placer giraba como alas de mariposa por su cuerpo, de pronto sintió un beso distinto, unos dientes que se clavaron con deliberada precisión en los bordes de uno de sus senos, Sabina abrió los ojos de asombro y miró hacia el techo, después bajó la vista y lo atrapó jalando la tela de su vestido hacia abajo dejando sus pechos al descubierto, el filo de sus labios deambulaba alrededor de sus montes, arrastraba ambas navajas entreabiertas por su piel, Sabina sentía miel derramarse por sus entrañas, lenta e hirviente. Un pequeño deslave se formó al sentir su boca alrededor de las puntas rebeldes de sus pechos. El cretino usaba ambas manos para juntar sus pechos y los alternaba para lamerlos y morderlos como un niño indeciso entre dos dulces.

¡Cuánto placer brinda un hombre que sabe usar sus labios para pintar el cielo en la piel! — pensaba Sabina.

Las uñas de sus manos no descansaban, estaban clavadas en el asiento de enfrente y en el respaldo del asiento trasero, no se atrevía a tocarlo ni a moverse por temor a interrumpir su labor destructiva. Se sentía como una colegiala en sus experiencias iniciales o como una casada que era infiel por primera vez, en las manos del cretino sentía que se volvía una guitarra olvidada que de pronto se encontraba con unos dedos que intentaban afinarla. Era definitivo, no se parecían a los besos en la baranda, que habían sido provocativos y ardientes; aquí la besaba empujándola con lentitud a un delirio en el cual la constante fuera su boca cayendo sobre su piel, acostumbrándola a su textura y temperatura, a un limbo placentero de besos en donde tiempo y espacio dejaran de importar. ¿Cuántos minutos habían pasado?, sentía que una eternidad había sucedido desde que dejó la mesa de sus amigas, y ahora estaba aquí, entreabriendo las piernas al pedido silencioso de una mano que se deslizaba cuesta arriba por sus muslos, sentía los vellos cortos y suaves del dorso de sus manos rozando la piel interna de sus extremidades y, en vez de dedos, unos peces decididos a tomar su ruta a casa.

Un gemido libre brotó de la garganta de Sabina al sentir las gruesas puntas de sus dedos hurgando en su ropa interior, buscando el acceso a sus aguas; abrió más las piernas, apretó el asiento con sus manos, echó la cabeza hasta atrás y disfrutó de nuevo el éxtasis de tener sus dedos tallando, girando, revolviéndolo todo dentro de su intimidad. Desconocía el nombre de esos dedos, no tenía el menor afecto por su dueño, no había cadenas ni recuerdos, era puro y llano placer para ser vivido sin pensar en el después. Con una mano, al fin curiosa y aventurera, Sabina buscó por instinto la reciprocidad, quería, ansiaba y le urgía devolver las atormentadas caricias al cretino, lo encontró imponente en su pantalón, impaciente por participar. Lo descubrió con una mezcla de excitación y gusto por dar lo que recibía, en sus pechos había unas marcas rosas y nuevas, pero no definitivas, de los dientes que seguían mordisqueando, de los labios que seguían besándola a la vez que sus dedos la penetraban a un ritmo semi-lento. ¡Dios, qué placer! —Pensó Sabina al sentirlos entre sus piernas y tener al mismo tiempo el instrumento de carne tibia listo para ella entre sus manos. Justo en la punta había una gota que diluyó alrededor de su fuente con el dedo pulgar, el mismo que fue bajando por la parte interna de la llave al hombre, lo acarició con la mano completa, le sobó los pendientes de piel rugosa y lo zarandeó con ternura, lo exploró a su antojo como si leyera un libro en braille, al punto logró dibujarlo en su mente sin haberlo visto jamás. Se sintió poderosa y benévola, lo cobijó entre sus dedos delgados y extendió su calor de arriba hacia abajo y en sentido contrario, el yugo de sus dedos se expandía cuando aumentaba de tamaño, sus paredes se escurrían en cada nueva palpitación de la bestia indomable bajo el lazo de su mano.

El cretino, porque no había dejado de serlo sólo por besar sublime, usó sus manos para levantarla del asiento y quitarle las bragas, con la mano derecha le acariciaba las nalgas por debajo de los pliegues de su vestido negro; ese simple y en apariencia inocente acto provocó que Sabina se inclinara hacia adelante y quedara al alcance de su boca lo que mantenía erguido y latiendo en su mano. Se chupó los labios preparándolos para probarlo, para hacerlo resbalar con suavidad sobre ellos hacia el interior de su boca. Tenía un gusto a hombre limpio, lo saboreó con la lengua expandida y lo escuchó gruñir cerca de sus nalgas, las que acariciaba y usaba de resbaladilla para meter desde atrás un dedo en su sexo mojado. Sabina apretó duro con su boca la carne endurecida al sentir la penetración masiva y de frentes alternos, seguía siendo suave, pero distaba mucho de ser convencional, la escena era una fotografía erótica en blanco y negro de dos seres dando y recibiendo placer infinito, ella chupaba y él la penetraba con varios dedos, aumentando la velocidad, imprimiendo un nuevo sentido a las caricias furtivas.

Aquí no había espectadores, pero la posibilidad de ser interrumpidos seguía viva, en cualquier momento el dueño del carro adyacente podía decidir que era hora de regresar a casa o quizá de llevar a su acompañante a un lugar más privado. El coche en el que estaban tenía vidrios ahumados, pero no impedían ver las siluetas desde afuera e imaginar el resto a base de sus sugerentes movimientos. Sabina le habría dedicado más tiempo a aquellas inquietudes si hubiera tenido oportunidad, pero el placer malsano era acaparador con sus sentidos y perturbador de todos sus pensamientos, empezó a sentir la urgencia de tenerlo dentro, de cabalgarlo con ímpetu, de palanquearse sobre su asta y ondear su larga cabellera negra como bandera pirata al lado de su rostro imperturbable, a ver si después de escucharla gemir seguía manteniendo ese control férreo. El reto la humedeció más, quería ver al hombre de los silencios gritando de agonía intentando soportar sus sentones húmedos y apretados. Pareció que le leyó el pensamiento, el demonio arremetió con fuerza al frente con sus dos dedos contra el volcán en fase final de erupción. Sus dedos eran amplios y firmes, Sabina se estremeció con el grosor y con lo que imaginó al encerrarlos y apretarlos con todas las fuerzas de su pelvis. El cretino traía algún plan entre dedos, intensificó el ritmo, le estrujó las tetas y le mordió una nalga. Eran un revoltijo de extremidades en un espacio reducido, sin embargo, se las apañaba para alcanzarla en sus puntos más erógenos, haciendo que cada caricia fluyera natural y sin complicaciones.

Sabina contuvo el impulso de morderlo, en cambio lo chupó con premeditada lentitud, ¿quería guerra? pues la tendría. Utilizó su lengua como una puta consumada, auxiliándose con las dos manos para manipularlo, jalando, tallando y sacudiendo la cabeza del soldado al descubierto, percibió sus estremecimientos y luego, lo soltó dejándolo huérfano en medio de la oscuridad, buscando casa, un refugio donde soportar la ausencia de su calidez y la necesidad de un abrazo. El hombre de los ojos duros la jaló hacia él, con una mano le separó las piernas y la puso en posición para montarlo, antes que ella lo hiciera, sacudió sus dedos sobre el diminuto centro erguido de Sabina, lo untó con sus propios jugos para curarlo por anticipado de lo que se veía llegar, lo provocó con sus yemas tibias, cuando se sintió satisfecho de su efecto, la agarró de las caderas y la sentó de un viaje sobre un poste de tormentos. Sabina aulló de satisfacción al sentirlo por fin habitándola por completo, extendido, impetuoso y punzante. Todo suyo, toda suya.

El control es de quien está arriba — pensó ella. Pero se equivocaba; una embestida a contragolpe la sacudió por dentro, provocó ondas sobre su lago extendiéndose desde su centro, desde el punto de caída de la piedra hacia las orillas de su cuerpo, una onda que se sintonizaba mejor al pasar por su vientre, sus pezones y su mente. Recordó los besos en la terraza, y pensó:
«Los hombres que besan rico no pueden coger feo».

Ahora estaba segura que el cretino hacía honor a sus besos y además disfrutaba el control compartido entre dos.

Sabina levantaba sus caderas para manipular el instrumento de su tortura, para medir el lugar de impacto de su embestida, el hombre de los silencios ahora gemía sensual al oído, se aferraba a sus muslos y se empeñaba en crecerse y tallarse constante contra su pubis y paredes internas. Por la mente de Sabina volaba una parvada de sensaciones que rebotaban en los límites de su cerebro de izquierda a derecha y de arriba abajo, se sentía montada en sus alas volando por un cielo de dicha física inigualable, quizá efímera, pero no por eso menos adictiva. Lo abrazó con fuerza con labios y entrañas, se soltó los últimos cabellos cuerdos que le quedaban y le arañó con salvajismo la espalda, pensó: si tú me marcas por dentro, yo te marcaré por fuera para estar iguales mañana cuando te bañes. El sillón de piel no había estado nunca tan herido ni tan húmedo, las nalgas de su jinete se hundían en el acolchado en cada choque de las dos fuerzas contrarias y sexuales, las zapatillas de Sabina estaban tiradas en la alfombra, sus plantas aferradas al borde del asiento que usaba para impulsarse con pasión hacia adelante, con toda la entrega que hay en una mujer que, por fin, se ha dado la libertad de ser y gozar al tope su sexualidad con un hombre, se sentía sin miedos, tabúes o inhibiciones. Fluyendo sin importarle si gritaba o se humedecía demasiado, si debía contenerse para no provocar que su acompañante se viniera antes de tiempo, sin necesidad de fingir o exagerar un sólo gemido, soltándolos de forma auténtica y espontánea, como el mejor regalo que brinda una mujer cuando se la cogen con el alma. Sintió un dolor relampagueante en una de sus nalgas, el cretino le había soltado una nalgada y ahora le acariciaba la parte dolorida con suavidad, jalándola para que se clavara en su montura y conteniéndola a la vez, para que no se rompiera el lazo. Aquella mezcla de placer y dolor desquició a Sabina, le ardía la piel y al mismo tiempo su cuerpo pedía más, en sus paredes era temporada de aguaceros, se escurría a chorros y estaba más sensible y receptiva que nunca en su vida, quería más, que su acompañante no parara, que no se vaciara, que la llevara a alcanzar un orgasmo trepidante.

Se preguntó si entre sus poderes estaría leerle la mente, sintió cómo su amante oscuro se paseaba cual felino alrededor del más escondido de sus rincones, lo hacía apenas rozando, mojándolo con sus propios jugos que se le desparramaban por las ingle y que el cretino arrastraba cuesta arriba por el ocaso de la división de sus nalgas. Jugueteaba con el peligro, con la percepción inconfundible de lo que deseaba hacerle. La verdad es que no podía concentrarse mucho en su retaguardia, cuando los labios de navaja cortaban sus pensamientos chupando y besándole los pezones, mordiéndoselos a lo animal, exacerbando con esto los movimientos en las caderas de Sabina que se revolvía encima de él como leona herida, pero combativa.

Sabina, subía y bajaba, se tallaba hacia un sentido y luego hacia el otro, gemía y lo maldecía con el filo de sus uñas, sentía la ola del orgasmo elevándose, estaba a punto de alcanzarlo, sólo un poquito más de esa carne, de esos latidos calientes, cuando sintió su dedo húmedo resbalando un centímetro de yema hacia dentro de sus nalgas. Quiso resistirse, pero el placer era nuevo, profano y desquiciante, sólo atinó a buscar refugio en su cuello, besándolo y jadeándole con las orillas del orgasmo, incrementó el vaivén de su cadera, se clavó más adentro sobre aquel dedo invasor y explotó en toda su intensidad, en una onda expansiva de emociones y sensaciones al dejarse caer casi rendida sobre el miembro del cretino, quien sintió como lo mojaban en abundancia y renovó sus fuerzas con su estado empapado, empujó y empujó hacia arriba con sus caderas, hacia dentro con su dedo, con su verga, con su fuelle de hombre hasta provocarle otro orgasmo a Sabina, más centellante y arrollador que el primero, y luego un tercero cuando sintió las balas calientes del cretino pegando en los muros mojados de su laberinto, con sus gruñidos de jabalí agónico grabándose para siempre en la memoria de ella. Le retumbó tanto el pecho, que no escuchaba otra cosa que sus latidos, el tiempo dejó de moverse, sintió las piernas sin fuerzas, los brazos pesados y el alma ligera. Una felicidad desconocida le ardía entre las piernas y se distendía hacia sus nalgas, hacia el recoveco profanado y tomado sin su consentimiento. Estaba exhausta, pero satisfecha.

— ¡Vaya! —Pensó para sus adentros— estos son fuegos de guerra y los demás simples fuegos artificiales.

No habían dicho una sola palabra, pasados unos instantes, Sabina intuyó que el encuentro había terminado, que debía irse, pero no atinaba a hacerlo sin desear que hubiera alguna señal de la cual agarrarse para no decir adiós al hombre de los silencios eternos, para darle u obtener algún medio de contacto. Sabina se arregló sus ropas, se dio cuenta que no se sentía ni puta ni ofrecida, se sentía libre como el viento. Tomó su bolso y se calzó las zapatillas para abandonar el coche, en el estéreo seguía regalando sus notas un Saxofón virtuoso, la noche aún habitaba el subterráneo y a lo lejos se colaban las notas estridentes de la música del Latitud 40°. Sabina abrió la portezuela, sacó ambas piernas para apoyarse en el pavimento y ponerse de pie cuando escuchó de nuevo su voz gutural, ahora recargada de masculinidad por el silencio acumulado, le dijo:

—Parque de los héroes, próxima semana.

***

Los calendarios se deshacen rápido de sus hojas cuando la vida es placentera. Nadie puede culpar a los que se ausentan del mundo a su alrededor si es por disfrutar su propio mundo privado y excluyente. Le pasa a los enamorados, a los recién casados y a los que han adoptado un nuevo pasatiempo, incluso siendo trabajo, ¿por qué no habría de pasarle a los que encuentran una ruta sinuosa y adictiva a un mundo de sexo clandestino?, un túnel exclusivo hacia un fugaz paraíso sensorial donde sólo son admitidos los que se vacían los bolsillos de tabúes, represiones y falsos pudores. Los que dejan los miedos envueltos en la ropa interior tirada en el suelo y se aventuran sin más arma que los dones de su sexo y sin más debilidad que la confianza puesta en quien la recibe. Las verdaderas pasiones se escriben con las uñas y la piel, a ellas les gustan los grilletes y las vendas, el suspenso y la aventura, se dan sólo a los valientes y desechan con indiferencia a los cobardes, a los que solo pueden soñar con esas grandes llamaradas en la piel y despiadados terremotos en el sexo.

Ahora sé qué me atrapa de ti, cretino. —Pensó para sí misma Sabina al mirar con languidez el pecho de su acompañante — Contigo soy una mujer desconocida, más oscura y perversa, envuelta en un velo de lujuria y sin el mínimo remordimiento por lo que hago. Me subyuga la idea de hacerte la guerra con uñas y dientes en el granito de tu espalda, en la paz infinita de tu pecho y en tus muslos de roble imperturbable, pero sobre todo, hacerle la guerra a tu demonio inmortal e inolvidable, en silencio con toda la desvergüenza de mi boca o a gritos con la absoluta irreverencia y complicidad de mi sexo. La pasión no es sino el deseo de dominar un sexo con otro sexo; la carne sobre o dentro de otra carne. A mí no me importa si me quieres o me dejas, sólo me sirves para arrastrarme de los cabellos de un orgasmo a otro, para hacerme sentir un éxtasis divino, tan sublime que es capaz de opacar todos los sentimientos del mundo. No quiero ser tu princesa, ni tu mujer; quiero ser tu puta y que seas mi caballero negro. Quiero ser una madrugada en la semana que quieras. Esas manos que escriben mi nombre en tus heridas, en tinta sudada o carmesí, deseo arrastrar mis vellos empapados por tus muslos, por tu vientre, por tu pecho y tu cara, sentarme en cuclillas a merced de tu boca y obligarte a lamerme hasta venirme en tus labios, hasta que puedas ponerle nombre a cada uno de mis vellos privados, me urge que tus dedos me señalen como la puta de sus fantasías, que me exploren, penetren y profanen, que preparen mis nalgas para recibirte completo, hinchado, palpitante y empapado de mis propios jugos lujuriosos ansío que metas los dedos en mi sexo o que talles mi clítoris al mismo ritmo que te ensartas entre mis nalgas paradas. Me diste la bienvenida a tu mundo de sombras y perversión, me entregaste a otros labios, con ese placer masoquista yególatra de dejarme en otras manos para obligarme a extrañar el sabio calor de las tuyas. Ahora gozo al exhibirme para ti, mi maestro, mi demonio silencioso, que observes cómo otros disfrutan igual que tú este cuerpo que estrenaste en nuestro mundo, quiero sentir tu mirada clavada en el sube y baja o en el ondular rítmico de mis caderas sobre otro macho, sobre su instrumento tieso y enardecido por mis deseos, los más descarados y demandantes. Que veas sus rostros, anónimos como los de mis hermanos de culto, transformados por el placer de sentir mis entrañas apretujándolos, chupándolos, arrancándoles hasta la última gota de semen. Me excita pensar que puedo provocar tus celos, despertar tu naturaleza de macho y que me reclames sólo tuya, que en un arranque de furia te ligues a golpes con otro por declarar territorio tuyo mi vagina, que enceguecido de coraje te masturbes con mi boca y me colmes con tu leche, te derrames y escurras por mis labios, que me pongas mil nombres, que me llames tu puta o tu hembra, pero tuya. Que no sea suficiente con esas migajas de provocaciones y de inmediato estés listo para abrirme de piernas, ponerme de espaldas, en cuatro, boca abajo o como lo prefieras y que te ensartes con fiereza entre mis labios ansiosos de tenerte arropado. Te recompensaré con mis mejores gemidos, te jadearé excitada pidiendo que no pares, te acompañaré en tu desquite, en el desahogo de tus celos y recibiré las balas de tu furia en mis entrañas o sobre mis nalgas. A mi lado, cretino, no necesitas razones para saberme tuya, las necesitas para aceptarme de tu propiedad y hacerte responsable de mis orgasmos.

Sabina exhaló el humo del cigarrillo para dar por terminados sus pensamientos.

— Lo que me gusta de ti, Sabina —dijo Nick en voz alta como si leyera sus pensamientos; el mismo demonio de los labios de navaja, acostado y desnudo sin otra sábana que la pierna de ella sobre su satisfecha cadera, —es que eres soberbia, descarada y sensual, tan parecida a un tango argentino.

En una amplia cama de un motel de lujo, de los que abundan en las grandes ciudades, estaban tirados y vestidos tan solo con sus instintos agotados, Sabina y el hombre de los labios de cuchillo. En la mesita de noche quedaba un cuarto de botella de vino tinto, dos copas en las mismas condiciones y un cigarro manchado de labial rojo consumiéndose lento y abandonado. Su pelo largo y oscuro caía sobre sus senos marcados por los dientes de Nick, que le había soltado su nombre en una de esas veces que había roto el silencio bajo la tortura desalmada de la boca de Sabina, quien una vez que lo tuvo a merced de sus encantos y alejado de la hermandad, no dudó en intentar usar los recursos a su alcance para desnudarle otros secretos, pero el cretino era un hueso duro de roer, después de seis meses en el club de Nick, sólo había logrado sacarle el nombre de pila, un número de teléfono móvil y verse a escondidas del resto de sus hermanos oscuros en algún viernes espontáneo e inesperado. —Al menos cogemos casi toda la madrugada —se consolaba cuando lo veía irse por donde había llegado; se marchaba en su propio auto, jamás lo estacionaba demasiado cerca y se cuidaba mucho de no dejar una pista que lo pusiera a descubierto. Una mujer obsesionada y más tenaz que Sabina, le habría seguido o puesto un marcaje más estricto, pero para ella era un juego con reglas especiales, se trataba de hacer que el proporcionara la información por su propio gusto y Sabina respetaba el sabor de sus derrotas y lo aceptaba como un resultado justo en aquella esgrima de voluntades y recursos sexuales.

Desde el episodio en el subterráneo, Sabina había sentenciado que, pasara lo que pasara, no habría de agregarlo a su lista de parejas sentimentales, ni echarlo al mismo costal de sus decepciones y fracasos amorosos. Le gustaba para aprender de él lo que hasta ahora se había privado en materia de lujuria, de búsqueda y exploración sexual. No le bastaban los encuentros con su hermandad secreta, sino que lo quería a su disposición y para ella sola, no por Amor, ni por celos, sino por el sentido de lo práctico, por simple placer egoísta. Sabina sabía que estando a solas con él podía conocer otras facetas de ese hombre con sabor a condena. Buscaba sacar a un animal de piel distinta al que salía a pasear con la manada y lo quería en observación exclusiva y accesible para mostrarse sin la máscara de líder, más vulnerable y entregado, más hombre que deidad.

Preludio

"I smile when I'm angry.
I cheat and I lie.
I do what I have to do
to get by.

But I know what is wrong,
And I know what is right.
And I'd die for the truth
In My Secret Life."

Después de semanas de darle una vuelta, luego dos, hasta que al final no supo cuántas vueltas fueron las que dio para no decirle Amor tuvo que llamarle obsesión. Hasta ese momento, Max se percató de un pensamiento que aparecía recurrente en su cabeza, como la pegajosa tonadilla de una canción de moda, como el insistente estribillo de un comercial que se cuela al subconsciente en contra de nuestra voluntad. Era el recuerdo de la chica en el Latitud 40°, la de la sonrisa eterna. Valiéndose de inoportunos silencios, su subconsciente evocaba la naturalidad de su constancia al sonreír. Acariciaba con la benevolencia de la idealización y del tiempo transcurrido el aire entre inocente y perverso del semblante de la chica. Era entonces que un Max consciente cerraba los ojos para mirar de nuevo su rostro blanco enmarcado en una negrísima cabellera, como una de las brujas de Salem condenada por el simple hechizo de su belleza. Los labios de su boca eran un par de botones de rosa a punto de florecer, con ojos de un color indefinible a la distancia, pero vivaces y coquetos.

Sí, la recordaba más de lo que hubiese estimado hacerlo con cualquier mujer que se hubiese cruzado delante de sus pasos. Se burlaba de sí mismo: ¡Qué posibilidades tenía de encontrarla de nuevo en aquella gran ciudad! Lo desconocía todo de ella, ni siquiera contaba con un nombre o un lugar de asidua visita para buscarla. Sólo regresaba cada viernes al Latitud 40° cual psicópata enamorado con la secreta esperanza de toparse con ella otra vez, para aprovechar mejor una segunda oportunidad de abordarla y obtener el hilo necesario para no volverla a perder jamás. El uso implícito del concepto eternidad le produjo un escalofrío incómodo. Max cortó la línea de pensamiento, se levantó del sofá en el que estaba recostado fumando un cigarrillo para dirigirse al bar a prepararse un trago.

La sala del departamento de Max estaba acondicionada en el sentido práctico de hombre soltero y con el espíritu de un lujo discreto y moderado para no llamar demasiado la atención. La pequeña barra era de un negro cenizo elegante, aunque las paredes eran de un color cobrizo disimulado. Las botellas no estaban a la vista, sino que se encontraban resguardadas en la parte superior de la barra en una vinera con capacidad para veinte botellas; había vino tinto, blanco y rosado; el whisky, vodka y tequila se almacenaban en un compartimiento bajo la barra, ocho copas de diferentes dimensiones colgaban por fuera de la parte baja de la vinera. Max solía servirse un trago en ocasiones especiales, al regresar del trabajo o antes de salir a comerse a mordidas el fin de semana. Esta era una ocasión especial, se sirvió un martini de manzana en la pequeña barra y prendió otro cigarrillo para encauzar sus pensamientos hacia un tema trascendental. Esta madrugada la cita con la hermandad de la dama de rojo, más que especial, era única. Pasada la medianoche se reunirían en un lugar acordado y preparado con meses de anticipación para un magno evento.

En las últimas semanas, tan solo los episodios de sexo clandestino y en especial el tema de "Las lunas de octubre" lograban abstraerlo por completo de su pequeña obsesión de cabellos oscuros, la chica de la sonrisa eterna. Su antigüedad en el club garantizaba a Max su participación y le permitía saber más acerca de esa esperada celebración.

"Roxanne", la chica del bosque de los castigos, le había confiado que cada otoño decenas de coches se allegaban a un punto de reunión secreto, un espacio al aire libre escogido en forma especial para la celebración de "Las lunas de Octubre". Decenas de rostros anónimos se daban cita para formar duetos, tríos y todo tipo de combinaciones imaginadas en las que se mezclaban integrantes de los diferentes clubes de sexo clandestino que había en la ciudad, la ocasión era tan importante, que incluso llegaban de visita clubes de otras ciudades.

Max supo además, que la idea de la celebración anual había sido del mentor de la dama de rojo, quien era el líder de otro club de sexo clandestino. Esa revelación fue, por sí sola, una gran sorpresa. Hasta ese instante, a Max no le había pasado por la cabeza que pudieran existir otras organizaciones secretas como el club de la dama de rojo, sin contar con que la existencia de un mentor y de otros clubes explicaba muchas cosas sobre Sabina, los rituales y sus hermanos de aventura. Le daba a Max material de otra naturaleza para el análisis en torno al evento de "Las lunas de octubre" y sus líderes.

A medio consumo de su bebida, Max se encontró a sí mismo observando las paredes de su departamento, pasando la vista por el cuadro con motivos del Quijote que adornaba la sala, era una buena copia de una de sus obras favoritas de Dalí hecha por un pintor amigo suyo como un encargo especial. Como en otras ocasiones, su espíritu se relajó con la añoranza de los molinos de viento, sus blancas nubes arracimadas en un cielo de azul intenso y despejado a medias. Parado sobre un pasto verde, el Quijote, extraviado y envalentonado hacía frente a un gigante con brazos en forma de mariposas. Despacio, la mente de Max se desvió en retrospectiva hacia lo que había sucedido en los meses pasados desde su improvisada afiliación en Ruben's a un club tan secreto como excitante. Si a nivel local le sorprendía la naturaleza de su propio clan del sexo, no podía imaginarse cómo sería la experiencia colectiva entre varios clubes en un aquelarre como "Las lunas de octubre".

Lo cierto es que no cabía ninguna duda de que los líderes debían mantener algún método de comunicación entre ellos. En una ciudad con millones de habitantes, como la suya, y con clubes tan reducidos en su membresía como lo eran las sectas de sexo voyerista, era esencial que contaran con un medio de comunicación más efectivo que las noticias de boca en boca; tomando en cuenta que hasta ahora no registraba en sus recuerdos a ningún invitado que se asemejara especial o denotara pertenencia a otra secta. Quizá el pelón de la broma en el bosque de los castigos se escapaba de vez en cuando a otros clubes con la aprobación de su reina y después regresaba a su propio clan como regresa a casa un gato luego de una fugaz escapada a los callejones vecinos. A las citas semanales se sumaban de manera ocasional algunos elegidos por la dama de rojo, como aquella chica que llegó al Estadio Mayor, con su carita de gacela asustada y sus orgasmos callados y extendidos. —Vaya suerte la suya —pensó Max, que recién entrada a la hermandad había sido requerida su presencia por la misma dama de rojo para "Las lunas de octubre". Max había escuchado cuando le dieron las instrucciones para que asistiera y la nueva había asentido con una inclinación ceremoniosa hacia su nueva reina en un acto de sumisión como el que había notado repetirse entre las demás mujeres del clan.

"Una conversa más…" —reflexionó Max, y la recorrió con disimulo de pies a cabeza. La nueva integrante no era otra que Emma, la chica que los había espiado cuando la incursión en la azotea de su edificio. Estaba parada frente a la dama de rojo. Portaba un vestido de noche color chocolate, su cabello castaño claro estaba peinado con esmero para asistir a una fiesta de despedida de soltera, no era excesivo ni desaliñado, era sexy y práctico. Max se preguntó si lo habría escogido pensando en el vuelo de la tela y la comodidad para levantarlo y dejar al descubierto sus secretos. Su rostro dulce era el de esas mujeres discretas que esconden pasiones escandalosas bajo la falda. Aquella, su primera noche, le había tocado turno con "Armand", quien haciendo honor a su fino tacto y caballerosidad, le brindó un excitante debut y una placentera sesión de sexo con emociones intensas y el adictivo sobresalto de la clandestinidad, aunque sin grandes complicaciones. Max los había observado replegándose uno sobre la otra contra un poste de iluminación a espaldas del estadio, los había disfrutado con sus ojos voyeristas, como había hecho el resto del club, tal como se acostumbraba con los nuevos conversos en las citas de madrugada, como con seguridad lo habían observado a él dentro de su Jaguar la madrugada del KM 13 a orillas de una carretera solitaria.

A Max le intrigaba la nueva, parecía una mujer normal, linda y atractiva en lo suyo, era joven y no se veía tocada por la vida, en algún lugar de su mundo debía contar, si no con un novio, al menos con varios pretendientes. Sin embargo, aquí estaba, en el club de la dama de rojo entrando con mansedumbre en su propio laberinto del sexo. ¿En qué nivel estaba?, seguro en los primeros, en unos dos años ya habría recorrido varios escalones en su descenso. Aún no había estado con Max, pero por lo que había observado con "Armand", su repertorio sexual se limitaba a lo básico: era silenciosa, reposada y de orgasmos discretos. Emma, como muchas mujeres acostumbradas a reprimirse, se mantenía sometida a los recursos de sus amantes; quizá porque les habían inculcado que así debía ser la sexualidad, algo privado y discreto. Mujeres que habían aprendido la forma de tener sexo, pero no habían aprendido la libertad sexual, la entrega completa a los sentidos, sin represiones sociales o inhibiciones de género. Vírgenes en lujuria, en la transgresión de los límites del placer y los tabúes de una sociedad puritana y de doble moral. Mujeres cuya mayor audacia era masturbarse en compañía de la luna.

Max no cuestionaba los motivos de la dama de rojo para incluirla, el simple hecho de que estuviera ahí era suficiente mérito para pertenecer al club, si estaba ahí era porque había renunciado a las cadenas de la moral. Pensó en la chica de la sonrisa eterna, era menor que la nueva conversa, pero había visto en sus ojos la chispa de la misma curiosidad sexual que observó en Emma; el cambio en la mirada de quienes han dado una mordida al fruto del árbol prohibido y quieren más.

Los seres normales no necesitan de un clan del sexo para explorar su sexualidad, es suficiente una pareja con las mismas inquietudes sexuales, dispuesta y valiente para probar nuevos placeres y sortear sus propios límites. Algunos matrimonios y parejas con mucho tiempo juntos alcanzan este nivel de exploración y conocimiento mutuo buscando huir de la rutina marital; otros se limitan a repetir las mismas prácticas de la piel hasta volverse expertos en ellas y muchos más se salen del lazo conyugal para explorar y perfeccionar sus recursos en otros brazos.

Max se retorció de celos en los callejones de su mente al imaginar a su Amor imposible descubriendo en el hombre de labios delgados que la acompañaba en el Latitud 40° el acceso a ese mundo clandestino y adictivo. Deseó haber sido él quien la descubriera primero, haberla tomado de la mano y acompañarla a recorrer el tortuoso laberinto de placeres sensoriales y emociones intensas, de orgasmos liberadores y gemidos desconocidos. De nueva cuenta, la añoranza hacia el "hubiera", hacia lo que no ha sucedido, hacia el nudo atrapado en la garganta. Max apuró el resto de su martini y se alistó para dejarse abrazar por la noche, en unas horas estaría participando en "Las lunas de octubre", ahí estaba la excitación animal, la maravillosa corriente de adrenalina en sus venas que era lo único que necesitaba para sentirse vivo y olvidarse de amores imposibles y sonrisas eternas.

***

Después de un año, Sabina se vestía pensando en ser desvestida por los ojos de Nick, su demonio de labios de navaja. No habían vuelto a verse desde la última vuelta de la luna al sol, desde su última celebración en octubre. Sólo algunos esporádicos correos electrónicos le permitían saber que seguía vivo y activo en su clan. Unas semanas antes, la mensajería habían traído las invitaciones a la inminente reunión anual para hacerlas llegar a sus discípulos, desde entonces, un nuevo velo de excitación humedecía su ropa interior cuando pensaba en esa noche. Sin meditarlo se llevó la mano al pecho frente al espejo para sentir el aumento de sus latidos y acariciarlos con la punta de los dedos, como quien se encuentra con gusto y cariño con un viejo Amor en la calle. No era Amor lo que sentía por Nick, al menos no el tipo de Amor de la literatura o del sentido popular. Era una mezcla extraña de gratitud, lealtad, cariño, admiración, respeto, pasión y querer, si eso no era Amor, entonces era algo muy parecido, aunque Sabina desconocía cómo llamarle a ese sentimiento.

Antes y después de Nick, Sabina no había conocido a nadie que se le pareciera, que llenara sus zapatos y mucho menos que sacudiera sus entrañas con sólo mirarla, con apuntarle con esos ojos de tijera que cortaban cualquier vestido que cubriera su piel hasta hacerla sentir desnuda. Esta noche lo vería de nuevo, quizá con más canas en su pulcro cabello negro a todas horas peinado, incluso cuando deshacían las sabanas del motel en las madrugadas. Volvería a sentirse traspasada por sus ojos helados y desarmada por las dagas de sus labios.

Cuando Sabina fue ungida por Nick para formar su propio club, no imaginó que era también su despedida, la manera de decirle adiós y entregarle la llave de su propio laberinto. De cualquier manera, Sabina había intuido que él era un Amor imposible. Más allá del club del sexo, Nick tenía otra vida, un mundo privado al que debía el resto de su existencia. ¡Oh sí!, una mujer sabe cuándo un hombre pertenece a otra, aunque él no se lo diga ni use anillo. Lo sabe en sus modos, en sus horarios, en su manera de prestar atención a la discreción de los detalles, en la forma cómo cuida el acceso a su corazón. Nick, su demonio de ojos silenciosos, fue suyo muchas noches dentro y fuera del clan y para Sabina eso había sido suficiente. Le dijo adiós sin nostalgias, sin dolor; se despidió del verano a sabiendas que era inevitable la caída del otoño.

El vestido escarlata que portaba Sabina esa noche era un beso del diablo en la mente de que la observara. Provocaba flamas espontáneas en los ojos de cualquier hombre, pero Sabina sólo estaba interesada en calcinar la vista de un hombre en romance con el fuego. Le echó un último vistazo a la mujer en el espejo, su cabellera gitana suelta, sus labios relampagueantes en rojo eran tormenta en ciernes y sus pestañas eran de un negro abismal. La tela plisada de su vestido cubría tres cuartos de su cuerpo, dejaba al descubierto las piernas a partir de las rodillas y arriba de la cintura se descaraba un escote con dos tiras cruzadas amarradas al cuello, cada pliegue de tela atrapaba uno de sus senos, como manos grandes de hombre. Sabina tomó del tocador una botella de Chanel y roció un poco en sus orejas, cuello y muñecas. Era una mujer peligrosa en cualquier momento, pero esa noche estaba armada para derribar un ejército de hombres con la simple percepción de su respiración bajo el pecho en las lunas de octubre.

***

Es imposible romper un corazón sin cortarse con los pedazos en la huida —pensó Emma. Varios días antes, sentada enfrente de su novio y de una taza de su adorado capuchino, había tomado impulso y soltado las fatídicas palabras: "tenemos que hablar". En el tiempo que tardó Emma en beber su café y explicar sus razones, no hubo un gesto en el rostro de David, su novio, que denotara su estado de ánimo. Tomó la noticia del rompimiento con madurez y tranquilidad, agradeció a Emma su sinceridad y se despidió con un "hasta pronto" que ambos sabían era un eufemismo para decir "hasta nunca". Emma lo miró marcharse con la dignidad intacta, no había demandado una nueva oportunidad ni se había rebajado a preguntar si había alguien más. Ambos sabían que entre ellos la necesidad había sido siempre más fuerte que la química; el miedo a la soledad los había juntado y ahora, la hermandad de la dama de rojo los separaba, aunqueeso él no lo supiera. Emma se sentía imbuida de una energía sin límite, dueña de su cuerpo y sus sensaciones como nunca antes, segura de lo que deseaba y de que en ese futuro a corto plazo no había lugar para el Amor condicionado de David.

Emma quería entregarse por completo a sus hermanos de placeres y dedicar el resto del tiempo a disfrutar su nueva libertad, retomar algunos proyectos, renovar su guardarropa y cambiar de hábitos. La felicidad le brotaba por los ojos, había un brillo tal de satisfacción en ellos, de mujer bien cogida y de sexualidad plena, que nada podía opacar su luz. En su cabeza no había espacio para el remordimiento por la separación con David, ni por el alejamiento que empezaba a mostrar con lo que, hasta ahora, la había caracterizado.

Emma trabajaba como asistente en una clínica de radioterapia, su trabajo consistía en llevar la agenda de los pacientes enfermos de cáncer que tomaban tratamiento, cobrar los servicios, realizar los depósitos y, en general, era responsable de las tareas administrativas de la pequeña clínica. La labor más difícil era el continuo contacto con la proximidad de la muerte, el sabor amargo de la derrota y la corrupción de la inocencia en los niños por el ángel negro. No era de extrañar que necesitara una válvula de escape para las emociones que se apretujaban en su pecho por la naturaleza de su trabajo. Aquella montaña rusa de estados de ánimo cambió por completo desde su ingreso al clan de la dama de rojo. Emma había conseguido un equilibrio que ni la religión, ni el yoga, ni el Amor de David u otras parejas habían podido brindarle. Se reconocía a sí misma alegre y de buen humor, incluso excitada en los momentos más inoportunos con siquiera evocar el recuerdo de alguno de los tórridos momentos almacenados en su memoria, de las sensaciones tatuadas en su piel y escritas para siempre por las fricciones en sus entrañas.

Como toda nueva conversa, su pasión era profunda, insaciable y desbordada. Pasaba los minutos a solas en su departamento explorando su cuerpo, utilizando sus nuevos recuerdos para potenciar las caricias de sus dedos. Orgasmo tras orgasmo hasta la llegada del jueves, entonces paraba y se abstenía para llegar al sábado caliente y mojada por la expectativa. Su naturaleza seguía siendo callada, pero por dentro de sus venas había huracanes sacudiendo con chiflidos y ventarrones su esencia de mujer. En cada nueva cita con el club secreto traspasaba pequeños límites autoimpuestos, estaba aprendiendo a tener iniciativa, a dejar libre su creatividad y sobre todo, a hacerse responsable de su propio placer sin atenerse a los movimientos de su compañero en turno. "¿De modo que estás dentro? Déjame ayudarle a mi sexo o al tuyo con mi mano, a disfrutar más tus movimientos de entrada y salida". Aún no se atrevía a gritar y estaba borrando con fluidos de éxtasis, el letrero de puta que había escrito con la tinta del prejuicio la antigua Emma en su pubis.

Este sábado participaría en una especie de evento anual llamado "Las lunas de octubre", no sabía nada acerca de la dinámica, sólo le habían entregado una invitación, pero así fuera en el segundo círculo del infierno, ahí estarían ella y sus bragas de algodón.

***

Siempre habrá algo de tenebroso alrededor de los mezquinos, como si los cubriera un velo invisible de rencor hacia la vida y el creador. Sin importar que lo tengan casi todo, habrá algo imposible de recuperar o de sustituir, pero nunca son tan peligrosos como cuando se sienten desmerecedores de una nueva pérdida; algo que daban por hecho de su propiedad, hasta que se va de su lado. Quizá un trabajo que se les sale de la bolsa o un Amor que se escapa de su fina red de compasión. David había nacido incompleto de sus emociones y eso lo había marcado por dentro, adolecía de tolerancia al fracaso, su corazón estaba dividido entre las partes reservadas para el rencor y las áreas cada vez más reducidas para el Amor hacia quienes le rodeaban.

Están los mezquinos que llegan con las cartas marcadas de nacimiento y los que el destino se las ha cambiado en una mala partida, los que las circunstancias los han obligado a aprender con rapidez los recursos para no sentirse en desventaja. Están los que luchan por sustituir su carencia con un espíritu noble y perseverante y aquellos que aprenden las mañas para salirse con la suya, por las buenas o por las malas; a este grupo pertenecía David. Por varios meses había porfiado hasta meterse y quedarse en el pecho y las bragas de Emma, había utilizado con sutileza sus dotes persuasivas y manipuladoras para manejarla a su antojo. Aquella tarde, en el café, estaba lejos de tirar la toalla, había aparentado calma y madurez ante lo inevitable, pero ya se daría cuenta Emma de que había nacido para permanecer junto a él de por vida. Durante los meses que duró su relación, se hizo a la rutina de mantenerla vigilada, quería estar seguro de que no le ocultaba nada, que le era fiel y podía confiar en ella. Si el episodio de la azotea se hubiese desarrollado en cualquiera otra parte, no habría escapado a su radar. Los días que no veía a Emma, hacía guardia cerca de su trabajo, acompañándola a distancia de un lugar a otro hasta saberla en casa, de donde no se retiraba hasta mucho después de que las luces del departamento de Emma se apagaban, por si acaso recibía alguna visita. A veces, cuando estaba vigilando, le llamaba para saludarla y saber de su boca lo que estaba haciendo, con el intento masoquista de atraparla en una mentira.

Este sábado, a media cuadra del edifico donde vivía Emma, dentro de un coche de pintura gastada estaba David recargado en el asiento del conductor, con su atención dirigida hacia su ex novia, tal como había estado todas las noches desde su rompimiento; vigilando, esperando verla llegar al departamento con el hombre por el que lo había abandonado. Hacía guardia hasta pasada la medianoche y regresaba a la mañana siguiente para verla salir rumbo a la clínica donde trabajaba de lunes a viernes. Los fines de semana, la rutina de vigilancia cubría las idas al supermercado, a visitar alguna amiga y actividades cotidianas en las que tampoco había detectado ninguna situación de peligro. David estaba seguro que había alguien, como sólo un macho puede saberlo cuando percibe que su hembra se comporta diferente en ciertas fechas del año. Aún no había descubierto nada, además de vigilar sus pasos, revisaba su cuenta de correo electrónico en busca de pláticas comprometedoras, sin embargo, sus esfuerzos resultaron infructuosos. También había entrado a escondidas al departamento de Emma a buscar evidencias para confirmar sus sospechas, pero tampoco había encontrado nada extraño. Cualquier hombre se habría convencido que no había nada que descubrir, pero la paciencia es una virtud de los que no tienen nada que perder y mucho por comprobar. David había decidido esperar ese sábado la noche entera afuera del departamento de Emma, tenía clavada muy hondo la espina de los celos y eso revestía de creatividad sus hipótesis. Quizá el amante de Emma llegaba de madrugada y se retiraba muy temprano, si eso era cierto, este fin de semana los atraparía y empezaría a planear su estrategia, ya fuera para tenerla de regreso o para vengarse de su traición. El silencio de un hombre es peligroso cuando cela o cuando odia, pero en especial cuando cela y odia a la misma persona.

Las lunas de octubre

A las diez menos diez de aquel viernes, a unas horas de la apertura de "Las lunas de octubre", el Jaguar clásico de Max abandonó el estacionamiento del edificio donde vivía. Había bebido tres martinis y fumado la misma cantidad de cigarros para acompañarlos. Por sus venas circulaban alcohol, adrenalina y excitación como la triada perfecta para completar una noche inolvidable. Antes de salir observó su ropa; vestía impecable, de negro, saco y pantalón italianos, la camisa era negro suave, también europea, con mancuernillas de plata. Sus zapatos negros estaban recién lustrados y usaba un perfume cítrico, con el toque de aventura y peligro que le gustaba transmitir a quien lo oliera. Su rostro lucía un rasurado perfecto y su barba de candado estaba recortada y delineada. Era el prototipo de príncipe oscuro, atractivo como ángel apenas caído y con la incipiente perversidad de un demonio recién convertido.

Aunque la cita era a la medianoche, Max había querido salir con tiempo, la dirección estaba ubicada en una zona alejada de la ciudad y era mejor tomar precauciones. A donde se dirigía era un área de propiedades grandes y con amplios terrenos poblados de árboles y diferentes tipos de construcciones diseñadas para días de campo de la clase rica; la única capaz de poseer ese tipo de inmuebles. Una sonrisa se dibujó en su rostro al recordar que en su desplazamiento habría de pasar por el KM13, el punto en el mapa de su iniciación, de la noche que se transformó en un converso del clan de la dama de rojo, en un vampiro sexual. Aún conservaba el papel garabateado con el nombre completo de su reina que le había entregado Ricky, el administrador de Ruben's, no sabía qué hacer con él, pero lo guardaba como una póliza contra el incierto porvenir.

En el asiento del copiloto descansaba su invitación al evento, era un sobre de color beige, con letras negras de calígrafo en el frente se leía: "Lunas de octubre". En su interior había un mapa, un número; ¿asiento?, ¿lugar?, y un listado de instrucciones sencillas. Una fuerte emoción agitó su pecho al meditar en la invitación, en la ocasión especial. Aspiró con fuerza al pensar lo que podría estarle esperando al otro lado del camino.

Recordó, con una sonrisa, la madrugada en la que manejaba por esa misma carretera pensando en la misteriosa mujer de rojo que había tomado por asalto sus sentidos a la entrada del baño de caballeros del Ruben's. Lo estremeció la misma excitación de aquella primera vez, desbocada, punzante, acarició el candado de su barba al pensar en las desenfrenadas sensaciones que disfrutaría esa noche. Después frunció el ceño, ¿en qué tipo de lugar se reunirían todos aquellos hermanos de la noche? Quizá en un pequeño parque en el área residencial que apuntaba la dirección en la invitación o tal vez en el estacionamiento de un gran edificio. No, no podía ser tan accesible a los mirones.

En la invitación se indicaba que debía usarse un antifaz para cubrir el rostro, ningún invitado sería aceptado sin este requisito. Si no se contaba con uno, habría antifaces genéricos a disposición de los asistentes. Max tomó en cuenta que sólo debían usarse antifaces, nada de máscaras. Los labios debían quedar al descubierto, reflexionó Max, para que dispusieran de libertad y creatividad.

Una mariposa de ceniza salió volando por la ventanilla del Jaguar en cuanto la mano de Max apareció por encima de la portezuela. Aminoró la velocidad para tomar una desviación hacia el punto señalado en el mapa. Las llantas del automóvil entraron en contacto con un camino empedrado y por las ventanas entró el sonido de rocas pequeñas al ser aplastadas y apretujadas entre sí por el peso de las llantas. Otro largo suspiro escapó del pecho de Max. Por fin había llegado el momento que esperaba. Se ajustó un antifaz oscuro por detrás de la cabeza. Era un discreto ejemplar de terciopelo negro con vistas plateadas en los bordes. A partir de ese momento, el espíritu de la aventura se adueñó por completo de sus latidos. Sus labios carnosos dieron una última y larga calada a la colilla del cigarro antes de lanzarla al pavimento. Con paso lento y seguro abandonó el auto. Un hombre de aspecto imponente esperaba al final del camino, pero no le entregó las llaves, como no le entregaría su alma al diablo, aun sabiendo que a donde se dirigía no era necesaria, se entendía que al final del evento, la salida tenía que ser rápida y sigilosa. Max guardó sus llaves y se acercó al tipo malencarado y silencioso, quien revisó su invitación y le señaló con una mano la dirección en la que debía caminar.

En este mundo de máscaras, todos portamos una y muchas veces no es la que todos creen ver. El antifaz no es la verdadera máscara, no es el rostro oculto lo que impide conocer al hombre, sino esa cara postiza que aprendió a portar para hacer invisible el alma hacia los demás. Existe cierto misticismo en el uso del antifaz, los rasgos quedan ocultos para el mundo y el demonio que vive bajo cada piel atisba por detrás del brillo en la mirada esperando la libertad de ser y la necesidad de estar, pero la libertad no la da el antifaz en sí, sino la secreta conciencia que se adquiere sobre sí mismo y se proyecta escudada en el anonimato. Algunos demonios son más reales que nuestras propias caras y para liberarlos hay que saber jugar con fuego. Las conciencias enfermas se revuelven en el fuego de su propio infierno, los demonios caminan con libertad en su mente, pero los que han mantenido encadenadas sus pasiones más bajas, sus deseos más secretos, sus miradas más crueles, sus pasajeros ocultos, para estos rostros normales, el antifaz es la puerta de escape, la vereda angosta y desconocida por donde, al menos por unas horas, pueden fingir que son alguien más, sin saber que ese alguien más es quien en realidad habita su piel.

El camino era pedregoso, las suelas de sus zapatos flotaban a milímetros del suelo al pisar las pequeñas piedrecillas tiradas que hacían un leve rechinido al ser aplastadas. Algunas se disolvían por completo y otras se partían en pedruscos más pequeños ante el peso de Max. Sus pasos eran largos y firmes, no denotaban el ritmo excitado con el que su corazón bombeaba sangre conforme se alejaba de la entrada y se dirigía hacia la negra figura de una vieja casona sin luces que se recortaba al final del camino. Sacó un cigarrillo del bolsillo izquierdo de su camisa para que una nube de humo le hiciera compañía. Mientras fumaba, Max observó que el camino se aproximaba a los cien metros y la propiedad a la que se dirigía estaba rodeada por arboles grandes que amurallaban la casa, pero también la aislaban del mundo. Un cartel clavado a medio camino anunciaba la venta del inmueble y compartía un número de teléfono para los interesados. Al parecer, la propiedad estaba abandonada, por lo que era el escenario perfecto para lo que estaba por ocurrir.

Al llegar a la puerta encontró dos piezas lisas y gruesas de madera con un picaporte dorado y gastado, con un asidero en cada lado. No tuvo que tocar, el lado derecho se abrió al tocarlo. Al pasar por la puerta volvió a entrecerrarla y ante sus ojos de gato huérfano quedó un caminillo artificial iluminado con velas en el suelo. Max pudo observar que las velas eran caseras, estaban dentro de botes de metal, estimó que el tamaño era el adecuado para el uso de unas cuantas horas. Las cejas alertas de Max se pasearon por los tres puntos cardinales restantes, pero el recibidor estaba desierto, no había muebles ni personas, sólo unos gruesos cortinajes que impedían la entrada desde el firmamento de la invitada especial esa noche. Con probabilidad aquellas cortinas estarían cargadas de polvo y arañas, pensó divertido. Lo visto hasta ahora le daba la sensación de abandono y soledad, un área perdida en la urbanidad de una gran ciudad, un refugio olvidado por el paso inclemente del tiempo. Max recorrió el pasillo, el aroma a cera quemada se mezcló con el olor a tabaco calcinado. Le quedaba sólo una chupada más, aspiró con fuerza la última andanada de humo y con cuidado arrojó la colilla dentro de uno de los botes llameantes, lo que menos quería era provocar un incidente con su vicio.

Al final del pasillo había otra puerta, el silencio era amo y señor. Max se preguntó, como cualquier otro mortal, si no sería —acaso— el primero en llegar a la cita. Sólo tuvo que trasponer la última frontera hacia la clandestinidad para darse cuenta que no estaba solo. Una chica también con antifaz le requirió su invitación y lo llevó de la mano hacia un punto determinado en un gran salón iluminado con más velas caseras. La imagen era solemne, un gran silencio habitaba la sala, sin embargo, decenas de almas hermanas se agitaban dentro de sus envases de piel. Se percibía el aleteo de sus alas en llamas a la espera de emprender el vuelo rasante hacia la caldera del diablo, un vuelo directo y sin escalas hacia la última trinchera de los sentidos.

En el rellano ocupado por Max no había otros invitados, no obstante, pudo observar que las demás islas estaban pobladas en forma parcial. Consultó el reloj y estimó que aún quedaba tiempo para que llegaran los demás. Se preguntó quiénes serían sus acompañantes, serían nuevos o viejos conocidos de sus aventuras clandestinas a lo ancho de la ciudad. Presintió que a pesar del antifaz podría identificar a los miembros del clan de la dama de rojo, conocía mejor sus lunares, tatuajes y cicatrices que sus rostros, no necesitaba de sus rasgos para saber a quién pertenecía cada cuerpo, cada acento y cada manera especial de mover el cuerpo. Observó que a su disposición había una antigua silla y una mesa pequeña con vino, agua, y copas, entre otros utensilios. Apuntó que en cada campamento había también una réplica de su mesa, excepto que en algunas áreas había una banca en vez de silla o bien eran sillones pequeños que denotaban algún origen lejano y usado, en otras sólo contaban con algún taburete de piel.

Faltaban unos cuantos minutos para la medianoche, las flamas flotaban indiferentes en sus cuevas metálicas. Apenas podía distinguirse algo con exactitud a lo lejos en aquel espacio encerrado. Más allá de las siluetas espigadas y las sombras de muebles, el ambiente era una agradable penumbra. En cada sección había al menos una pareja, un trío o un grupo más grande. Una música salida de quién sabe dónde llenaba los silencios incómodos. Los ojos, esos felinos curiosos y sin domesticar que habitan las cuencas del rostro de la gente, recorrían sin pena a todo el que se encontrara a su alcance. Todos ahí eran cazadores anónimos escondidos detrás de un antifaz, vampiros de los sentidos, prisioneros del placer. El voyerismo empezaba desde ese momento, recorriendo con la mirada al compañero de a lado, al de enfrente y al de más allá, si era posible. Las mujeres eran sirenas modernas vestidas para encantar, los hombres estaban elegantes y soberbios, leones maduros aguardando un festín.

En el aire se mecía distraída una mezcla embriagadora e inconfundible, el aroma sutil a deseo de las mujeres, ese olor al que Max era adicto, como el resto de los hombres en aquel lugar. Ese perfume de efecto violento que se colaba inconsciente hasta alcanzar y sacudir el instinto primario de aquellos machos anónimos. Sus narices se ampliaban para captarlo sin darse cuenta, su carne impaciente se revolvía pensando en conocerlo en forma líquida. Las piernas femeninas temblaban de excitación prematura y dejaban escapar su mensaje silencioso en busca del receptor adecuado. Algunas mujeres descansaban recostadas en un camastro, con languidez y sensualidad romanas. Las más inquietas se retocaban el maquillaje al descubierto debajo del antifaz o practicaban cualquier otra actividad que les permitiera mantenerse ocupadas con discreción mientras esperaban la señal. Eran hijas de la noche, conversas de algún clan, conocían los códigos callados; de pocas palabras y mucho lenguaje corporal. Se mostraban provocativas con cada parte de su anatomía en estado incitante y desafiando a los mirones, como si sus muslos tan solo aguardaran la llegada de una mano tibia o de unos labios sabios que los despertaran de un letargo húmedo para entregarse al visitante. Un trance en donde un roce era lo que hacía falta para romper el hechizo de la inmovilidad. Esa sensualidad en reposo era captada por los vampiros de pantalón negro que afilaban sus colmillos invisibles y mantenían los sentidos en estado de alerta. El pasajero oscuro detrás de cada antifaz disfrutaba la fantasía de desnudar a la mujer de enfrente, de remover cada una de sus prendan para llegar al contacto imaginario de su boca con la suave y embriagante piel. Algunos bebían una copa escudados en su anonimato, olían el vino mezclándolo con el intenso y provocativo aroma a mujer que espoleaba su instinto. Sorbían lento su trago paladeando y sustituyendo en su mente aquel sabor a vid por otro más exquisito y adictivo, el sabor a hembra en celo. Dispersos entre los concurrentes estaba el clan de la dama de rojo, con diferentes parejas, algunos en un trío y otras, como "Roxanne", la chica del bosque de los castigos, en grupos más amplios. En la vieja casa cada detalle estaba dispuesto para el arranque de las esperadas "Lunas de Octubre".

***

Si alguna vez Max había estado presente en la demolición de un edificio, el sonido de toneladas de escombros estrellándose contra el suelo no era nada comparado con el estruendo de su corazón en ese momento. Las paredes retumbaban dentro de su pecho, como si estuvieran desmoronándose piso tras piso. A sólo siete metros del sitio que la invitación le había asignado estaba ella, la chica de la sonrisa eterna. Aunque portaba un antifaz, su sonrisa era inconfundible para la cámara fotográfica de su memoria. Su antifaz era gris oscuro con lentejuelas doradas en el contorno y unas plumas pequeñas a cada lado. Combinaba a la perfección con una falda negra con distintos niveles de holanes, la traía colgada a media cadera y le dejaba al descubierto cada pulgada del perímetro de su cintura, le notó un piercing en el ombligo y sintió un respingo en su propio vientre al constatar que era de las mujeres que no temen entregar su cuerpo a un dolor transgresor y pasajero. A la mujer de la sonrisa eterna se le escapaba la juventud por los poros; su blusa era un top color hueso amarrado por cordones detrás de la espalda. Parecía lista para dar un paseo en una playa nudista, la ropa que la cubría era sólo un disfraz del que se desharía en cualquier momento. Su cabellera negra y ondulada estaba suelta, pero sobre su cabeza había una banda del mismo color del top que le mantenía los cabellos acomodados hacia atrás cayendo con uniformidad sobre sus blancos hombros descubiertos. Había un aire curioso en su rostro y su sonrisa aparecía sólo por flashazos, quizá porque estaba sola y esperando a quienes fueran a integrar su grupo. Aquella soledad en penumbras no le privaba de motivos para sonreír como acostumbraba, lo hizo una vez al mirar hacia donde Max la devoraba a través de las rendijas de su antifaz.

A Max, jamás una distancia tan corta le había parecido tan abismal. Era impensable romper las reglas para abandonar su lugar y abordar a otro participante en su sitio, no sin invitación previa, no para un primerizo en "Las lunas de octubre". Tantas semanas acariciando la oportunidad de volver a encontrarla y ahora que se le presentaba tendría que verla entre los brazos y los dedos de alguien más.

Al espacio de Max llegaron dos mujeres a interrumpir su tragedia, una de ellas vestía de rojo escarlata, la otra de blanco inmaculado. Con ironía pensó que tendría a su cargo todas las mujeres que un hombre necesita para sentirse rey y, a pesar de eso, le faltaría aquella que lo reducía al papel de esclavo. Se reprendió a sí mismo por dedicarle tiempo a una quimera, a un objeto romántico, quizá más hermoso y sensual que cualquiera, pero de todas formas tan imposible como idealizado. De pronto una verdad cimbró con fuerza sus razonamientos: ¡Ella estaba aquí!, en su propio mundo clandestino, era casualidad o algo llamado destino lo que se empeñaba en juntarlos. No la encontró en la calle, ni en una oficina, no fue a la salida de Ruben's, ni en las visitas semanales al Latitud 40°, si había un ser divino escribiendo los renglones de su suerte, sin duda se había esmerado en juntarlos con los de ella, la de la sonrisa eterna. Alguna razón escondida debía haber en la aparente coincidencia y Max, que a pesar de todo tenía la paciencia del cazador experimentado, sentía que desde ese instante sólo era cuestión de esperar y aprovechar la oportunidad.

Sabina buscaba al pasajero oscuro de sus pensamientos entre los silencios, esperaba reconocerlo entre los rostros enmascarados y si acaso no lo descubría antes, sabía que lo vería detrás de un antifaz en la bienvenida de "Las lunas de octubre". Quizá lo invocó al pensarlo, como sucede con ciertos demonios que aparecen entre sueños al pensarlos antes de irse a la cama.

En lo alto del techo, a través de un enorme vitral, se observaba una luna majestuosa. La madrina de aquel evento llegaba puntual a la cita para bendecir a sus discípulos. Un canto en una lengua desconocida y con sabor ancestral empezó a escucharse desde una esquina al fondo del aula, fue subiendo de volumen hasta quedarse a *sotto voce*, el eco lejano de decenas de voces anónimas, como si fueran los acentos callados de todos los presentes. Las luces bailotearon insolentes desde sus escondrijos anticipando un cambio. Hombres y mujeres guardaron un silencio ceremonial, alertas, sumisos, entregados en cuerpo y alma a la ocasión. La mezcla de perfumes se hizo más palpable, los sentidos se agudizaron ante la escasa luz y la ausencia súbita de sonidos residuales, las pupilas de felinos se dilataron para no perderse detalle. En algún punto cercano al centro de la casona, se encendió una nueva llama, tenue y temblorosa como las demás proyectando su luz hacia un hombre envuelto en una capa larga y oscura con hilos plateados en los bordes que fulguraban al compás de la flama. Un antifaz reluciente como la luna del ventanal le ocultaba el rostro. Se hallaba franqueado por dos mujeres cuyo antifaz apuntaba hacia el suelo en señal de sumisión y respeto. No había un sólo ser que no estuviera mirándolos en ese momento. El hombre juntó ambas palmas de las manos a la altura de su frente, como si fuera a emitir un rezo y su voz se escuchó con claridad por doquier, a pesar de ser apenas un ronco murmullo:

— Hermanos del placer, la luna honra y bendice con sus rayos nuestra ceremonia. Ha venido a agradecer cada una de las noches que le hemos dedicado glorioso tributo a su hechizo con nuestros cuerpos.

Acto seguido, las dos mujeres, sin levantar la cabeza y con los ojos cerrados se arrodillaron a lado del hombre, quien posó sus manos sobre sus cabezas y agregó:

— Entreguémonos al poder de su luz, que la noche nos impulse y nos permita volar en la libertad de la piel y nuestros sentidos.

Las manos de ambas mujeres empezaron a reptar por los tobillos del hombre, escondiéndose bajo la capa que lo cubría, por dentro de la tela, los labios de ambas mujeres iban recorriendo sus piernas, besando y acariciando cuesta arriba, por fuera de la capa era evidente lo que hacían. Cuando una de las mujeres alcanzó la entrepierna del demonio de labios de rendija, el resto de la congregación imitó sus movimientos, como si fueran una manada de pájaros en pleno vuelo y cada quien supiera hacia dónde volar, todos los presentes buscaron un compañero.

—Bienvenidas, lunas de octubre —finalizó el hombre. La mujer había encontrado lo que buscaba dentro de su pantalón.

La música se mezcló con los murmullos generalizados que regresaron por doquier. Decenas de hombres y mujeres se movieron en una escenografía orquestada y ensayada cientos de veces en los lugares menos pensados, entre los más privados y abandonados por el ojo humano, los puntos ideales para dejar la jaula abierta al deseo. El suelo se vistió de sombras proyectadas por el fuego, retazos de siluetas que rozaban, acariciaban, golpeaban, tallaban y chocaban unas con otras. El contorno de una cabellera se agitaba en el suelo cambiando de forma como serpientes queriendo escapar de un foso o esperando el descuido de su presa. Objetos de diferentes dimensiones entraban y salían en compases apuntando al cielo o estrellándose en escuadras recargadas en alguna pared. Un himno melódico de gemidos, jadeos y murmullos extasiados flotaba en el ambiente. La dulce agonía, la dicha de la piel, la humedad que libera, el fuego que abrasa. Hombres y mujeres unidos en la más placentera y tortuosa forma a través de la esclavitud del sexo. Un laberinto habitado con decenas de seres con la misma sed, la misma necesidad y entrega por satisfacer el deseo primario de poseer o ser poseído. Entre las paredes del laberinto, los límites se desdibujaban, no había recoveco ignorado, ni había palabras que hicieran falta. El lenguaje de la piel es universal y aquellos vampiros lo manipulaban a su completa voluntad. Colgada en el cielo, la luna de octubre era su deidad, su cómplice y su protectora. Su luz plateada entraba por el techo mezclándose con la luz dorada del fuego, quizá añorando a su amante ausente, el astro rey. Quizá proyectando su Amor imposible, su pasión contenida entre aquellos seres nocturnos.

***

Cuando David vio salir esa noche a Emma de su edificio, recostado en el asiento de su coche desde el lugar en el que montaba guardia, sintió un par de tijeras clavándosele en el estómago, esa sensación masoquista de saber que estaba en lo cierto y sus pronósticos se cumplirían uno por uno. Se levantó como picado por un escorpión; el de los celos enfermizos, se acomodó ante el volante y encendió la marcha obsesionado y alerta, dispuesto a seguirla hasta el fin de mundo. Mientras la discreta persecución tuvo por escenario las calles de la ciudad, el coche de David se mantuvo cerca del auto de Emma, fue hasta que salieron de la ciudad que tuvo que dejar varios cientos de metros de distancia para que no lo identificara. Para su fortuna, el área a la que se dirigían contaba con otros visitantes esa noche. En cuanto entraron a la pequeña carretera a donde parecían dirigirse los demás vehículos, el compacto de David se mantuvo inadvertido entre los demás coches.

Más que cuestionarse si estaba en lo cierto, lo que ahora más le intrigaba a David era a qué podía dirigirse su ex-novia a esas horas de la noche en un lugar tan apartado de la ciudad y de sus paradas habituales. ¿Por qué llevaba puesto un antifaz?, ¿iba a alguna fiesta de disfraces?, si era así, quería entrar en esa fiesta y sorprenderla con el hombre que, con seguridad, la estaría esperando con una copa en la mano, aunque Emma ni siquiera bebiera. Colarse a la fiesta, esa era la cuestión, en el portón de entrada había un tipo vestido formal y sin antifaz, pero con cara de cancerbero. David determinó que tendría que buscar otra ruta de acceso. Abandonó su vehículo sin hacer ruido para no denunciar su presencia, se metió entre unos matorrales, se cerró el cierre de la chamarra y se aprestó a dar un rodeo a la propiedad escudado en el cerco de árboles que la amurallaba.

***

Los ojos de Max, un par de buitres al acecho, no le quitaron la mirada de encima ni por un instante al hombre de la capa oscura desde que abandonó el cuadro de honor acompañado de sus escoltas femeninas. El trío hizo una breve escala en un cuarteto de hombres y dos mujeres, que recibieron con callado agradecimiento la incorporación al grupo de aquellas delicadas aves nocturnas. El demonio de los labios de navaja siguió a solas su propio camino admirando durante el viaje las figuras humanas que se acomodaban unas sobre otras, colmándose de caricias voraces para alimentar la hoguera masiva de deseos. Al observarlo detenerse en el punto donde le esperaba solitaria la chica de la sonrisa eterna, Max desvió la mirada, a pesar suyo, para atender a dos mujeres que reclamaban sus manos, habría querido castigarse cada segundo admirando a la mujer de la sonrisa eterna y espiar a su privilegiado mentor, pero a "Las lunas de octubre" se asistía no sólo a ver, sino a participar.

En ese instante y en otro punto rodeado de velas, una parvada de manos cayó sobre "Roxanne" como cuervos hambrientos, dos veces el número de dedos que la recorrieron en el bosque de los castigos la despojaron de sus prendas y exploraron con meticulosidad los ángulos de sus piernas, sus caderas, su espalda y su pecho. Los hombres de ese grupo eran para ella sola y los rincones de su cuerpo nada más para ellos. Entre dos hombres la levantaron en vilo a metro y medio del suelo. Su cuerpo desnudo, sus piernas abiertas y las rodillas dobladas hacia atrás, hincada en el aire para rendir tributo a una deidad. Un par de labios besaban su boca y otro par lamía directo de su fuente de felicidad. El resto de los hombres le mordía la piel. Ellos le besaban las clavículas, los brazos y el vientre, ella sentía en la espalda y los muslos, los huesos clavados de los brazos que la sostenían y la mojaban cada vez más con la desbordante sensación de saberse suspendida entre un cielo y un infierno multitudinarios, atrapada y condenada por una abundancia exquisita de descaradas caricias. En poco tiempo, "Roxanne" gemía y se retorcía excitada, no había un rincón de su cuerpo que no estuviera siendo estimulado de manera directa o indirecta. Con los ojos cerrados detrás del antifaz y las piernas extendidas, sólo sabía que quería más y más. Su piel estaba receptiva y sus terminaciones nerviosas sensibles al más ligero atisbo de placer.

Los brazos de un hombre la sostuvieron por debajo de las axilas, mientras otros dos de sus compañeros la inclinaron hacia abajo tomándola de un muslo cada uno. Su talle estaba en un ángulo de 90° y su cabellera colgaba como cascada. Los muslos abiertos de la única mujer del grupo quedaron flotando en las penumbras cuando sintió un mazo palpitante descorriendo el velo de su intimidad, profanándola con el filo de su punta, entrando directo y sin pausas hasta lo más lejano de sus entrañas para complementar lo que su cuerpo experimentaba. Un hondo gemido de leona cruzó la estancia, el hombre que la sostenía de las axilas la jalaba hacia arriba, ayudado en aquel linchamiento de fantasía por los que le sostenían los muslos, entre todos la dejaban caer directo contra la trampa de carne que la esperaba abajo, turgente, crecida y certera, mientras los demás hombres del grupo continuaban acariciándole los senos, el vientre y la cadera, una boca le mordía las nalgas por debajo de su fantástico vuelo y una mano con dedos fuertes le estimulaba el punto irreductible en donde terminaba su bosque rubio oscuro. El placer era infinito, sentía que su cuerpo se acercaba irremediable y recurrente hacia una sierra eléctrica que la cercenaba exacta en medio de las piernas, para luego, liberarla y dejar que se replegara de nuevo y repetir la exquisita rutina.

"Roxanne" se derramaba a mares, su éxtasis se escurría líquido por sus ingles para gotear hacia la cara del hombre sentado en las baldosas del piso. El ritmo de su caída cambió, el hombre que la partía en dos empezó a hacer unos movimientos de vibración, a la vez que los otros dejaron de jalarla, sus muslos caían como marionetas sin titiritero. Su cuerpo estaba unido a otro en la más placentera de las combinaciones posibles del rompecabezas humano. El primero de sus orgasmos le mordió las piernas y le arañó las entrañas como garras de pantera furiosa y la hundió en el paroxismo de una entrega sin tregua. Los hombres fueron cambiando de lugar, uno a uno, en distintas posiciones. Los orgasmos de "Roxanne" se multiplicaron hasta que ella misma perdió la cuenta en una noche interminable, la mejor de su vida.

***

La dama de rojo tomó la iniciativa en su grupo, acostumbrada al mando sentó a Max en una enorme silla colonial y con la ayuda de Emma le quitaron la camisa negra, jalando cada una la manga que estaba de su lado y dejando al descubierto la piel morena clara de un pecho con vello moderado y con un pequeño lunar escondido a la altura del corazón. Le ataron las manos por detrás del respaldo y los tobillos a las gruesas patas de su asiento dejándolo por completo a merced de las dos; la reina y la doncella. Sabina se aseguró que el pecho de Max sintiera su cabellera rozándolo al inclinarse para revisar los nudos de las cuerdas que lo inmovilizarían bajo su poder y también de que percibiera el aroma coqueto que escapaba por su escote al pegarlo contra su antifaz a la altura de la nariz, confirmó el éxito de su estrategia al sentir la barba de Max raspando con suavidad la piel que dejaba a la vista su vestido y su respiración tibia filtrándose a través de la tela de los tirantes rojos que aprisionaban sus senos, su aliento cálido besando sus pezones.

Sabina buscaba que su nueva discípula entendiera la situación y se dejara llevar por sus instintos escondidos; les diera rienda suelta en complicidad con aquella rara libertad que ofrecen la dominación y el sometimiento. Quería que Emma se sintiera libre para actuar y sentir, para disfrutar de un hombre imposibilitado de responderle o exigirle nada, de marcarle ritmo alguno o de contenerla en ningún sentido. A Max, le regalaba la oportunidad de tener dos mujeres para él solo, aunque estaría atado, al menos por un tiempo.

Como si hubiese leído los pensamientos de la dama de rojo, Emma comprendió su papel y se ciñó los miedos por detrás del antifaz. Ante sus manos estaba la posibilidad de remover de su interior las cadenas de cientos de generaciones, el instinto primario de toda mujer para saborear el sexo crudo sin tabúes ni autorrepresiones, de sentirlo y disfrutarlo como nunca en su vida. La idea de tener bajo su poder a Max, el hombre más atractivo del clan, la prendió de forma despiadada, recordó de golpe las noches solitarias en su departamento en las que sus manos fantasearon con el momento en que su cuerpo se abriría para recibir la piel morena de Max y se chupó los labios al percatarse de que esta noche se cumplirían esas fantasías. Intercambió una mirada de complicidad con su reina, que con una sutil inclinación le cedió la iniciativa.

Emma se sentó a horcadas sobre el regazo de Max, quien podía tener atadas las manos, pero no sus sentidos, él miraba con libertad a ambas mujeres y ahora mismo sentía sobre su entrepierna, removiéndose de un lado a otro, el delicado peso de la nueva discípula. Con una boca cálida y exploradora, Emma iba bajando por el cuello de Max, besando la piel a su paso, descolgándose golosa por la manzana en su garganta y clavando ligero los dientes alrededor de ella, hasta aterrizar en la piel poblada de vello de su pecho. Olía tan maravilloso, con esa mezcla a perfume y sudor de hombre. Se encontró a sí misma descarada y sin pudor, mordiendo esa piel suave, propinándole fuertes y salvajes chupadas y dejándole marcas ardientes por doquier. Estaba usándolo sin miramientos, la cría de pantera estaba probando sus garras con la presa sometida y traída para su aprendizaje. Los labios de Emma fueron bajando por el camino de vello suave que apuntaba como flecha hacia abajo del vientre de Max indicándole la ruta al sur, su respiración era entrecortada y se removía ante las evidentes amenazas de Emma. Sabina observaba de cerca, de vez en cuando desviaba la mirada hacia su cretino de ojos fríos que no perdía el tiempo, besaba y pellizcaba las puntas jóvenes de la chica de la sonrisa eterna.

Los labios de Emma se toparon con lo que buscaban a ciegas y dejaron que sus manos retiraran los obstáculos entre su lengua y el manjar a la espera de su reciente descubierta lujuria. Max sintió que le deslizaban la punta de varias agujas por la entrepierna, se movían uniformes sobre la piel desnuda por debajo de su cintura, desde la mata de vello ensortijado en el centro, hasta los muslos tensos y expectantes, las uñas de Emma daban vuelta en U en un punto arbitrario y repetían el camino trazando surcos invisibles sobre su presa. La carne de Max empezó a demandar otro tipo de atenciones, pero no estaba ahí para exigir, sino para obedecer. Sintió en su nuca dos bultos turgentes tallándose contra su cabeza, supo de inmediato a quién pertenecían, su aroma embriagante pasó por sus orejas para enroscarse y lanzarse por ambos poros de su nariz y dar directo en su cerebro. Como dos depredadores en total sincronía, sintió la boca de la dama de rojo lamiendo el área entre la nuca y el cuero cabelludo y la boca de Emma cerrándose húmeda y caliente alrededor de su tronco desesperado. Max cerró los ojos abandonándose al placer de saberse adorado por dos mujeres, sometido sí, pero libre de sentir ese placer supremo para él solo. El interior de la boca de Emma era un cazo de agua hirviente que sólo le dejaba en libertad por unos segundos antes de engullirlo de nuevo. Max la percibía cambiada, dueña de una seguridad absoluta y un control calculado en sus movimientos, usaba las manos de manera diestra, lo sacudía y lo espoleaba por distintas áreas, chupaba y lamía disfrutando tanto lo que daba como el placentero estímulo que recibía al saberse al mando de un hombre como él. Sentía la respiración de ella como la de una hembra olisqueando al ganador del cortejo, extasiándose con el aroma de su deseo. Sufría al mismo tiempo con dolor y placer el ataque de su lengua, que salía victoriosa de cada cruzada que emprendía contra su miembro y sus redondos cimientos.

Los ojos de Max echaban vistazos fugaces hacia abajo para deleitarse con el espectáculo de su boca aprisionándolo y saboreándolo con lujuria. Sus labios estaban secos cuando la dama de rojo vino a calmar su sed. Fue un beso lascivo y posesivo, asestado con el propósito de demostrarle que su sometimiento estaba lejos de terminar, sus lenguas se enroscaron como viejas conocidas, se besaban sin importar quién dejaba de respirar más tiempo, la barba de Max irritaba los labios de Sabina, sus dientes le mordían sus labios de pantera. Por un lado, él sentía los besos expertos de su reina y por debajo sentía los besos primerizos de la nueva vampira que chupaban con hambre. Max sintió en la base de sus cabellos un filo diferente de agujas, las uñas de la dama de rojo se arrastraban por su cabeza mientras lo devoraba con la boca, gimió entre sus labios vagabundos, su cuerpo estaba inmovilizado, a merced de ambas mujeres, pero la estaba pasando mejor que si sus manos fueran libres.

Una Emma que desconocía estaba deshaciéndose de sus bragas con intenciones imposibles de disimular, mientras la antigua Emma observaba silenciosa la escena desde algún lugar seguro en el fondo de su consciencia. Emma estaba encendida y sin nada en el mundo que deseara más que montarse sobre ese sublime espécimen, lo había trabajado con sus manos y su boca preparándolo para recibirlo entre sus piernas. Se dio cuenta que ya no era ni sería una mujer temerosa de lo que se pudiera pensar de ella por su comportamiento sexual, en el clan de la dama de rojo era una conversa determinada a seguir su nueva religión de placer sin represiones de ninguna especie. Se acordó de la madrugada en la azotea, del deseo, malsano pero consciente, de ser una de las mujeres que eran tomadas con salvajismo ante sus ojos y se dejó caer triunfal sobre la plenitud de Max, sin escalas y hasta el fondo de sus entrañas. Lo recibió generosa y extasiada, lo dejó habitar su humedad y se permitió sentir los latidos de su propio corazón mezclándose con los latidos del que ahora era visitante en su cuerpo. Cuando se sintió satisfecha de su victoria sobre la antigua Emma, se removió sobre él apretujándolo entre sus paredes mojadas, cercenándose ella misma sobre aquel tronco de piel humedecida y venas suicidas.

Max abrió los ojos una vez más en esa noche celestial, ante su vista estaba una ardiente y dedicada mujer con el trasero levantado usándolo para caer y ascender sobre su virilidad, a un costado, otra sensual mujer envuelta en tela escarlata le besaba y chupaba las orejas, al tiempo que clavaba las uñas en su espalda tensada para mantenerlo alerta con pequeñas dosis de dolor. ¿Qué más podía desear aquella noche sino el tiempo y la energía suficientes para complacerlas? La sonrisa eterna de una mujer prohibida le acomodó la respuesta entre las costillas, como el golpe sordo y bien colocado de un boxeador. Atisbó por debajo de un brazo de la dama de rojo hacia la zona donde había visto a su misteriosa obsesión por última vez y vislumbró su cuerpo de ninfa y sus piernas separadas enfrente de la figura del hombre de la capa oscura; el creador de la dama de rojo, el responsable indirecto de su incursión al clan del sexo, el enemigo directo de sus traicioneros deseos de un Amor tradicional. ¡Maldita sea!, pensó Max y se obligó a sí mismo con una embestida hacia arriba de su cadera a ocuparse del momento presente y olvidarse de quimeras y sonrisas de ángeles. El truco del diablo es hacernos creer que enamorarse es cosa de Dios.

¡Maldición, estoy enamorado!, se escuchó un grito en la cabeza de Max.

Emma resintió la sorpresiva embestida de Max y abrió sus piernas para sentirla con mayor plenitud, aquel hombre era un delicioso bocado, aún amarrado y bajo su poder sabía hacerla perder el control. Lo sentía cimbrando su cuerpo, entrando con la fiereza del animal recién capturado, atado de manos pero con las piernas dispuestas a vender cara su entrega. Max usaba sus muslos para levantarse de la silla y toparse enloquecido de celos con la pelvis de Emma, que sin conocer el origen del ímpetu de su compañero se abrazaba a su cuello, oliéndolo y disputándole ese reducto de piel a la dama de rojo. Sabina deseaba soltar las manos de Max para dejar que una de ellas hurgara por debajo de su vestido, sabía que nadie como él para hacerse cargo del placer de dos hembras al mismo tiempo. Se imaginó los dedos de Max aventurándose por debajo de sus bragas, buscando su humedad como pez fuera del agua. Lo visualizó entrando por detrás de sus amplias caderas con dos de sus dedos, penetrándola en ráfagas, preparándola para sustituirlos con algo más. Se imaginó sus manos apoyadas en el respaldo de la silla, volteando hacia atrás para admirarlo entrando por debajo de sus ingles, cogiéndola con su potencia de hombre, Max era el mejor ejemplar de su clan y era suyo.

***

Una oleada de asco y repulsión pateó el vientre a David desde su canallesco escondite. Acostumbrado a espiar a la gente, jamás en su vida se había topado con un espectáculo tan depravado y descarado como aquel. Decenas de hombres y mujeres se entregaban unos a otros en las más sorprendentes situaciones. Un puñado de hombres se turnaba para tomar a la misma mujer una y otra vez, como si fuera una perra en celo. Había parejas de sexos opuestos y también del mismo sexo, desnudos o semidesnudos copulando unos con otros. Parejas de mujeres que compartían y se alternaban al mismo hombre. Gemidos, pieles, sexo, imágenes salvajes y tiernas, juguetes, bebidas, miembros exhibidos sin la menor pena, mujeres que actuaban como meretrices romanas. David reprimió la incipiente excitación que intentaba traicionar las raíces de su moral, a la vez que reconoció la malsana ansiedad enredada en sus vísceras de poseer el poder del rayo para lanzarlo sobre esos pecadores escudados en el anonimato de un antifaz para dar rienda suelta a sus bajos instintos. Quería tener en sus manos un arma capaz de ponerle fin a su perversión de una sola andanada y darles un castigo ejemplar y definitivo.

Buscó con desesperación a Emma entre las penumbras, entre aquellos senos desnudos y excitados, entre las caderas que se bamboleaban con perfidia ante sus ojos atónitos, pero ciegos, no la encontró. La muy puta —pensó—, debía estar con uno o varios hombres entre aquella multitud de cuerpos entregados al pecado. Se preguntó cómo había llegado su dulce e inocente Emma a ese lugar y con aquella gente, ¿era esa la razón por la cual lo había desplazado de su vida?, ¿para entregarse a la estimulación de la carne?, ¿para rodar de hombre en hombre como ramera? David no lo entendía, en su mente no había lugar para un fenómeno como ese. Respiró hondo, al fin había elucubrado la manera de acabar con todos, de librar al mundo de su nido de perversión.

***

La mayoría de los asistentes a "Las lunas de octubre" no supo dónde empezó el fuego, ocupados en su propio placer sólo notaron el olor a humo cuando las llamaradas eran grandes y humillaban lo que encontraban a su paso. Las viejas y tristes cortinas que cubrían los ventanales caían al piso encendidas de muerte y los pocos muebles, quizá abandonados y olvidados por los últimos habitantes, se contagiaban rápido del fuego, como si les corriera prisa por volverse ceniza y regresar a la tierra de donde alguna vez salieron. El pánico hizo presa de hombres y mujeres que despavoridos empezaron a buscar una salida, vistiéndose en el camino, tapándose con lo que podían. Más que asustados por el peligro de las flamas, era el temor de amanecer tras las rejas o en la portada de los tabloides lo que los impulsaba a escapar. Las llamas, aunque lentas, eran voraces y pacientes, besaban con ardor a su paso, pero en un beso intenso y fatídico. En la puerta principal se amontaron unos con otros, en cuestión de minutos la percepción de su mortalidad borró cualquier rastro de urbanidad, los que antes se prodigaban caricias y besos, ahora luchaban desesperados por su supervivencia. Nada evidencia más la naturaleza egoísta de la humanidad que la cercanía con la muerte. Los miembros de los diferentes clanes se empujaban unos a otros buscando ser los primeros en salir al aire libre, pero su esfuerzo era inútil, la enorme puerta doble estaba bloqueada por fuera y ni la muchedumbre pujante podía hacerla ceder.

Nick miraba desolado y furioso cómo el fuego ponía fin a sus queridas "Lunas de octubre", deseaba que escaparan con vida, pero también reducir los daños morales. En su papel de líder sabía que no podía llamarse a los bomberos hasta que los clanes se hubieran puesto a resguardo, por lo que cada minuto era angustioso y determinante para prestar ayuda. No tenía tiempo para buscar culpables, quizá había sido un desafortunado descuido al que no se le prestó atención oportuna, tal vez una colilla de cigarrillo o una vela caída había encontrado cómplice en las alfombras y tapices carcomidos por la soledad, una pequeña llama bastaba para alcanzar el desastroso estatus de incendio. Ahora lo que tenía que hacer era buscar un hacha o algo para romper la condenada puerta de entrada. ¿Por qué estaba cerrada?, ¿acaso no había sido accidente? ¿a dónde se había ido el hombre de la entrada y dónde diablos estaban sus pantalones y su saco?

— ¡Mierda!

Rugió por lo bajo al percatarse de que un mueble se incineraba a sus espaldas. No temió por su vida, ni tampoco le importaron los empujones recibidos por las siluetas nerviosas que se alejaban del fuego y le impedían concentrarse para buscar su ropa. El humo era abrumador, como la niebla en el invierno que impide la visibilidad más allá de un pequeño perímetro alrededor de uno, excepto que esta bruma era plomada, lacrimosa y caliente, no sólo dificultaba la respiración, sino pensar con serenidad. Al voltear hacia su izquierda vio entre el humo una figura de mujer que le tendía algo con la mano. Nick pensó que sería su acompañante, por lo que al acercarse se sorprendió al encontrar a Sabina a su lado en actitud solidaria, con un extraño brillo en las pupilas.

— Hay que poner a salvo los clanes, querido, para eso creo que vas a necesitar esto. —le dijo Sabina extendiéndole sus pantalones.

Cuando el pánico se desencadenó, Max seguía amarrado a la silla en donde lo tenían confinado sus acompañantes. La desesperación general cundió entre los clanes, casi tan veloz como descendió el mal augurio en forma de una nube de humo. Percibió la voz de la dama de rojo alejándose, al tiempo que le ordenaba a Emma hacerse cargo de las cuerdas en sus muñecas.

Sin embargo, sus esperanzas de verse liberado se derrumbaron como los cortinajes de los ventanales. Emma, en franco ataque de pánico al sentir en el alma las garras de la muerte, corrió como venado asustado dejando a Max sin desatar. En su carrera pasaba por su mente la desolación de las personas que perdían a sus seres queridos en la clínica y la sensación de vacío que flotaba en sus miradas.

Max quedó abandonado a su suerte, opacados sus gritos de ayuda entre los acentos histéricos de las mujeres y las voces airadas de los hombres que cambiaban su miedo por reclamos envalentonados contra la mano invisible que los había arrojado en medio de esa destrucción. Tenía los ojos escociéndole por el humo y percibía a sus espaldas el aliento del fuego acercándose amenazador ganando terreno entre sus victorias consumadas y las áreas restantes por conquistar con su mortal bailoteo. Por el pecho desnudo le escurría un sudor con olor a sexo y miedo, parecidos en su primitivo e inconfundible grito. Las cenizas transportadas por el humo se le pegaban entre los vellos pintándole canas prematuras.

Max sintió por primera vez el latigazo del terror en la espalda, no quería morir en ese tipo de llamas, no de esa manera tan inútil y ridícula. Trató de quitarse las cuerdas, pero estaban cruzadas con los barrotes del respaldo de la silla colonial en la que estaba sentado, para su desventura había sido ensamblada con madera antigua, de la que duraba medio siglo antes de ser corrompida por el tiempo o las termitas. Forcejeó contra los nudos de su captor tratando de aflojarlos y se alegró cuando percibió que el amarre cedía un poco, pero pronto fue evidente que resultaba insuficiente para liberar sus muñecas. A lo lejos vislumbró los zapatos de la muchedumbre que se arremolinaba en la salida, no habían logrado abrir la puerta y escuchaba sus toses y sus gritos desesperados ante la proximidad del peligro, así como la impotencia e inutilidad para abandonar su jaula del fuego. A Max lo invadió un ligero mareo y el deseo traicionero de rendirse. El humo era denso y se dio cuenta que la verdadera carrera por ganar era contra la intoxicación de sus pulmones. Jaloneó de nuevo las cuerdas y se balanceó de un lado a otro tratando de caminar con la silla atada a sí mismo, pero el viejo dinosaurio de madera era muy pesado.

¿Dónde estaban sus hermanos de clan o la ayuda que tanto necesitaba en ese momento?, cuestionó en su mente. Para cuando los bomberos arribaran a esa alejada zona de la ciudad, su cuerpo sería un trozo de carbón de 1.80 metros de largo.

—Parece que no vas a llegar lejos con esa compañera que te tocó en el sorteo —escuchó decir a una voz cristalina a sus espaldas.

Su aporreado corazón recuperó de golpe la esperanza que empezaba a faltarle. Por fin había llegado alguien a ayudarle. Max sintió unos dedos delgados de uñas largas peleando con los nudos de su prisión, los cuales cedieron ante la superioridad numérica y la posición aventajada de su oponente. Con las manos libres removió la cuerda de sus pies y tan pronto recuperó la movilidad giró la cabeza hacia atrás para darle las gracias a su salvadora. La sonrisa de Max tenía la maña de torcerse hacia un lado en un gesto de picardía y astucia cuando algo lo sorprendía o divertía. Esta vez, el motivo de su sonrisa torcida fue una chica de ojos verdes que lo miraba curiosa, con una sonrisa resplandeciente capaz de competir con el incendio que devoraba el lugar con dentelladas famélicas. Detrás de Max lo esperaba la fantasía que más había soñado en su vida. La responsable de su libertad era la chica de la sonrisa eterna y Max no tuvo otra opción que morderse el labio inferior al pensar que le debía una más al viejo y taimado destino.

— Se supone que no debo decirte mi nombre, pero me llamo Sophia —dijo la mujer de la sonrisa de arcoíris y con esas palabras pintó un mural con su nombre en el alma de Max, quien pensó: no podías tener mejor nombre, Sophia de mis suspiros, mis pecados y mis fantasías.

Juntos recorrieron la vieja casona alejándose de la puerta principal donde se amontonaban el resto de los asistentes tratando en vano de derribarla. La estrategia de Max era sencilla; caminar lejos del fuego y buscar una salida trasera o alguna ventana que les permitiera escapar. La suerte les favoreció más que al resto y ganaron la pelea ante el fuego. Tomados de la mano, en una alocada carrera entre penumbras, fueron abriendo cuanta puerta les salía al paso, hasta que por fin dieron con una que daba hacia una especie de jardín ubicado en la parte trasera de la propiedad. El área a la que salieron estaba habitada por decenas de estructuras secas de plantas y árboles. Aquella casa debía tener mucho tiempo abandonada a su suerte y, de no haber sido por el incendio, pensó Max, "Las lunas de octubre" no podían haber tenido un mejor refugio.

— ¿Cómo diste conmigo? —le inquirió Max a Sophia cuando eran recibidos con los brazos abiertos del aire libre y puro de esa noche de octubre.

— Alguna vez leí que toda trampa tiene implícita su

escapatoria —respondió la chica—. Estaba decidida a hallarla cuando me topé contigo, entonces supe que tú eras mi ruta de escape, sólo que estabas ocupado descansando en esa fea silla— soltó una risilla traviesa y Max sintió en el sonido una flecha que apuntaba directo a su maltrecho corazón.

A partir de ese momento, los acontecimientos pasaron en forma vertiginosa. El fuego había ralentizado cada escena antes del escape. Los gritos angustiosos, el calor abrasador, los eternos minutos en la silla, la llegada de Sophia y la ruta a la salvación, todo había pasado en cámara lenta para Max, pero una vez traspuestos los pies en el jardín trasero, ambos corrieron hacia la puerta principal a brindar ayuda. No había tiempo para pensar o perder. En pocos segundos, Max había retirado los cables para pasar corriente que, sin ninguna duda, habían sido amarrados a propósito a los asideros de la puerta de entrada para asestarle una herida de muerte no sólo al inmueble, sino a sus ocupantes. Se estremeció al pensar que había una persona en el mundo dispuesta a quitarles la vida a decenas personas.

En las afueras de la casa, el guardia, que había recuperado el conocimiento, buscó sin éxito mantener el orden de la estampida humana que atravesaba a empujones el umbral. Un pensamiento que al final había desechado, igual que el de ayudar a los escapistas que corrían hacia al estacionamiento, ya fuera semidesnudos o con sus ropas a medio acomodar, pero con las mismas ganas por alejarse del lugar. Algunos rebuscaban las llaves entre sus ropas con manos desanimadas, otros se acomodaban los cabellos en un gesto inútil por recuperar la compostura, hombres y mujeres se ajustaban el antifaz para ocultar a los demás los estragos del miedo.

En el camino de regreso, el olor a humo en sus ropas les recordaría su miserable encuentro con la muerte. Algunos recibirían el coletazo final de la adrenalina ante el peligro sufrido, con asombro reconocerían una tímida corriente de excitación y deseos por hacer el Amor.

En el caos de la huida, Max quedó aislado y perdió de vista a Sophia. Lo último que alcanzó a ver de ella, fue que se dirigía hacia donde estaban estacionados los automóviles. A pesar suyo, tuvo que hacer lo propio. Encontró las llaves de su Jaguar en el fondo de su bolsillo, con gesto cansino se dejó caer en el asiento del conductor y encendió la marcha. Sabía que salir de ahí, entre tanto conductor apresurado, requeriría de sus últimas reservas de energía. Max vio a un hombre de hondas ojeras en el espejo retrovisor, con los cabellos despeinados y cenizos, al fondo de ese rincón alejado del mundo vio las llamas que iluminaban el éxodo de decenas de coches. La enorme casa ardía en grandes llamaradas, el fuego se erigía en el dueño absoluto de la propiedad, en el único y último amante de sus techos y paredes, jugaba a su antojo con el candor de sus entrañas, las consumía en largas y profundas lengüetadas.

En cualquier momento se escucharían las sirenas de los bomberos y cabía la posibilidad de que los grandes camiones rojos llegaran acompañados de una patrulla policial. Nadie quería estar presente cuando eso ocurriera, ni siquiera Nick, al que nadie pudo captar internándose en el bosque que rodeaba la casa en agonía, buscando sin saber qué buscar o lo que habría de encontrar. Tenía poco tiempo antes de que el lugar quedara en completa soledad y el fuego terminara su obra destructiva o lo hicieran los bomberos con sus grandes chorros de agua. De cualquier manera, determinó el hombre de los labios afilados, el daño moral ya estaba hecho. Tomaría tiempo recuperar la confianza de los clanes para restaurar su grandiosidad a "Las lunas de octubre". Esperanzado pensó que quizá el incendio se volvería una leyenda más para acompañar el mito urbano de los clubes clandestinos de sexo. Nick sabía que el tiempo dirige los días por venir bajo su batuta sabia, pero antes de eso, él tenía un último deseo por cumplir en esa noche infernal.

Epílogo - Labios de rosa prohibido

"Just be for real won't you, Baby
Be for real won't you, Baby
No, no, no, no
It's just that I, I don't want to be hurt by love again".
L. Cohen

La mañana podía pasar por un lunes cualquiera, el tráfico de la ciudad era el acostumbrado, automóviles intranquilos con niños rebosantes de energía rumbo a la escuela, conductores solitarios con más ganas de estar bajo una cobija humana que frente al volante, madres solteras, casadas y separadas, profesionistas, gerentes, secretarias y repartidores, todos hermanados por la ley del pavimento y a la espera de que el conductor de adelante se moviera una vuelta de rueda más.

Dentro de un Jaguar plateado, un hombre fumaba con la parsimonia del desvelado. Un par de sombras debajo de sus ojos, contaban la historia de ¿una obsesión?, ¿un capricho?, ¿un Amor? La línea que los separa es tan delgada que se empieza en alguno de ellos y, cuando menos se espera, se está hundido hasta el fondo en uno de los otros. Por la mente de Max desfilaron las cortinas encendidas cayendo como estrellas fugaces desde los ventanales de la vieja propiedad donde los celos del fuego se robaron la noche y la gloria de "Las lunas de octubre".

En la sección local del diario *Our Times* encontró una pequeña nota que refería la noticia del incendio en una antigua propiedad en el lado oeste de la ciudad. El inmueble tenía una larga temporada a la venta y estaba abandonado cuando ocurrieron los hechos. La única víctima del siniestro había sido un hombre entre los 20 y 35 años, se estimaba que había sido un velador o vagabundo que usaba el inmueble para pasar la noche. Aunque no se descartaba la hipótesis de que quizá podía tratarse del autor del incendio, algún pirómano o delincuente solitario que había encontrado el fin bajo las grandes vigas caídas en desgracia bajo el hambre voraz de las llamas. No encontró nada en la noticia que refiriera a "Las lunas de octubre", a los clubes de sexo clandestino o a la dama de rojo. Aquello eran buenas noticias, después de todo. La hermandad del sexo se hallaba a salvo del morbo popular y, en algún momento, reanudaría actividades. Un escalofrío recorrió la espalda de Max al recordar lo cerca que había estado de morir amarrado y olvidado en una silla de no haber sido por la chica de la sonrisa eterna. Sonrió y exhaló el humo de su cigarro al recordarla tomada de su mano mientras buscaban por dónde escapar.

Por segunda vez, Max la había dejado ir sin averiguar su nombre completo, número de teléfono o dirección. Se maldijo a sí mismo por el descuido, en su defensa encontró el débil argumento de que no había mucho por hacer en contra una horda de hombres y mujeres escapando de un incendio, aunque en el fondo de su aturdida y agotada consciencia, pensaba que algo debió haber concebido para retenerla a su lado hasta averiguar una forma de contactarla después.

El fin de semana lo pasó en mal estado, tratando de recuperarse de la experiencia; durmió poco, comió menos y fumó más. Sentía una prisa desconocida carcomiéndole el pecho, un deseo irrefrenable porque llegara el lunes, como si tuviera la sospecha de que en algún andén, un vagón estaba por partir llevándose consigo su capacidad para seguir respirando. A un cigarrillo le había seguido otro, a un sueño en vigilia le había sucedido otro más inquieto que el anterior.

En el fondo de su cabeza buscaba una estrategia infalible para acercarse al clan al que pertenecía Sophia, la dueña de la sonrisa eterna y del nombre que ahora llevaban sus insomnios. Max presentía que la ruta que podía llevarlo ante ella tenía su punto de origen en el clan del mentor de la dama de rojo. Una idea pálida y pequeña al principio empezó a brillar en su atormentada cabeza.

Eran las nueve de la mañana de un lunes indolente para cualquier conductor atrapado en las redes pavimentadas del tráfico, menos para el hombre vestido de negro que descendía de un Jaguar plateado en el estacionamiento de un edificio corporativo ubicado en el sector más progresivo de la ciudad. Max caminaba con paso decidido, llevaba un café humeante en una mano y en la otra, aferraba un papel arrugado con un nombre garabateado que decía: Sabina Blake. Su primer kilómetro hacia un nuevo destino.

"Ninguna posesión de alma, mente o corazón está completa, hasta que la piel visita la piel."

10 noviembre 2015

KM 14

El diputado y la mariposilla

En la pared detrás del que habría de ser mi escritorio por los próximos tres años colgaba un cuadro con la imagen del Presidente de la República, vestido de negro ceremonial y con la acostumbrada banda con los colores de la bandera cruzándole el pecho. Un lento recorrido con la vista me reveló el resto de mi nuevo reino. Un escritorio grande y macizo hecho de caoba pura y oscura, tal como el vino tinto que acompañaba al resto de las botellas en un mini bar provisionado con todas las bebidas de rigor; tequila para festejar, coñac para apantallar o pararse el cuello con las visitas, whisky, escocés, ginebra y vodka de las mejores marcas. Como complemento, a un costado estaba un pequeño refrigerador en cuyo interior había refrescos, agua embotellada y cervezas nacionales e importadas. Los muebles en mi nuevo despacho eran amplios, mullidos y lujosos. En una pared lateral suspendida de un tubo metálico, estaba una pantalla de televisión de última tecnología para seguir las noticias y las repeticiones del congreso o ver un buen partido de futbol. En mi escritorio descansaban un cuaderno con tapas de cuero y una pluma fuente de oro, así como la amplia pantalla plana de una computadora. Por último, suspendido al centro de mi pared favorita está un espejo grande en el que podía ver mi propio reflejo, el cuerpo de un hombre maduro y experimentado. Con esas canas en las sienes con las que gané que me hablasen de usted las chamacas, mientras yo pretendo ignorarlas por el simple placer de hacerlas sentir inseguras de sus encantos de ninfas. Canas en la barbilla, el bigote y el pecho, canas por doquier. Y ese bulto en el vientre de quien no se priva de ningún placer.

La cita para cortar el listón de inauguración de aquel centro de rehabilitación era para las cinco de la tarde, apenas un par de horas antes del anochecer. Alrededor de mí estaban los zopilotes acostumbrados de la prensa, las palomas detrás del proyecto, los murciélagos que se colgaban del mismo y varias muestras de otras subespecies humanas. Mi guardaespaldas, un mastodonte de corte militar y músculos por todos lados, cuidaba que nadie se acercara a mí más allá de lo permitido y estaba alerta por si alguno de los *junkies* albergaba ideas suicidas o fanáticas. La verdad es que a pesar de ser un barrio de mala muerte, me sentía seguro, revestido con mi aura de autoridad y poder. El señor diputado esto y aquello, decía la encargada de presentarme, mientras que por debajo de mis lentes negros y desde un extremo del listón dorado, yo escrudiñaba sin ganas y solo para entretenerme, a los de la primera fila de la multitud que observaba el acto de pie. Al principio no reparé en ella, era tan escuálida y ordinaria que fue hasta que bajé un poco la vista en la segunda vuelta que me topé con el *piercing* que colgaba de su diminuto ombligo color ceniza. Vestía una faldita canela a medio muslo y un top oscuro, en sus brazos portaba tatuajes y su cabello era negro jodido como la mirada en su cara. Era una mariposita nocturna más de las mismas que se pretendía alejar de las drogas o sacar de las calles en el centro a inaugurar. Ahí estaba enfrente de mí, con sus tetitas de mujercita a medio terminar y sus nalguitas estrechas, con la boquita chiquita y pintarrajeada con labial corriente. Observaba el acto protocolario con sus manos delgadas y diminutas, cruzada una encima de la otra justo por debajo de la argolla plateada que colgaba de su ombligo. La imaginé intentando tranquilizar mi carne turgente y viendo como le rebotaba entre sus manos delicadas, tratando de contenerme en cada latido de enjundia animal. Sentí que se me despertaba un hambre atroz en la carne y obligué a mis ojos a voltear hacia la presentadora lambiscona que al parecer ya estaba por terminar su discurso y cederme la palabra y las tijeras. Eché un rápido vistazo de nuevo a la pirujita de las piernas de alambre, y sentí ahora sí, irrefrenable e inconfundible, el deseo de cogérmela, a lo bruto y despiadado, como quien pisa una hormiga solo porque puede y porque quiere. Se me secaron los labios y por debajo del cristal oscuro se me torció la mirada. Le hice una seña casi imperceptible a mi guarura, quien siguió el látigo de mis ojos para adivinarme el pensamiento, aquello fue suficiente, para cuando me entregaron las tijeras, mi sombra guardián ya sabía qué tenía qué hacer para mí.

Después de terminado el acto, me entretuvieron un rato para la charla de protocolo y el brindis de rigor entre las palomas y los murciélagos, en el medio yo, el señor diputado electo por su distrito bajo el marco de la constitución, el invitado de honor que confería importancia al evento y adornaría la foto al día siguiente en los periódicos. En cuanto me dejaron libre para marcharme enfilé hacia la salida, siempre resguardado por mi escolta que me seguía a un metro de distancia. A punto de llegar al automóvil, se adelantó para abrir la portezuela para que yo entrara. Había olvidado la seña que le había hecho durante la asamblea, dentro, sentada al fondo del asiento trasero como ratita mojada estaba la putita, la de los tatuajes y el arete coqueto. Sentí una conocida tensión debajo del pantalón, sin advertirlo arrastré la punta de la lengua por mis labios, anticipando que haría lo mismo sobre sus alitas tibias y delicadas. En cuanto estuve dentro, la portezuela se cerró a mis espaldas por gracia de un educado empujón de mi escolta, acto seguido tomó su lugar al frente y arrancó el automóvil oficial alejándonos del nuevo y flamante centro de rehabilitación. Yo me apersoné a unos cuantos centímetros de la pasajera del rincón, que miraba solo hacia el suelo, sin moverse ni voltear a verme, a mí me gustó su dejadez y sumisión, iba a ser un placer manipular ese cuerpecito como muñeca de trapo. Por primera vez, al acercar mi rostro a su cuello me llegó su aroma de la calle, olía a perfume de barrio y sudor de hembra. Dueño y señor de la situación, clavé mis dedos gruesos en lo profundo de su cabellera maltratada y sin peinar, justo por debajo de su caída en la nuca, tocando por primera vez su pielecita de papel china. Su pelo era corto y ondulado por arriba de los hombros, atrapé un puñado de sus cabellos con mis dedos y los jalé hacia atrás con firmeza, hasta que un quejido escapó de su garganta, era la respuesta que esperaba. Con la misma mano acaricié la raíz lastimada de sus cabellos y cuando se relajaban de nuevo sus manos sobre su regazo, la volví a jalar está vez volteándole el rostro hacia la ventanilla a su lado derecho, aquella demostración de poder me llenaba de fuerza, de una energía desconocida hasta entonces para mí. A la par que liberaba su cabello, mis dedos bajaron por la cordillera de huesos y piel al descubierto en su espalda, un área fresca y suave gracias al aire acondicionado del coche. El motor se puso en marcha de nuevo, después de frenar ante un semáforo. La mariposita nos miraba a los dos en el reflejo del vidrio ahumado, sentía las brasas de mi aliento amenazando los vellos de su espalda, unos vellitos prietos y delgaditos, como espinas de higo, sentí el antojo de chuparlos y lo hice, en una caricia húmeda y lasciva, besando la piel, chupándola e irritándola con las puntas de mi bigote, humedeciéndola con la saliva tibia que forraba mi lengua. La escuché respirar agitada, un poco asustada. Sentía su miedo y su incertidumbre entre abandonarse o resistirse a mi acoso. Mi otra mano se coló por enfrente de su blusa, tomando y abarcando por completo una a una sus tetitas de escuincla por encima del bra, aprovechando el espacio libre que se abría con su postura sentada. Sentí sus puntitas de uva pasa respingando, contestando "presente" cuando mis dedos las nombraron en Braille. Me gustó su piel, de india, pero joven y apetecible. Su pecho subía y bajaba agitado, respondiendo a mis caricias, sentía sus estremecimientos ante mis movimientos circulares en los pezones. Quité el seguro del sostén con la mano que seguía en su espalda y levanté la blusa para chuparle las tetas. Mi bigote fue el primero en llegar a ellas, lo siguieron mis labios, mi lengua y al final, el filo de mis dientes. Dividí la atención de mi boca entre uno y otro de sus montecitos, que tímidos pero con un toque de orgullo esperaban su turno sin encogerse, ni echarse para atrás. Ya no pude reprimirme, me ganó el monstruo en las venas, chupé sus puntas con fruición y después introduje el resto de la teta en mi boca para mamársela por completo, al escucharla jadear la mordí con fuerza para después lamerle con lascivia la piel marcada por mis dientes. Se quejaba tan bonito, un "ay" tras otro apenas perceptibles y que más que piedad inspiraban ganas de arrancarle la piel a dentelladas.

El lujoso automóvil con nosotros arriba se desplazaba suave y silencioso entre los demás autos, de vez en cuando reducía la velocidad en algún semáforo para después arrancar con la delicadeza de un felino al ponerse el verde. Los vidrios polarizados impedían que pudiera verse hacia el interior, estábamos a salvo de miradas curiosas y caras sorprendidas por el espectáculo, podíamos gritar como gatos apareándose y nadie se habría percatado. A la vista del chofer, pero escondidos del mundo exterior, ocupábamos solo la mitad de un amplio asiento de piel color marfil. Una canción irrumpió entre nosotros, era el tono de mi teléfono móvil, de mala gana lo busqué en mi saco y tomé la llamada. Era un querido amigo y compadre para invitarme el siguiente domingo al partido del equipo local de futbol. Quedamos en vernos en su palco alrededor del mediodía. Al colgar, pasé para adelante el aparato y pedí al chofer que se encargara de ponerlo en silenciador por las próximas 3 horas. En el proceso de responder la llamada, mi mano había estado acariciando el muslo desnudo de la mariposa a mi lado. Al regresar de la interrupción, le abrí las piernas con rudeza, mis dedos buscaban como perros de caza su ropa interior, conforme subían por el interior de sus muslos percibían que el ambiente se ponía cada vez más caliente, entre más subían más enrarecido. Al arribar a su destino, la atmósfera se sentía como debía sentirse dentro de una casa en llamas. Con la punta del índice y anular jalé a un lado la tela de sus bragas y en un movimiento certero la penetré con ambos dedos, escuché clarito el quiebre en su garganta al sentirlos avasallando primero piel seca hasta entrar en contacto directo con su humedad. Mi mariposilla estaba cachonda y eso me agradó. La embestí con vigor, abriendo sus entrañas al grosor de la falange que la profanaba. Le di varias veces para dentro, disfrutando la miel que se derramaba quizá en contra de su voluntad, usándola para mojarle los labios y tallarlos con el interior de mis dedos, estimulándola por fuera a lo largo de sus labios vaginales antes de volver a su interior en una cuchillada lacerante. La dedeaba con rudeza, como un gato juega con un ratón, no me importaba si a la vez que le daba placer le causaba algún daño, arremangaba sus alitas de hada cada vez que le ensartaba los dedos hasta el fondo y ya dentro de ella la tallaba por dentro como quien limpia una cazuela sucia o como distribuye un pintor lo grumos de pintura sobre una tela difícil. Mi mariposilla jadeaba trastocada, sus ojos estaban cerrados y tenía la cabeza recargada y resignada contra la puerta del coche, en cada embestida su boca entreabierta chocaba contra la fría superficie que daba a su lado, sus piernas estaban descompuestas y torcidas como cordones de zapatos. Observé mis dedos empapados de un líquido blanquecino y cremoso, a mi nariz llegaba tortuoso su aroma a fruta fermentada, un olor que para entonces debía estar desquiciando también los sentidos de nuestro chofer, aunque no daba señales de perturbación alguna. En ocasiones yo miraba hacia el frente, a ver si lo sorprendía fisgando, pero manejaba imperturbable, atento y responsable del camino, con música de fondo como un intento para disimular la inquietud de nuestros ruidos. Sentí en aquel pequeño mar a punto de formarse la gran ola y se la levanté con remadas frenéticas, atacándola con todo, hasta que la escuché quejarse como si le doliera el alma y sentí cómo sus entrañas se apretaban con fiereza alrededor de mis dedos como si pudiera estrangularlos y resistirse a lo inevitable. Antes que pudiera renovar sus esfuerzos se rompió el dique que contenía el resto de su placer, una avalancha líquida usó mis dedos de cauce buscando la salida. El compartimento se colmó con su respiración agitada, su llovizna de pecas parecían pequeños soles y sus mejillas eran tierra calentada por ellos. Sus ojitos de media luna brillaban y habían aumentado su tamaño. ¡Qué hermosa es una mujer, hasta la más puta, después del primer orgasmo! Fui bajando el ritmo de mis dedos, hasta que su orgasmo cedió y todo aquel caudal de agua se estancó entre sus bragas y mis dedos. El aire se impregnó como nunca antes del aroma salvaje de su sexo satisfecho, golpeaba mi nariz y aguijoneaba el resto de mis sentidos. Casi podía escuchar el tambor en su pecho, veía su pulso vibrándole en el cuello, en las manos temblorosas y en los muslos despatarrados.

Como una ola que abandona la playa, retiré mi mano de su entrepierna y recargué el peso de mi espalda en mi lado del asiento, con los lentes en mi rostro apuntando al techo. Al frente del volante, el guardia de seguridad marcaba impasible una vuelta, frenaba ante un tope y arrancaba otra vez, con suavidad e indiferencia, como si atrás se desarrollara una junta de estado y le resultara imposible escuchar algún sonido inusual. Como si tuviera vida propia, mi mano derecha tomó de la nuca a mi mariposilla y la instó a inclinarse hacia la torre entre mis piernas. Al voltearla hacia mí, por unos instantes vi su cara completa. Había sido pincelada por la naturaleza con ojitos rasgados, una llovizna de pecas en las esquinas de cada mejilla, nariz curiosa y labios tiernos como pétalos enrollados uno arriba del otro, con unos hoyitos en cada mejilla, estaba chula la condenada, me felicité por mi buen gusto y sentido de la oportunidad. Entrecerré los párpados ante la expectativa de imaginarme colmando esa boca, ahuecando su lengua y distendiendo sus labios. Sentí sus deditos abriendo mi pantalón como temiendo hacer mucho ruido, jalando la tela de la ropa interior para que el frío del clima artificial le diera una fresca bienvenida a mi piel fuera de su refugio. La mariposita empezó a besarme con delicadeza, depositando sus labios centímetro a centímetro hasta recorrer todo por arriba y por abajo, forzando mi dureza hacia atrás para profundizar con sus besos hasta la raíz de aquel tronco viviente que se untaba contra sus cejas y le rozaba la frente cada vez que su boca subía o bajaba chupando y lamiendo mis bolas de toro maduro, oscuras y rugosas, displicentes y arrogantes. Cerré por completo los ojos, entregado a los cariños de su boquita, pero sin soltar su nuca, para recordarle suave, aunque firme el yugo de su amo. Un hombre sabe la caricia que sigue, la espera y la implora con movimientos entregados de la pelvis, le gime a la boca para que se abra, a la mano para que apriete o talle, un hombre sabe que en ese momento el verdadero esclavo es él, de aquella ventana con vista al paroxismo de la humedad infinita y la suavidad sin igual. En la boca de una mujer está el cielo y entre sus piernas el infierno. Mi mariposilla tatuada tenía experiencia suficiente para no morder ni rozar con los dientes, le faltaba técnica, pero la suplía con la sumisa dedicación con que chupaba y lamía como gatita lamiéndose una herida, disponiendo el tiempo justo y cambiando por instinto de ritmo para no cansarse ni agotar el placer. La superficie de su mejilla derecha saltaba hacia afuera, fustigada por la punta de mi miembro cada vez que su boca bajaba y bajaba hasta que no podía continuar, luego usaba su mano para resbalar por el resto de la piel que no había entrado en su boca. Desde el primer minuto, me gustó la temperatura de su interior, no era caliente, sino cálida y con una sensación a limpieza. La recordé masticando un chicle en el evento, como si fuera requisito obligado en todas las de su especie. Sus labios intensificaron su asalto, apretando más mi instrumento, con su manita aferrada firme en el medio, resbalando de arriba abajo, sin chocar con su boca, sino acompañando su inercia, tallaba y chupaba aplicada, como sino se percatara de tenerme a su merced, pero intuyera que era su única oportunidad para pagar su propio escape y conseguir la llave en un borboteante final. La conocida tensión de piernas apareció, acorralado en la esquina de su boca me tenía a sus pies, solo me quedaba dispararle a matar, soltarle tres tiros a boca de jarro para que me dejara en paz. La tela arrugada del asiento a mi lado daba cuenta de la lucha de mi mano izquierda por resistir, pero mi pelvis expresaba lo contrario, se impulsaba hacia arriba al encuentro de su boca, mi otra mano mantenía su cabeza inclinada sobre mí, ¿quién tenía a quién en realidad? Agaché la cabeza mientras abría los ojos para verla en acción, ella intuyó el cambio y volteó a verme sin dejar de mamar, sin perder un segundo la concentración y cadencia, miré sus labios apretados a mi alrededor, su mano empapada en aquella saliva que escapaba por entre sus dedos engarrotados. ¡Maldita puta, qué rico lo chupas!, exclamé con la voz ronca y violenta, con la respiración agitada. En mi pecho el corazón latía más rápido, había una parte de mí que necesitaba mucha sangre, y el resto del cuerpo, mucha fuerza y resistencia.

En contra de los deseos de mi cuerpo, en el último segundo disponible interrumpí su asedio, eso no era lo que tenía planeado para esa tarde. La separé de su tarea jalándola del pelo y noté en sus ojos el atisbo de sorpresa, como quien es atrapado haciendo algo malo o deficiente. Tomé el pañuelo que adornaba mi saco y limpié mis armas que aún lanzaban golpes ciegos a los lados, todavía en pie de guerra buscando a un enemigo que ya no estaba ahí. Sin dirigirle la palabra, subí el cierre de mi pantalón y cerré los ojos una vez más debajo de mis lentes, en esta ocasión para relajar mi pecho y para esperar la llegada a nuestro destino.

Entramos al estacionamiento del edificio en donde se encontraba mi cuartel. Yo me quedé esperando en el auto, mientras el guardaespaldas introducía a solas a mi mariposilla a la oficina para no llamar la atención. Diez minutos después, regresó por mí; el camino estaba despejado y seguro. Al entrar al despacho, la encontré sentada en un extremo del sillón al lado del mini-bar, examinando a hurtadillas las paredes, seguro nunca había estado en un lugar como ese ni había estado en compañía de un hombre tan importante. No habíamos cruzado palabra alguna, pero ella intuía que no tenía escapatoria a lo que sea que le esperaba. Al final de cuentas debió saber que no le pasaría nada por lo que no hubiese pasado antes un centenar de noches en moteles de tercera, callejones oscuros y en la desordenada habitación que quizá compartía con otra compañera del mismo oficio.

Mientras servía dos tragos, observé los tatuajes en sus brazos, había una enredadera que le daba vuelta al antebrazo izquierdo, en el derecho una pantera parecía protegerla de peligros invisibles. No mostraba huellas de pinchazos en las venas, la marca inconfundible de las drogas fuertes, eso me tranquilizó respecto al acostumbrado uso irresponsable de jeringas entre adictos. Le extendí su bebida en silencio, sin importarme un carajo si era de su agrado el whisky, Solté un suspiro y le di un buen trago a mi bebida, luego caminé a la pared para bajar la intensidad de las luces. Regresé a donde estaba ella sentada y me detuve a unos centímetros de su nariz. De pie enfrente de su cara no fue necesario que le dirigiera una palabra. Con ese entendimiento que da la experiencia, abrió de nuevo mi pantalón y continuó en donde nos habíamos quedado. Su lengua estaba fría y suave, por culpa del hielo y la bebida. Mi carne había despertado desde que el cerebro le comunicó que estaban bajando de nuevo el cierre, para cuando sintió unos palillos forrados de piel hurgando en su busca, mi minotauro estaba extendido en su totalidad y ansioso por salir a escena. Me eché otro trago a la garganta, mientras observaba y disfrutaba de nuevo la vista hacia abajo, su boca chiquita me chupaba con ahínco, con la espalda erguida y las nalgas en el borde del sillón, se aferraba a mí con las puntas de tres de sus dedos, con vigor me jalaba hacia ella, provocando en cada movimiento que mi equilibrio se afectara por milisegundos, por lo que empujé mi pelvis hacia enfrente para evitarlo y eso aumentó sin querer la percepción de longitud de mi excitación, me excitó ver toda esa carne entrando en su boca, saturándola, verla mojarse, palpitar, crecer.

Seguí bebiendo y dejé a mi mariposilla dedicarse a lo suyo. Por mi cabeza pasaron aquellos tiempos en los que hacía campaña para el cargo y buscaba con avaricia y esperanza la oportunidad de llegar a la cámara. De alcanzar el gran premio, no más tranzas por debajo de la mesa, ni litigios engorrosos en los juzgados, ni tendría que andar desesperado "persiguiendo el chivo" cada mes. El licenciado fulanito ahora era "El señor diputado", sentí el aumento del placer en mi centro al pensar en el poder que ahora detentaba mi nombre, en el simple trazo de mi firma en un papel. Con un chasquido de dedos podía disponer de aquellos recursos increíbles que antes solo envidiaba o criticaba al leer en los diarios el uso displicente que les daban los representantes del gobierno. Siempre jodiéndose en el pueblo. Vida de reyes, placeres de reyes. Mi putita seguía mamando. El trago se había terminado.

La soledad era absoluta, no se escuchaban sonidos desde afuera y en aquella lujosa madriguera nosotros creábamos suficiente ruido para romper el silencio y darle cierto encanto perverso al lugar. Con ambas manos tomé a la chica del arete por las axilas para levantarla, me sorprendió la levedad de su peso y la percepción de fragilidad que daba su cuerpo de mujercita a medio hacer. Le quité la blusa, sus pechos quedaron al descubierto para el deleite de mis pupilas. Eran pequeños y bien formados, apuntando al frente sin la más mínima caída, sin lunares y de pezones oscuros y diminutos. Su porte sensual hizo que soltara un suspiro hondo. Cada vez que admiro a una mujer desnuda, le perdono a la naturaleza todos sus errores. Ella apoyó sus manos sobre el descansabrazos del sillón, echando la cabeza hacia atrás. Una de mis manos la acomodó para bajarle las bragas con la otra, pero sin quitarle la faldita que apenas cubría sus muslos flaquitos con manchas de piel y moretes descuidados. Le acaricié las nalgas con una sola mano, era como acariciar una sandía muy pequeña, estaban duras y paraditas, me dieron ganas de cogérmela de una vez, pero en vez de eso, le separé ambas nalgas y con la punta de los dedos fui recorriéndolas por en medio, abriéndolas desde el culo hasta la entrada disimulada por sus labios vaginales. Vi como se entreabrían por la inercia de separarle las nalgas con los dedos. Posé mi mano palma abajo sobre ese monte joven y dejé caer dos dedos en su sexo, un ataque fulgurante y rapaz. En segundos estaba otra vez mojada, como si ya me hubiera estado esperando, con eso a mi favor, la penetré varias veces viniendo de atrás y hacia abajo, como el pedal de una vieja máquina de coser, yo lo aplastaba empujando hacia dentro y el motor en su garganta gemía por el placer que le provocaban mis dos dedos ensartándola, sacudiendo mi mano para hacer vibrar sus entrañas una y diez veces más, hasta que sus jugos se derramaron abundantes y cálidos. Excitado, enloquecido de deseo ante el espectáculo de su culo al aire y su sexo hinchado y dispuesto, le abrí las piernas de un relampagueante puntapié. La sorpresa la hizo soltar un intento de quejido, trastabilló un poco hasta que se apoyó con los codos en el sillón para no caer. Con un tacón me quité un zapato y luego el otro con el talón del pie descubierto, hasta que sin mayor impedimento, pantalón y ropa interior fueron a dar al suelo, dejando en completa libertad mi carne para apuntar hipnotizada hacia la entrepierna húmeda de mi putita, que la esperaba jadeante, con gritos atemperados contra el sillón, gracias al movimiento ininterrumpido de mis dedos.

Con la mano libre puse la protección y al retirar los dedos de su sexo usé sus propios jugos para lubricar mi ariete para provocar su entrada, lo empujé un poco, para tantear la resistencia antes de empujarle el resto. De su boca escapó un largo gemido al sentir que todo mi tronco la penetraba, desplazándose lento y sin pausa hacia el fondo, sentí sus paredes distenderse, abriéndose todo lo posible para recibir al agigantado invasor, estaba estrecha, tal como la imaginé cuando la miré formada entre la multitud. Mis pulmones se llenaron de aire, moví el cuello de un lado a otro, como toro a punto de embestir. Empujé lo que quedaba de piel a descubierto y al percibir mis muslos pegando con sus nalgas, como garfios mis dedos la asieron por las caderas para no dejarla escapar. Tallé el pelambre de mi pubis contra su piel, quería estar pegadito a aquellas nalgas pequeñas y rezongonas, como si estuviera dentro de ellas por lo apretado de su agarre. A continuación oscile con mi cadera en el sentido del reloj, moviéndome en círculos en su interior, tallando sus paredes como quien cava en la tierra con un palo y lo arrastra por las orillas para agrandar la entrada. Empecé a entrar y salir una y otra vez, hasta que no quedó un pedazo de mi piel sin empapar, la misma que ahora resbalaba con facilidad entre los labios de la mariposilla, cada vez más rápido y con más urgencia. Tenía que agacharme un poco para encajarme en ella, cargándole mi peso en la bajada, sin dejar de bombear volteé a un lado, ahí estaban en el espejo nuestras siluetas reflejadas de cuerpo completo, la vista de mi carne abriéndose paso entre sus labios hasta perderse me enardeció, la nalgueé en ambos extremos del culo, volví a mirarnos en el espejo, un par de manos pintadas en rojo en aquellas nalguitas redondas y putas. Mis ojos se posaron en el retrato en la otra pared, en el hombre más poderoso de mi país, el de la banda en el pecho, admirándome, viendo como su representante se jodía en su pueblo, en aquel pedazo de barro. Me sentí imponente, como debió sentirse Alejandro al conquistar una ciudad sitiada, una de las muchas que añadiría a su imperio. Mi mariposilla era la primera de muchas que el voto de mi gente me permitiría montar, gozar y desplazar por otra y por otra, cada vez que mis deseos lo requirieran. Para esto sirve el poder, pensé bombeando con fuerza, destrozándole las entrañas a mi putita, duro como la roca, egoísta como el viento, sacudiéndola de pies a cabeza, enervado por sus ruegos, golpeándole la cabeza contra el respaldo del sillón al que sus manos se aferraban. Cada vez más intenso, palmeándole el trasero hasta escocérselo, deleitándome en sus Ay's lastimeros, ¿te duele, puta?¿te gusta así de duro? Una y otra vez, la sentí apretarse contra mi carne, ¿buscando mi final, buscando el suyo? qué más daba, era mía y estaba ahí para complacerme. Busqué sus tetas por debajo, las apreté con mis dedos, las tallé sin dejar de cogérmela, las usé de asidero para ensartarla más, para tallarme en ella con furia y pasión incontenibles. Mi mariposilla gemía, con esos quejiditos que nos hacen sentir toros salvajes, yo jadeaba y transpiraba debajo de la camisa, la corbata floja, la mandíbula desencajada, pujando, oscilando, al borde del precipicio. Sentí su cuerpo que se aflojaba, cansada entre el dolor, el placer, la postura y mi peso, me abracé a ella por el vientre, mis antebrazos se encontraron con el *piercing* que se enredó entre los vellos oscuros de mi piel morena, pero se liberó de ellos rápido y sin dolor para mí. Sin soltar su cuerpo, me dejé caer sentado en el sillón, manteniendo la conexión de piel con piel. Quedamos sentados los dos, ella encima de mí, con sus piernas pegadas una con la otra, dentro de un cerco formado por las mías. A pesar del aire acondicionado, su cabello estaba tan mojado de sudor como lo estaba mi pecho. Lo llené de aire con una gran bocanada, sin que mis ojos pudieran apartarse del paisaje que ofrecían sus nalgas desnudas, sentadas sobre mí, con toda mi piel aún dentro de la suya. Mostrando iniciativa, mi mariposilla se plantó firme en el suelo y levantando el culo, empezó a montarme, en cada sentón sus nalgas rozaban la prominencia de mi vientre, la solté de las caderas, apoyando mis manos en el cojín afelpado, la dejé libre para ver qué hacía con su libertad, sin más cadenas que un pedazo de mí latiendo entre sus piernas. Al principio, se notaba calculando la distancia que podía recorrer en su ida y vuelta, pero una vez que se sintió segura, su cintura sabia adquirió un cadencioso ritmo que pronto me tuvo con los sentidos alertas, pendientes de cada exquisita oleada de sensaciones. Subía y bajaba dos o tres veces, luego se sentaba, se acomodaba el tripulante en tu interior y se tallaba contra mi pubis, provocando que mi piel se creciera contra sus entrañas mojadas y que mis piernas se tensaran para recibirla, a pesar de la liviandad de su peso. Era una mujercita de papel y huesos de nube, la única tensión que sentía, estaba en donde sus paredes se cerraban alrededor de mi dureza, en el centro tenía un mecanismo de fiero amarre. Con habilidad aumentó la rapidez de sus movimientos, soltaba pequeños gemidos entre un sentón y otro, la muy puta estaba disfrutando cogerme, ensartarse por sí sola repetidas veces, mojando mi verga, arrastrando sus nalgas por mi ombligo, recargando sus manitas sobre mis muslos para tomar impulso. Arreció con su vaivén como una melodía ascendiendo de tono, una de sus manos bajó para acariciarme los testículos, sentí sus uñas rojas peinándole sus vellos, solo atiné a apretar los dientes de la emoción, los tallaba de un lado al otro al ritmo que tallaba su sexo contra el mío, los estiraba y movía dentro de su bolsa rugosa. La sensación era enloquecedora, estaba perdiendo la razón en manos de aquella mariposilla de la calle. Agradecí en mi mente al líder de mi partido por honrarme con su elección y me alejé de aquella habitación por unos instantes, escuché en mi cabeza las hurras y los vítores de la campaña, el éxtasis alcanzó su cúspide cuando escuché la voz aniñada de mi putita diciéndome: "démelo todo licenciado, quiero sentirlo bien adentro", seguido de sus gemidos de gatita herida, me apretó las bolas, las jaló hacia a ella tratando de acariciarse el clítoris con mi cuero, desistiendo a medio camino y conformándose con sus propios dedos, Me cogió de arriba abajo con lujuria y frenesí, gritó de nuevo "échemelos dentro, mi lic.", no pude más y exploté en fuegos artificiales, cañonazos y todo contra sus paredes empapadas, mis ojos moribundos y perdidos en el techo, ella mirándonos sudorosos y trenzados en el espejo, el diputado y la mariposilla, la pareja más desigual sobre la tierra del maíz y el chile. Siguió moviéndose lento hasta que estiró su orgasmo todo lo que mi erección se lo permitió. Al terminar se quedó sentada sobre mi carne exhausta, acariciando todavía mis testículos. Con mi mano tracé círculos en la parte baja de su espalda. Agradecido acaricié su piel incendiada con mis palmadas, mi mariposita se había portado de maravilla y la recompensaría generoso antes de su partida.

Nos quedamos sentados hasta que el aire artificial nos recordó que seguíamos desnudos, levanté a mi mariposilla para buscar mis pantalones mientras que ella se vestía de nuevo. Observé su piel marcada en carmesí por mis manos y mis dientes, pensé en las otras marcas que quedaban sepultadas en sus entrañas. Sentí el deseo de abrazarla y de darle un beso, vaya tontería, a las furcias no se les besa en la boca, por ahí entra el Amor y una que otra idea loca. Al calor de la pasión, sobre el sillón había quedado tirado y arrugado mi saco, de su bolsillo interior saqué el mazo grueso de billetes que ahora era común sentir pegado al pecho durante el día. Separé 10 billetes de mil, enrollados los deposité en una de las manitas de mi mariposilla nocturna y le cerré los dedos sobre el dinero en un gesto paternal que redondeé con una caricia en su mejilla. Abrí la puerta y giré instrucciones a mi escolta para que se asegurara de ponerla lejos de ahí, a salvo de miradas indiscretas y zopilotes de la prensa.

Al quedarme a solas, preparé una nueva bebida para celebrar la noche. Con el remoto activé el televisor para sintonizar el canal del congreso, había una repetición del día anterior, las interpelaciones entre unos y otros partidos se veían tan exageradas que tomé nota mental para cuando me tocara hacerlas en la cámara. Encendí uno de los puros que había recibido de regalo de mi compadre a la razón del nuevo puesto, recordé la cita del domingo y anoté llevarle una botella de tequila del bueno. Con la satisfacción dibujada en el rostro, esa cara de recién cogido que no se borra con nada, me dejé caer en la amplia y cómoda silla detrás del escritorio. Subí los pies dejándolos cerca de la computadora, di algunas chupadas al habano y solté el humo sin apuntarlo a ningún lado, liberándolo para buscar la muerte por desintegración. Con lentitud bebí mi whisky, permitiendo al líquido frío y amargo bajar por mi garganta para refrescarla. Por fin, dije para mí mismo, la ruleta de la vida estaba cantando mis números.

"El Amor es ese manicomio en donde se encierra uno solo o se lleva a alguien más para hacerle compañía."

10 noviembre 2015

KM 15

Reflexiones de un condenado

El mañana es un tren con retraso para quienes vivimos atrapados en el presente. El ayer es una ciudad que se recuerda con vaguedad como un lugar que alguna vez se visitó y en el que quizás hubo risas o lágrimas, pero que se desvanecieron el color y el sabor de las emociones vividas.

Las primeras luces del amanecer compiten con ellos, con las adorables caritas que tienen mi sonrisa y los ojos de ella. Nada importa para su energía sustentable, si es un fin de semana o un día más de la rutina semanal. El sonido de sus risas es suficiente para saber que no hay escondite seguro bajo las sábanas para escapar de su asalto. Ni siquiera una puerta con cadenas alrededor de la cerradura los detiene, son imbatibles e irreductibles. En sus necesidades básicas está su grito de guerra y a la vez, su arma predilecta e infalible. Hay que atenderlas en tiempo y forma o atenerse a las terribles consecuencias.

En cambio, el silencio es un fantasma que solo aparece en las madrugadas de esta casa. Los hombres como yo dormimos poco, porque despertamos temprano y nos dormimos tarde por esperar ese lapso fugaz de libertad, cuando los confines del reino vuelven a ser solo nuestros. Podría decirse que es nuestro momento más feliz del día, no porque lo sea en sentido literal, sino porque lo esperamos con una mezcla desesperada de placer y egoísmo infantiles.

Es nuestra pequeña navidad, el instante en que dejamos caer las etiquetas que nos identifican en la sociedad que vivimos y volvemos a ser solo un hombre de placeres simples: beber, comer y coger. Aunque cuando digo coger, me refiero a coger un libro para perderse en la fantasía de su historia; coger el control remoto para escaparse en alguna serie que noche tras noche nos espera con renovadas ganas de sentirse devorada por nuestra mirada, que no se asusta ante el inquietante apetito de nuestros deseos, por más bajos o perversos que sean; coger el control de la consola de videojuegos para lanzarse a matar zombis, ganar la copa Europea o alcanzar el siguiente nivel en la aventura digital con la que nos fugamos unos minutos, acaso una hora de un mundo de responsabilidades y deberes. Porque coger, lo que se dice coger de verdad, es un manjar que no está disponible para su consumo todas las noches; aunque en la despensa estén la mayoría de los ingredientes, para prepararlo hacen falta algunos condimentos de disponibilidad complicada.

El presente no es una playa paradisiaca con un día soleado en donde vivimos atrapados e indecisos ante una amplia variedad de actividades placenteras para organizar y planear nuestros días. El presente es una prisión inexpugnable, con carceleros despiadados que organizan nuestro día hasta el más minucioso de los detalles. El tiempo productivo, finito y fugaz queda dividido en actividades laborales y familiares que drenan nuestra energía, consumen nuestra creatividad y nos dejan en calidad de piltrafas con apariencia humana, de ojos cansados, miembros desgastados y deseos sexuales inapetentes o en un retiro espiritual y carnal obligado en la mayoría de las noches. Quien ponga en duda esto, lo invito a observar en cualquier salida de clases los rostros de madres y padres de familia.

Los pequeños guardianes de esta prisión se encargan de hacernos saber que aquí no hay derechos ni garantías individuales, somos sus esclavos y punto. Aunque es verdad que no hay martirio que no ofrezca un rato de paz y esperanza para recargar baterías. Unas cuantas veces al mes, los únicos prisioneros de esta celda coincidimos a la misma hora, en el mismo patio y con las mismas malas intenciones. Entonces llega la luz de la luna a bañar nuestras pieles, a regalarnos un reflejo del sol y cargarnos la mente y el alma de tranquilidad y satisfacción.

Y cuando no se coincide en tiempo y espacio, siempre queda la alternativa de visitarlo en solitario con ayuda de la imaginación o el soporte gráfico de sustitutos, a escondidas como el último de los grandes secretos de la vida adulta, como el más inofensivo y placentero de los pasatiempos que nos ofrece nuestra sexualidad.

Las peores trampas de este calabozo conyugal son la rutina y la monotonía. Son un par de anacondas que se enroscan por los tobillos y no se detienen en su fuerza opresora, ni siquiera cuando lo que aplastan es el corazón y su capacidad para hacer de cada día una experiencia distinta y maravillosa. Este par de compinches van deslizándose hacia arriba y poco a poco a través del tiempo lo toman todo; lo primero que inmovilizan son las piernas, restringiendo la capacidad de cambiar el rumbo, asfixiando el hábito de ejercitarse y llevar una vida saludable, tornándola tóxica y sedentaria.

Una vez que sienten asegurados los muslos, las serpientes se dan dos vueltas en la pelvis para mantener reprimidos los deseos sexuales, acallan la necesidad del cuerpo de recibir placer y suprimen la empatía para devolverlo. Su siguiente objetivo es el vientre al que brindan una falsa sensación de seguridad y comodidad, lo dejan en aparente libertad, sin aprieto alguno para que crezca y se alimente de manera irresponsable e ilimitada.

Con más de medio cuerpo bajo el dominio del dúo de constrictoras, el individuo despreocupado e ignorante del peligro no siente cuando el corazón se le atrofia, los sentimientos que guardaba se secan y queda hueco, como una calabaza a la que se ha removido su contenido, dejándolo con la forma y apariencia de un corazón, pero vacío por dentro. Los traicioneros reptiles aprietan con sutileza el cuello, oprimiendo la garganta para que permita a la lengua expresar lo urgente y necesario, lo banal y lo insignificante, pero lo importante, transcendental y doloroso queda relegado a un momento ideal que nunca llega o a un punto de presión que cuando explota lo hace sin rumbo ni tacto, para disparar a diestra y siniestra sin importar quiénes caen ni hacia dónde lo hacen.

Con el cerebro tienen un tratamiento especial, a éste lo comprimen de una manera tan convenenciera que le hacen creer cualquier tipo de falacias, mitos y teorías. La rutina y la monotonía trabajan con lentitud y diligencia, pero son las peores trampas de la vida en pareja.

Pero no todo es tristeza y trabajo, cansancio y olvido. La prisión del presente ha diseñado un ingenioso sistema de recompensas, es la zanahoria que hace andar a un par de burritos con el rostro cansado, pero sonriente y satisfecho de cada sacrificio. Esta es la única cárcel en el mundo en la que sus mejores guardianes son diminutos, vulnerables y entrañables. Porque si bien sus gritos se escuchan desde que sale y más allá de que se mete el sol, también son sus risas, bromas y gracias, las pequeñas victorias y el desarrollo constante y notable, los responsables de traer los mejores tesoros de la vida: la satisfacción de haber dado nuevos y maravillosos pobladores a este mundo. Sangre de nuestra sangre, versiones en pequeño y con características amalgamadas de sus padres. Sus logros se vuelven nuestros logros, sus victorias son nuestras victorias. Ahora se sienta solo y le han salido los primeros dientes, mira ha dado sus primeros pasos y ahora corre por toda la casa. Ha empezado a escribir garabatos y decorar las paredes con su obra pictórica.

La pequeña toma el cargo de princesa y con su carisma y encanto blande un látigo invisible que hace del hombre fuerte un manso gatito, un pony que la lleva por todos los rincones y un leñador que la rescata de los peligros en los cuentos de noche. Al príncipe también hay que festejarle los retos alcanzados, ya le pega al balón, anda en bicicleta sin manos y le ha ganado a papá un partido en los controles con varios goles de ventaja. Y éste, el gran gigante, se le nublan los ojos de lágrimas en el aniversario del natalicio de cada uno de sus carceleros, maravillado del cúmulo de alegrías, grandes y pequeñas, que han traído a su miserable existencia, dándole un propósito y sentido irrenunciables.

Que la noche está avanzada y no hay tiempo para cultivar el romance, qué importa, en la puerta del refrigerador están las boletas con los nueves y los dieces que lo justifican todo, también está la foto de navidad del año pasado y un par de dibujos de prescolar y las sonrisas más recientes con el uniforme de primaria. Desde los bordes del reino llegan los sonidos de sus habitantes durmiendo, recuperando fuerzas y el rey maduro contempla sus más preciadas posesiones y se marcha a la sala a matar un centenar de zombis o a seguir las aventuras del personaje principal de su serie preferida.

"Una vez en la vida, un hombre se topa con una mujer de convicciones firmes, congruencia, belleza entre mítica y animal; entonces se enamora."

22 diciembre 2016

KM 16

Ciudades en llamas

La conocí en una época que mis ojos eran menos melancólicos y sus ojeras no estaban tan manchadas de carbón, o será que eran así porque aún no la conocía a ella. No era un muchacho, pero aún creía que el Amor derriba murallas y una pasión verdadera es inextinguible. Incluso poseía la ingenuidad de pensar que las mujeres mienten solo por necesidad, no por naturaleza y muchas veces, por simple costumbre.

Era una tarde de rutina después del trabajo, había dejado el coche estacionado a una cuadra del bar al que me encaminaba con un cigarro en la mano, mi inseparable compañero. Las hojas de los árboles pronosticaban un gran mes para los vendedores de clima artificial, no corría una brizna de viento y mis pasos servían para abrir una grieta invisible en una atmósfera de aire caliente que volvía a cerrarse tan pronto daba el siguiente paso.

En mi cabeza era recurrente la imagen de una cerveza bañada en sudor frío a merced de mis labios, los cuales chupaba una y otra vez anticipando el placer del preciado primer trago. A lo lejos se escuchaban los motores de un transporte público y podía imaginar los hilos oscuros que se rezagaban al arrancar. Una fila de automóviles estacionados en la acera reflejaban en las portezuelas en forma borrosa mis zapatos y más arriba, un par de piernas enfundadas en jeans con un caminar despreocupado.

En un portal, dos ancianos en camiseta jugaban a recordar la guerra con un dominó de puntos descoloridos y por su parsimonia al mover las fichas no era difícil determinar la vida que llevaban, quizá al fin habían descubierto el secreto de la felicidad oculto en los placeres pequeños, un hallazgo que tardaría mucho en llegar a mí. Un cantante que se les había adelantado en el viaje cantaba en un pequeño radio portátil. A unos pasos más, el piso se pintaba con los colores de las luces que anunciaban el nombre del bar.

Adentro del establecimiento, el área estaba dividida en tres partes, un tercio destinado para dos mesas de billar que gran parte de la noche se les veía ocupadas, los otros dos tercios se repartían entre las mesas y una barra con un enorme espejo que lo mismo servía de cómplice que de verdugo. En las noches que lo visitaba a solas o a la espera de un acompañante, prefería instalarme frente al espejo para obtener una panorámica completa del lugar sin recurrir a la mirada directa hacia las personas. No habían sido pocas ocasiones que había trabado charla con desconocidos en franca huida a la sensación de encierro que impone la rutina, claustrofóbica como cárcel y que lo mismo aplica para el trabajo que para el hogar.

El ambiente era el acostumbrado en aquellos tiempos que fumar adentro no estaba prohibido. Había parejas y grupos heterogéneos repartidos a partes iguales entre el billar, las mesas y la barra, aunque todavía quedaban un par de mesas vacías. Olía a diversión y aire acondicionado. La música era estridente con la intención de homogenizar las voces y sonidos en un único y constante zumbido, como vibraciones de una planta eléctrica.

A pesar de mi esencia cínica que rara vez logro esconder, creo que una mirada es el camino más corto para encontrar el Amor y doy fe de su existencia a quien lo pregunte, por fugaz o tortuosa que pueda llegar a sentirse su abrazo. Esa noche, ella estaba al lado del único ventanal del lugar, con un taco de billar dirigido hacia la bola blanca que arrinconaba a su presa negra contra una esquina. Sus acompañantes, todas mujeres entre los veintes y treintas, daban gritos desesperados y hacían ruidos raros como aborígenes de alguna tribu amazónica para comprometer su concentración; era obvio que no conocían su capacidad de abstracción ante lo que atrapaba su interés o esperaban alcanzar la hombrada, porque su tiro fue perfecto, un golpe seco y fuerte que sin piedad recluyó la bola en una buchaca de cuero.

Nuestras miradas se encontraron por un instante, durante el recorrido triunfal de sus ojos en busca de la mayor cantidad de testigos para su hazaña. Casi la totalidad de las miradas que encontró eran libidinosas y mal disimuladas de tipos que no perdían detalle de los centímetros de piel que dejaba al descubierto su falda de mezclilla en cada turno. Sus piernas quizá eran un imán para los paganos, pero lo que reclamaba mi atención era la luz en su rostro, capaz de transmitir tal energía que podría alimentar a un pueblo pequeño o un estadio de futbol.

Mi debilidad son las mujeres con chispa en la personalidad, cuya alegría y desfachatez son desbordantes, me siento arrastrado sin remedio ante la dueña de una seguridad y descaro rallantes en el misticismo y la idolatría. Cómo rehuir al encanto de una mujer que sonríe como si nada le faltara en la vida y su cabello se mueve con la viveza de las serpientes de medusa. Que exuda aplomo con cada parte de su cuerpo y provoca el deseo inconsciente de merecer su cobijo. No conozco tal escudo, aún en la actualidad no soy capaz de ignorar a una amazona con tales atributos y de cualquier manera, estaba jodido desde el segundo que sus ojos se fundieron con los míos y en un parpadeo nos visualicé ardiendo como Sodoma y Gomorra ante la furia de Dios, un par de figuras sacudidas por el fuego divino; el cuerpo sabe cuándo alguien hace alquimia con su sangre y le hace llegar señales, las mías apuntaban hacia ella en bombeos acompasados.

Quisiera presumir que la vi primero, antes de su barrido victorioso, pero sería utopía; las mujeres siempre nos ven primero, antes que nosotros a ellas, la rapidez de su mirada solo es superada por la velocidad de la luz, aunque con la misma rapidez desechan lo que no les despierta la mínima atención y nosotros ni cuenta nos damos de que alguna vez nos observaron. Una hora después del gran tiro, ella misma lo confirmó luego de un trago de cerveza. Mientras buscaba las palabras, sus ojos lanzaban destellos con esa manera que tienen las mujeres de paralizarnos con una mirada directa a los nuestros, sin atisbo de temor.

— Te miré afuera del bar con el teléfono al oído, quizá hablabas con tu mujer para avisar que llegabas tarde o sonsacabas a alguien para alcanzarte acá. — dijo en tono casual.

Hábil para el billar y nivel de profesional para la esgrima mental, pensé. Daba igual que respondiera soy libre que comprometido, ambas respuestas le concedían el punto, me conformé con el empate al esquivar su espadazo con una sonrisa discreta y un silencio que habría envidiado el más prudente orador griego a punto de perder un debate. Me dieron ganas de dar un trago a mi cerveza, pero recordé que la pausa más efectiva es la que antecede a la respuesta afilada.

— Quería darte espacio sin la inquietud de mirar a quien te llevará a la cama esta noche—le dije.

— No me voy a la cama con cualquiera — respondió y depositó su botella vacía en la mesa.

— Tampoco yo — dije con la vista clavada en sus ojos. Mi botella sonó al reunirse con la suya.

— Eres un cabrón, que lo sepas — hizo una pausa — pero me agrada— finalizó con una carcajada.

Un cabrón con suerte, eso es lo que siempre he sido, porque no esperaba la oportunidad de penetrar aquel grupo de intimidantes mujeres, mucho menos, abandonar el lugar con la más interesante de ellas colgada de mi brazo con las mismas ganas de alargar la noche y fingir que nos conocíamos lo suficiente para seguir juntos hasta la mañana. Estaba sentado en la barra cuando mi amigo hizo su triunfal aparición y mi diablo de cabecera lanzó sus polvos de azufre para que una de las indómitas fuese prima de mi compañero de ocasión. Lo demás se deduce con una simple regla social, si te invitan a su mesa, aceptas y llevas las cervezas.

Esa madrugada, horas después de abandonar el bar, estábamos agazapados del mundo en la cima del edificio donde tenía mi departamento, un chalet de soltero con dos recámaras, sin más mobiliario que una pareja de *loveseat* acomodados uno hacia el otro, una televisión sobre una vieja mesa de madera que hacía de referí, una cama en la última trinchera, un comedor de cristal con dos sillas, un refrigerador con más cervezas que comida y la estrella del lugar, mi computadora de trabajo, oculta sobre un escritorio en uno de los cuartos, rivalizando con un librero a media ocupación de libros adquiridos en los últimos años como quien colecciona figuras del mismo tipo en una vitrina Esos libros eran mi reino y sentada, sobre el sillón de la sala que daba a la ventana, la protagonista en carne y hueso de mis historias favoritas.

Bebíamos cerveza como si fuera champaña y nos contábamos lo que nos esbozaba en el mundo, pero sin remarcarnos en ningún lado. Supe que estaba de visita en la ciudad, que impartía clases de literatura con el idealismo de cultivar un poco a una generación perdida en el puente tecnológico de un siglo al otro. Supo por mi boca que estaba solo por decisión, pero dedujo que tampoco me faltaba compañía. Medio ebrios, lanzábamos un brindis lo mismo por la paz mundial que por la aprobación de leyes irreales, alternábamos el humo de nuestros cigarros con el salto peregrino de un tema a otro.

Ahora hablábamos del Ché Guevara y la necesidad de un caudillo en México, para luego coincidir en el gusto por las carcajadas sin fin de la obra de Les Luthiers. Era la primera vez que una mujer me daba la sorpresa de saber sobre aquellos quijotes de la Argentina. Hablamos de libros, sin entrar en polémicas incómodas, mi corazón era del Gabo y el suyo de Dostoyevsky. Lo que los hombres llaman una mujer aburrida es solo la falta de intereses en común. Si se encuentra qué la apasiona, se le verá hablar por horas. A ella la apasionaba la literatura y a mí, verla apasionada en cada tema.

Si acaso se formaba un silencio entre las volutas de humo era porque ambos sabíamos que nos faltaba llegar a los besos, pero ninguno quería dejar de beberse los pensamientos del otro. ¿Mencioné que su rostro irradiaba energía cuando hablaba? Pues aquello no era nada con el calor que generaban sus labios pegados con los míos. Si alguna vez me piden opinión para nombrar un volcán, su nombre será lo primero que vendrá a mi mente, su saliva era un líquido quemante que usaba mi lengua de canal para mezclarse con mi saliva viajando de una boca a la otra, provocaba el brote de incendios por mi piel sin siquiera tocarla. Durante una pausa, de esas que sirven para tomar aire, más que para decidir si continuar o parar, dijo en tono bajo, más para ella que para mí:

— Quizás sea el peor momento para encontrarnos, pero odiaría que cualquier otro día fuera demasiado tarde para que sucediera.

Ahora podría decirse que nos encontramos cuando era nuestro momento, cuando su alma no era tan blanca y la mía aún tenía salvación, ni un minuto antes, ni un minuto después. Porque fue un choque de seres de diferente mitología, pero con la misma fuerza en los pies para dejar huella; uno de esos parteaguas que no se distinguen sino con el murmullo de los años y su efecto se vuelve obvio hasta que se han borroneado las cicatrices.

Antes de sentir el aliento fresco del amanecer, nos fuimos a la cama como dos almas antiguas que se persiguen a través de los tiempos sin alcanzarse más que por unos instantes. No abundaré en detalles gráficos, no por falta de memoria, sino porque el recuerdo de esa entrega es lo que me queda de ella. ¿Alguna vez han visto cómo se juntan dos lenguas de fuego en una fogata y se convierten en una sola, más grande e intensa? Pues eso fuimos detrás de la puerta, excepto que no éramos dos lenguas, sino dos ciudades en llamas, dos veces Roma ardiendo en incendios separados que se juntaban una y otra vez, impetuosos e incontenibles como son las primeras y las últimas veces de los amantes.

Nos abrazamos debajo de una manta, a salvo del desamparo de sentirnos de nuevo cada uno en su cuerpo y no en el otro. Encendí su cigarro y después le pasé fuego al mío en un beso cómplice de vicio a vicio.

—Recuérdame otra vez porqué tenemos que decirnos adiós. —pregunté.

—Porque no me pertenezco a mí misma y mi futuro está comprometido bajo otro cielo. —respondió sin emoción.

—Solo tenemos esta vida para amarnos y ni siquiera completa, sino a partir de abrazar a la casualidad que nos reunió. No perdamos más tiempo. —

—Tuvimos solo esta noche para dejarnos envolver en el abrazo de destino, querido mío— Me dijo rozando sus labios con los míos.

Después volvimos a hacernos el Amor como dos viejos amantes que se despiden por última vez. A nosotros lo que nos salvó de la tragedia fue entender que juntos no éramos cualquier incendio, sino el mundo en llamas, el nuestro.

"Nadie sabe, solo tú, cuánto disfruto profanar ese rincón tuyo, tan secreto, tan mío, tan prohibido y tan pequeño."

27 diciembre 2011

KM 17

El rincón prohibido
El último reducto de virtud de una dama

Primera parte – El aniversario.

Tengo ganas de cogerte como nunca te he cogido, me dijo. Al escucharlo, sentí el aleteo de mis libélulas oscuras bajo el vientre. Su voz en mi nuca tiene el efecto de la luna en los lobos, consigue despertar mi lado salvaje y alertar mis sentidos con solo un sucio susurro. Después de haberlo hecho por años y cientos de veces, en las azoteas, entre las sábanas, en las cuatro estaciones, en las escaleras, sobre cualquier superficie, bajo la lluvia y la regadera, en la playa y mar adentro, en casas propias y ajenas, en los tres modelos de coches que pasaron por el garaje, en el cine y en la escuela, en su oficina y en la mía, en elevadores, parques, aviones y estadios; contorsionados en todas las posiciones inventadas, domesticados en la comodidad de las preferidas, temerarios bajo el efecto del alcohol o de kamikazes al fragor de las reconciliaciones. Vestidos, desnudos y disfrazados. Enfermos, débiles y agotados. Al tope de la pasión y el deseo, arrullados entre la ternura y el Amor. Nos habíamos fundido en un solo ser tantas veces como está permitido a las parejas que han elegido vivir bajo el mismo techo y cobijarse con el mismo Amor. Nuestros labios y lenguas nos conocían los cuerpos de pies a cabeza, sin embargo, había una combinación sin probar, una puerta que permanecía cerrada bajo siete llaves. Lo llaman el rincón prohibido, la perdición de Sodoma, es el último reducto de virtud en una dama.

Recuerdo la primera vez que sus dedos acariciaron mis nalgas en esa forma perversa que no dejaba lugar a dudas sobre sus verdaderas intenciones. Sus manos cálidas como un motor encendido presionaron mis montes para abrirlos en forma suave y natural, como quien no tiene otra opción que abrir un libro para conocer su contenido. Su boca se acercó a mi oído, lamió y chupó mi oreja con calma premeditada, luego metió su lengua entre los pliegues de cartílago y al final, cuando mis paredes escurrían por su culpa y mi cerebro estaba en el limbo, susurró con esa voz maldita de navaja en la oscuridad —Algún día, esto –apretó con firmeza mis nalgas — estará listo para recibirme. Mi oído estaba empapado de su saliva, mis labios dilatados de deseo, tenía los pezones como puntas de alfiler, sentía una corriente de excitación y temor subiendo por mis muslos, pero el centro de aquello que presionaba con ambas manos se pertrechó a sí mismo, comprimiéndose a modo de defensa. Una alarma estruendosa sonó en mi cabeza y dio vida a una frase que se anudó en mi garganta. No, señor barba de cerrajero, eso jamás lo consentiré, dije para mí misma, pero mis piernas tambaleantes se burlaron de mi determinación. ¿En verdad creía que podría negarle algo a ese hombre?

Debo decir, en su defensa y en descargo de mi inclemencia, durante el tiempo que duró su asedio fue paciente, discreto y en especial, astuto. Sus armas jamás fueron la presión, la demanda o el chantaje, Por el contrario, no necesitaba ponerlo en palabras para hacerme saber la determinación de sus deseos. Era evidente su atracción hacia mis curvas disimuladas bajo una falda o delineadas por un pantalón ajustado, ni siquiera necesitaba sorprender sus ojos clavados sobre mi trasero, aún ocupada o distraída podía sentir la intensidad de su mirada como si fuera el calor de una lámpara que apuntaba hacia esa parte de mi anatomía. Confieso que sentía un placer embriagante ante la sensación de tal poder sobre sus deseos, intuía que podía tenerlo hincado a mis pies con solo insinuarle que estaba considerando la idea de darle posada a su piel inflamada. Lo notaba también en su devoción de santo para acariciar mis formas, con el movimiento suave, oscilatorio y sin prisa de las yemas de los dedos o en esa forma tortuosa de arrastrar su miembro por la línea que divide mis nalgas, sin intentar más nada, un caminante inocente con rumbo a otro destino. Cuya llegada oportuna mi sexo se la agradecía, se entregaba a su punta con vehemencia, recibía el tronco completo entre sus paredes ardientes y diluidas, lo oprimía con fuerza para hacerle olvidar la existencia del otro refugio, lo montaba como a un potro salvaje, lo sacudía como muñeco de hule de un lado a otro sin temor a romperlo o separarlo de su base y al final del encuentro, lo exprimía hasta dejarlo sin fuerza ni energía, caído como soldado en el campo de batalla, reposado como pajarillo somnoliento en una orilla del nido, en el pubis de su dueño. Lo amaba por el respeto absoluto a mi negativa y lo admiraba más por su empeño irreductible de afectar mi determinación. Aunque me dejaba ganar batallas a las que sabía perdidas de antemano, él percibía en las reacciones de mi cuerpo que no estaba listo para dar el sí, ambos sabíamos que peleábamos la guerra de los mil años y habían transcurrido suficientes para conocer nuestras fortalezas y debilidades. El apostaba a hacerme caer en la tentación de sus placeres y yo me aferraba con estoicismo a mis principios, mis miedos y argumentos. Era una guerra con más de un frente, no solo era mi cuerpo el que debía resistir sus escaramuzas, su inagotable arsenal de recursos en la cama, su increíble habilidad para hacerme perder la noción del tiempo y el espacio bajo el hechizo ardiente de su boca, el descaro de sus dedos y su acorazado de acero con el que conquistaba mi ciudadela a su antojo y conveniencia. Otra lucha sin cuartel tenía lugar entre todas las mujeres que habitan mi cabeza. La señorita bien educada levantaba en alto su manual de niñas bien, con su índice de principios en orden alfabético, listos para usarse según la ocasión. Un capítulo exclusivo y abundante en detalles para cada una de las historias escuchadas sobre mujeres que habían perdido la última trinchera de su virtud ante el capricho o la perversión de un hombre. Charlas confidenciales de amigas que habían tenido experiencias traumáticas y terroríficas. Un apéndice de prejuicios y tabúes redactado por las mujeres de su familia, la religión, el miedo y la ignorancia. Si la señorita bien educada era impresionante en sus monólogos defensivos, no lo era menos la puta irreverente con sus recursos de ninja. Les lanzaba dardos cargados de veneno imposibles de evitar a las otras mujeres en mi conciencia: ¿se acuerdan cuando decían que nunca iban a chupar una verga? Ahora lo hacen con la habilidad de una prostituta y la desesperación de una ninfómana. Porque saben que el placer del sexo está no solo en recibir, sino también en dar. Vaya que disfrutan tener a esa bestia salvaje entre los labios, con la lengua de forro para hacerla suya, domarla, apaciguarla, levantarla, desquiciarla, chuparla hasta dejarla seca y desguanzada. ¿Qué me dicen de la corriente de adrenalina y placer que se siente al coger en lugares públicos o prohibidos? También juraban que nunca se atreverían a hacerlo y bien que ahora son capaces de venirse en cuestión de minutos sin otro preparativo que la sensación de peligro y la ayuda de un par de dedos como escuderos para un miembro combativo y arriesgado. ¿Van a negar que ese hombre sea la mezcla ideal de un caballero y un patán en la cama? Que lo mismo lame con dulzura y sabiduría, que nalguea, muerde y pellizca como si nuestro cuerpo fuera su esclavo. ¿Quién había sido antes capaz de darnos múltiples orgasmos? ¿Quién había logrado hacernos venir vez tras vez sin dejarnos insatisfechas o mal atendidas? ¿Con quién habíamos sentido la confianza ciega para dejarnos atar a una cama o tener sexo en los lugares más inusuales? No se engañen, con él somos algo más que princesas o reinas, con este raro espécimen nos sentimos diosas, amazonas y putas descaradas. Esto no es cuestión de si vamos a caer o no, sino de cuándo será y cuánto placer nos espera en esa primera vez que nos la meta por el culo.

Confieso que me sentía horrorizada cuando escuchaba sus voces en mi cabeza, como si esas mujeres tan distintas entre ellas existieran de verdad en mi mente. Sabía que cada una de ellas no era otra cosa que un fragmento de mi personalidad. Lo que para un hombre resultaría agotadora la tarea constante de mantener su atención en un grupo de mujeres que no hacía otra cosa que hablar, discutir, tomar decisiones, cambiar de opinión y de tema como cambia de dirección una esfera de pinball, es decir sin tregua ni medida, para mí era el pan de todos los días. Una característica que las mujeres aprendemos desde niñas. Mis mujeres encarnan a mi ángel guardián, la esencia de mi mamá, mi mejor amiga, la dama sensual, mi niña interior y hasta la loca que reside en cada mujer, mi parte oscura en la que descansan mis manías, compulsiones y obsesiones vergonzosas; ella también tiene su espacio bien merecido y necesario en mi galería de personalidades.

Pero más allá del fuego cruzado de mis mujeres y por encima del ruido generado por su desquiciante intercambio de argumentos, había que reconocer un hecho irrefutable. Ese hombre no se había limitado en perturbar mi vida y hacerse de mi cuerpo, sino que se había vuelto parte de mi existencia, ahora era mi amado esposo, mi mejor amigo y mi fiel amante. No había sido mi primer hombre, pero lo había sido en muchos sentidos, era mi guía incansable, mi iniciador en los caminos más placenteros del cuerpo. Confiaba en su experiencia y cariño, adoraba su creatividad en el sexo y le había entregado gustosa no solo la piel, sino el corazón y el alma. Por ello, a pesar de sentirme segura de mí misma y capaz de resistir su asedio de forma indefinida, luego me asaltaban otro tipo de dudas y remordimientos. ¿Acaso me creía la encarnación de la pureza para no conceder un simple capricho sexual al hombre de mi vida? ¿Sería capaz de ser tan egoísta para negarle incluso una sola oportunidad de demostrar cómo esa parte de mi cuerpo escondía inquietantes y exquisitos placeres? ¿Cómo podía olvidar o negar las atenciones que sus dedos y lengua, en el paroxismo de nuestra pasión, habían prodigado a mi lugar sagrado? ¿Seguía siendo siquiera virgen después de…? Cerré los ojos, excitada de recordar una noche en específico, aquella maravillosa y desordenada noche de aniversario.

****

Los dedos de aquel hombre caían uno tras otro en el momento justo y el lugar indicado, con cada movimiento de sus manos decenas de mujeres sentían que se abría y extendía un túnel de humedad para conectar el nacimiento de sus muslos con su alma, así de vibrante era su virtuosismo. Yo no era la excepción, el calor de mi piel se había sintonizado de inmediato con los sonidos producidos por el caballero de sienes plateadas y delgadez de papel, muy a la Agustín Lara, como si la estructura de carrizo fuera impositiva para todos los pianistas. Por un momento, el pensamiento de que aquel lugar era una emboscada para mujeres cruzó por mi mente, imaginé que sus respectivos acompañantes contaban con el efecto cómplice del piano para sus planes de seducción y no me importó en absoluto, ¿a quién le va a molestar ser tratada como una reina antes de llevársela a la cama? A mí no, de hecho ese era el final esperado para aquella noche en que habíamos ido a cenar a un restaurante italiano con la intención de celebrar nuestro aniversario de novios, el día en que de forma extraoficial, mi marido y yo habíamos pasado del coqueteo a la acción de un beso. Nunca me pidió ser su novia, los hombres como él, no necesitan de palabras para dejar claro que sus intenciones van en serio. Le dije que sí a todo con ese primer beso y así inició la tradición de celebrar nuestro aniversario de novios con un evento especial y después cerrar con broche de oro en la comunión de nuestros cuerpos.

La cena servida esa noche fue tan especial como la ocasión, de un gusto fino y selecto. Entre charla y coqueteo, dimos cuenta de una delicia de crema de espárragos, una ensalada mediterránea y una pasta con pollo y diversas especies mezcladas, tan exquisita al paladar, que de no tener haber tenido una copa de vino blanco a la mano, mi favorito, habría intentado descifrar la receta. Bromeamos acerca del banquete y el posible efecto de su abundancia, a lo que él me respondió mirando directo a mis ojos con esa forma descarada y de doble sentido que me ruborizaba de toda la vida: "la noche es larga, querida, tendremos tiempo de sobra para el postre". Quizá si no hubiera acompañado esas palabras con una lenta excusión de su pie por entre mis pantorrillas, no habría causado una explosión de burbujas tibias en mi interior y en cambio habría soltado una carcajada por su comentario. Pero hasta con mi ejército de mujeres guardado en un armario de mi cabeza me resultaba imposible concentrarme en otra reacción que no fuera disfrutar sus insinuaciones y su cosquilleo en un punto lejano a mi exterior. Me parecía increíble que después de tanto tiempo juntos, aún se esforzara por seducirme, por ganarse hasta el más breve de mis besos y ocasionar la más fugaz de mis reacciones. Pero así es este hombre, quizá en eso radica su inevitabilidad, es imposible decirle que no cuando se empeña y se aplica en conseguir lo que ante sus ojos es imprescindible.

¿Les dije que aquel restaurante era una trampa para mujeres? Las luces bajaron su intensidad en el área cercana al piano, como atraídas por un mismo conjuro, varias parejas se dieron cita para balancearse en armonía de un lado a otro al compás de las suaves melodías ejecutadas por el hombre de los dedos de palillos chinos. Tampoco en eso fuimos la excepción y nos reunimos con el grupo de parejas. Para esa hora el vino blanco hacía estragos en mí. Sin mucha resistencia, mi conciencia cedía el control a una de mis mujeres, a la más peligrosa de todas mis personalidades, la impulsiva y descocada. Estaba abrazada al lado de mi hombre y por si fuera poco, en compañía del alcohol.

Recuerdo que bailamos hasta que mis pies quedaron satisfechos y mis oídos estuvieron plenos de escuchar su voz caminando por sus callejones. Me habló de la serie de coincidencias que hicieron posible encontrarnos en el lugar menos probable en la ciudad en la que vivíamos y en la única noche que ambos habíamos asistido por primera vez. Su tono era quedo y pausado, a ratos nostálgico, pero sin exagerar. Me preguntaba cómo rayos hacía para llevar el ritmo de la música, hablar en mi oreja y acariciar mi espalda con dos yemas cálidas y oscilantes, todo al mismo tiempo y sin restar atención a cada actividad. Supongo que es una habilidad muy útil y necesaria para lograr distraer a una mujer como yo, a sabiendas de su capacidad para poner atención en varias cosas a la vez. En algún momento del baile recordó la ocasión que estábamos tan borrachos y cachondos que no nos importó tener sexo a media madrugada en las escaleras del edificio en el que yo vivía siendo aún soltera. Con vergüenza y risa, tapé un grito en mi boca cuando me recordó el bochorno que sentí cuando una vecina que también regresaba tarde a su casa nos sorprendió pegados en el pasillo como perros en celo. Por suerte (o conveniencia), esa noche usaba vestido y me quedé recargada sobre él, muy apacible y disimulada como si nada pasara, como si mi novio solo me hubiese estado abrazando por la espalda, mientras que oculto a los ojos de la sorprendida mujer, sentía, apretaba y acariciaba en mis entrañas el palpitar de su carne húmeda. Caí en cuenta de su malévolo plan, una mujer puede fingir ingenuidad, pero capta perfecto cuando su acompañante induce la conversación con fines turbios y perversos. Cuando es la compañía ideal, nos encanta, nos incita y nos resulta halagador dejarnos llevar; esa noche, sin duda, era una de esas ocasiones, me tenía en el punto que él deseaba y con gusto me dejaría llevar con los ojos cerrados por los rápidos del río de la seducción, con rumbo seguro hacia una cascada. Mordí mi labio inferior, estaba excitada ante el posible acecho de sus labios en mi cuello o el contacto de su muslo con los míos, cualquier movimiento era posible con él y a mí solo me importaba sentirlo.

Reconozco que en cuestión de sexo no muestro mucha iniciativa, pero lo compenso con una dedicada cooperación en las actividades que emprende mi acompañante. A veces me pregunto por qué el destino se aferró a juntarnos, siendo tan distintos en la cama. Pero esa noche no estaba para esas interrogantes, mi papel a desempeñar era claro y especifico, solo debía dejarme llevar en forma natural por los acontecimientos, aportar mi dosis de besos y caricias en los momentos precisos, sobre todo disfrutar el esfuerzo de mi pareja por elevarme del suelo. Creo que es un rol para el que cualquier mujer está capacitada para representar, nuestra naturaleza es de arcilla y en las manos de un buen artesano es fácil tomar la forma de diosas del sexo o amazonas al galope.

Una vez leí que los semáforos se inventaron para que las parejas se besaran dentro de los coches, a decir verdad, la imaginación del que escribió aquello se quedó corta. Las mujeres tenemos un fetiche con las manos de los hombres, no sé con exactitud qué es lo que más nos atrae de ellas, si la fuerza que representan, su naturaleza ruda y tosca en comparación con la nuestra, que es delicada, lisa y sin vello, o quizá es la percepción de aquello que el dueño es capaz de hacer con ellas. Mi hombre tiene las manos tal como me gustan, ¿coincidencia? no lo creo. A pesar de estar al tanto del cliché, muchas veces me sorprendo admirando, desde el asiento del copiloto, a su mano derecha sobre el volante o incluso provocando de manera inconsciente que se aleje de su tarea. A la mayoría de los hombres es muy fácil sembrarles una idea de naturaleza sexual, basta un movimiento discreto que recorra un milímetro la tela del vestido y si es atrevido, sin falta, pondrá su mano sobre el muslo descubierto para acariciarlo. Algunos hijos del sol no se limitan con esa actividad y van más allá de una caricia. Las luces rojas de los semáforos se inventaron para que las manos de los hombres besen labios dentro de los coches. Las manos de mi pareja no solo besan, sino que tocan melodías tan suaves y estremecedoras en mi cuerpo como lo hacían las manos del pianista sobre el teclado en el restaurante. Cierro los ojos, separo las piernas, qué conveniente resulta haber escogido un vestido, disfruto sus dedos de pianista de pieles.

Escucho a lo lejos a la puritana golpear la puerta del armario en el que está encerrada en mi cabeza. Confío en el talento de él para hacer múltiples tareas a la vez y llevarnos a puerto seguro por las calles de la ciudad, mis ojos siguen cerrados, nada me distrae de la percepción de su mano entre mis piernas. Él maneja el coche con habilidad y me manipula a mí con la misma pericia que hace girar el timón, avanza lento, oprime suave el acelerador de mi cuerpo, primero un dedo, luego dos y cuando la humedad lo abruma inserta tres dedos que son estrangulados de inmediato por mis muslos, es demasiado estimulo y necesito contenerlo, gimo y me retuerzo en mi lugar, estiró a ciegas la mano hacia su regazo, ¿dije que no muestro iniciativa en el sexo? este hombre es capaz de despertarme hasta las ideas de combatir fuego con fuego. Suelta ambos pedales, el de caucho y el de piel. El coche se detiene y mi cuerpo es liberado de súbito por su operador. Debí imaginar que sus intenciones no eran tan buenas, maldito, me ha dejado a la orilla del orgasmo y chapoteando entre mis ganas, resulta obvio que no desea perdérselo detrás de un volante. Abro los ojos, estamos entrando por el estacionamiento de un hotel de lujo, esta es una sorpresa, creí que regresábamos a casa, a mi niña interior le encantan las sorpresas, le tapo los oídos para que no escuche el comentario de mi puta privada acerca de lo que me espera en la habitación.

Hace meses le comenté sobre uno de mis deseos sin cumplir, admirar la ciudad desde la parte más alta posible y si acaso pudiera ser de noche sería perfecto. Me encanta su buena memoria para los detalles, sé que estar en el último piso del hotel más alto de la ciudad no es coincidencia, es su estilo. Como suele exclamar con una copa de tinto en la mano: Si no somos capaces de cumplir los caprichos de una mujer, no merecemos que nos ame. En este instante lo amo, con cada fibra de mi ser.

En la habitación nos espera una botella de champaña fría, hay una charola con bocadillos y un gran ramo de rosas rojas en el centro de la mesa. Las luces son tenues, las cortinas están abiertas y ante nuestros ojos están miles de luciérnagas que hacen de focos por todos los rincones de la ciudad. Es un espectáculo increíble, me siento afortunada y la emoción es tan intensa que una lágrima se perfila en mi ojo derecho. Ridícula, grita la loca por una ventana de su propio encierro. Menos mal que las encerré a todas, no las imagino libres en mi cabeza entorpeciendo mi aniversario. Él toma mi mano para acercarme a su pecho, con el índice levanta mi barbilla y besa mis labios sin decir una palabra, después los aleja y me ofrece una copa de la burbujeante bebida. Siento que parezco colegiala, no sé qué hacer o decir, así que guardo un conveniente silencio, me limito a sonreírle, sin pensar en nada y a esperar su siguiente movimiento que no demora. Me lleva de la mano junto a la ventana, quizá para darme oportunidad de observar embobada el titilar infinito de luces, lo cual hago por instantes mientras lo escucho que programa música instrumental en el aparato de sonido, también ha apagado las luces y siento que se aproxima de nuevo a mi lado. Suspiro, parece que tiene todo bajo control. Quizá por eso nos acercó el destino, a él le gusta disponer y yo adoro que disponga de mí. Sus labios están helados, debe haber bebido champaña en su camino de vuelta, posa su boca sobre mi nuca y la besa, los vellos se erizan de inmediato ante el estímulo frío que pasa rápido a caliente, su aliento entibia mi piel, mis pensamientos se desconectan y no me importan más las luciérnagas de la ciudad, ni estar doscientos metros más cerca del cielo, estoy con él es lo único que vale.

No recuerdo en qué momento quedé en ropa interior al lado de la ventana, supongo que es parte de la magia que hacen sus manos cuando recorren mi cuerpo, sus dedos se movían ondulantes por mis caderas, la cintura y mi espalda, calentándolo todo, sin respetar jerarquías, lo mismo acariciaba mis nalgas que rozaba mi vientre y coqueteaba con la tela encima de mi pubis que resguardaba una fuente de aguas tropicales. Su boca besaba mi cuello, marcaba con su saliva ardiente cada lugar visitado y dejaba un rastro de piel irritada por su barba y bigote, yo me limitaba a mantener los ojos cerrados, las manos apoyadas en el vidrio y las piernas lo más firmes posibles para resistir la carga de su arsenal. Su boca cambió mi garganta por los hombros, después por escaladas cálidas por la espalda, seguidas por un descenso de besos en trote hasta la tela de mis bragas. Traté de adivinar la siguiente caricia, tal vez un beso en mis nalgas, me equivoqué, por el contrario las ha mordido en diferentes puntos, siento las piernas flaquear, la sensación de los vellos de su barba por encima de mis bragas es inquietante, abro las piernas de manera involuntaria. Sus dedos aprovechan la ocasión y suben por mis muslos, cada vez más arriba, hasta llegar al centro de calor que es mi sexo. Sus dientes continúan mordiendo mis montes, mojando la tela de mi ropa interior, sus dedos serruchan el triangulo apretado de mis bragas, escurro miel por todos lados. Qué delicioso placer sentir sus caricias expertas manipulando mi cuerpo, quiero más, levanto mis nalgas, si eso no cuenta como iniciativa, no sé qué lo es. Este hombre sabe de señales, las conoce al dedillo. Levanta la tela de mis bragas y me penetra con dos dedos, gimo y me revuelvo, ya no soporto estar de pie, quisiera concentrarme solo en sus caricias. Sus dedos entran y salen de mi sexo, los siento embardunados de mis jugos, a mi nariz llega su aroma inconfundible, lo escucho chuparse los dedos, es un cochino de lo más sexy.

El sonido de una nalgada es seguido por el dolor repentino, pero conocido en mi anatomía, mmm, qué rico cambio de ritmo, quiero más digo en mi mente, golpéame otra vez, maldito, a ver si te atreves, parece que me ha escuchado, siento de nuevo el escozor en mi otra nalga, los cinco dedos de su mano han de estar pintados sobre ella. Los dedos de su otra mano parecen garfios aferrados por dentro de mis entrañas, tallan, horadan, giran y revuelven mis jugos. ¿A qué hora empezó el sexo salvaje? Qué más da, no quiero que pare, quiero llegar al paso siguiente. Trato de captar el sonido de su cinto al desabrocharse o la cremallera al bajar, ninguno llega. Pero siento cómo mis bragas se deslizan hasta mis tobillos, abre todavía más mis piernas y siento el calor de su boca sobre mis nalgas, creo que podría venirme tan solo con esa sensación ardiente recorriendo mi piel. Su barba me roza de pronto, un error de calculo, qué rico dolorcillo. Un remolino caliente se posa sobre mi piel, me parece, no, estoy segura es su lengua que lame, que gira, que talla, ¡Dios! Qué salvaje es para lamer, mi sexo es un volcán y ni siquiera lo ha tocado con su lengua, aunque pareciera que está ahí bebiendo sus aguas. Sus manos se aseguran de mantener separadas mis piernas, ¿qué va a hacer? ¡Oh, Dios bendito! Está... está...está lamiendo entre mis nalgas, condenado,

¿quién le dio permiso? Ya sé, los hombres como él no piden permiso, se limitan a pagar las consecuencias. Las suyas serán ponerme en tremendo estado de leona en celo y hacerse cargo del instinto que acaba de despertar. Mis caderas se mueven desesperadas de un lado a otro, mis manos sudan sobre el cristal, quiero más, lo quiero a él dentro de mí, quiero su carne enterrada, quiero sentarme sobre ella y darle una sopa de su propio chocolate. Pareciera que me tiene encadenada a esta ventana, sé que podría retirarme tan pronto lo quiera, pero no quiero. Mi cuerpo es arcilla entre sus dedos, puede darme forma de diosa, amazona o puta. ¿Para qué le das ideas? Me desdigo de inmediato, mi rincón sagrado está empapado de su saliva, ¿cómo terminó lamiendo ahí? No importa, que no pare, quiero su lengua estacionada ahí, escarbando descarada por mi botón de pliegues. Me duelen los ojos de apretarlos para mantenerlos apretados, me da miedo abrirlos, sé que lo que veré se quedará grabado para siempre en mi memoria. Me sobrepongo al temor y abro los párpados, arrodillado detrás de mí está un hombre maduro, de barba negra y hebras plateadas, su boca pegada a mis nalgas, sus dedos penetrando mi vagina, nos veo en blanco y negro; a punto de venirme, cierro de nuevo los ojos, me dejo llevar por la corriente del primer orgasmo.

Aún estaba flotando en las aguas del primer éxtasis, con el deseo de más, cuando su mano me conduce hacia el centro de la habitación, abro los ojos por el temor de caer y hacer el ridículo. ¿En qué momento se ha quitado el pantalón? En definitivo, me hace perder la noción del tiempo. Está desnudo y sentado en una silla, imponente en su virilidad, que apunta hacia mí como la amenaza de un toro moreno ¿será que espera las atenciones de mi boca? Creo que no, me jala hacia él, una vez mas separa mis piernas y me ayuda a sentarme sobre su regazo. Siento su rigidez entrar en contacto con mi sexo humedecido y sensible por el orgasmo reciente, cálido y receptivo acoge su carne, mis nalgas se sientan en un banquillo invisible, mis brazos se aferran a su cuello y mi cabeza se recarga sobre sus hombros. Lo siento habitarme en toda su extensión y me nacen las ansias de montarlo como potro salvaje, como lo he hecho en otros escenarios. Qué delicia sentirme complementada de esa forma, mis pies alcanzan el suelo para usarlos de apoyo para moverme sobre su eje. Ahora mando yo, aunque sea su miembro el que me coge. El grito de asombro de mi puritana secreta se escucha en su encierro. Mis movimientos inician acompasados, pero mis caderas van tomando fuerza y cada vez se mueven más rápido, lo siento entrar más profundo, quizá mi peso me permite recibirlo más adentro, siento su punta rozando mis paredes, me encanta esa sensación de su cuerpo dentro del mío. Sus manos se aferran a mis caderas, ¿dije que mandaba yo? A quién engaño, él sigue estando en control, con sus dedos dirige el movimiento de mis nalgas, lo amortigua o lo acelera, lo contiene a su propio ritmo, lo siento crecer ante el castigo, ¿se imaginará la forma que me excitan sus latidos? ¿Sabrá que mis paredes son capaces de percibirlos? Una corriente de humedad baja por ellas, mojando aún más su tronco que se desliza con más libertad, mi torso arqueado sube y baja, me dejo caer sobre su humanidad y lo escucho quejarse de placer, lo estoy domando, sé que puedo hacerlo explotar con solo agitar mis caderas al tope de su velocidad, pero sus manos no me lo permitirían, por esa razón reposan sobre mis nalgas. ¿Qué están haciendo? Siento sus dedos acariciándome, me las aprietan, las amasan, las separan, las... ¡ay! Conde..nado, oh sí, la punta mojada de su dedo índice gira y resbala sobre la entrada de mi rincón prohibido, a pesar de las siete llaves, el placer es tan exquisito, no quiero que deje de acariciarlo de esa manera lasciva e irreverente. Me pego con fuerza a su pecho, mi vientre se contrae y agito mis caderas para tallar mi clítoris sobre la base de su miembro, sobre su maraña de vello oscuro y empapado de mí. Siento levantarse la ola de un nuevo orgasmo, me convulsiono sobre el toro que me embiste para mantener la ola en alto, escondo mi cara en su cuello, gimo desesperada, él lo sabe, conoce mis orgasmos, se impulsa hacia arriba para penetrarme un milímetro más adentro y con ese simple movimiento aumenta nuestro gozo. En ese momento, la punta de su dedo índice aprovecha para deslizarse hacia dentro de mi rincón secreto, sin trabas ni aviso previo, resbaló la mitad de su longitud en mi interior y se quedó inmóvil, debería sentir dolor, pero no es así, las sensaciones en mi centro de placer se han duplicado, siento al mismo tiempo la doble penetración, la grande y la pequeña, cuando creo que no es posible sentir más deleite, su dedo imita el movimiento de su miembro, entra y sale por en medio de mis nalgas, fue cuando escuché un grito semejante a un aullido, el cual supe mío porque salió de mi garganta, pero no era uno de mis sonidos conocidos, sino la expresión de placer de una mujer desconocida, alguien que no estaba registrada en mi lista de personalidades, era la hembra ancestral que había despertado de su letargo. Perdí la cuenta de los orgasmos, solo recuerdo la sensación de su dedo y su miembro chocando entre ellos dentro de mi cuerpo, divididos por una delgada pared de piel, luchando por determinar quien de los dos podía brindarme más complacencia. Él dice que mordí sus hombros y le arañé la espalda, le creo porque me mostró las marcas rojas que dejaron mis dientes y mis uñas, recuerdo que unas lágrimas saladas corrieron por mis mejillas, gotas de felicidad y júbilo. Así fue como supe que mi querido marido había ganado su primera batalla y solo era asunto de esperar para que llegara su victoria definitiva.

"Hay penumbras que las manos jamás olvidan, como aquellas en las que él, en las que yo, dejamos la piel disuelta."

Segunda parte – Batalla bajo el agua

"Hay placeres más fuertes que cualquier principio y ese es el final de la resistencia a cualquier vicio."

Sería una mentira de proporciones monumentales afirmar que nada cambió después de nuestra noche de aniversario. En realidad nada volvió a ser igual, ni dentro ni fuera de la cama. En las semanas siguientes, en mi cabeza repicaban los ruidos de mis orgasmos en la habitación del hotel, a los que se unían las imágenes mentales de la barba de mi marido y su lengua mientras subía y bajaba entre mis nalgas o la vivida sensación de sentirlo doble en mi interior. La puta en mi cabeza no se cansaba de disparar: "¡Se los dije, se los dije que caeríamos!", seguido de sus carcajadas descaradas y triunfales, como si fuera un hecho que las murallas de la gran ciudadela habían sido derribadas.

La verdad es que bastaba que atrapara la mirada de mi marido sobre mis nalgas para adivinar lo que pasaba por su mente y sentir lo que ese conocimiento producía entre mis piernas era signo inequívoco que nada sería lo mismo entre nosotros. Pero si antes fue paciente, ahora parecía un testigo de Jehová a la espera del regreso de Jesucristo. Al decir esto, la puritana en mi cabeza me ha sentenciado al infierno, ya no sé si por lo que dije o por lo que las mujeres en mi cabeza sabemos que, más temprano que tarde, va a suceder. ¡Oh sí!, nos queda claro que la siguiente vez, no será solo un dedo lo que se encargue de profanar ese rincón sagrado, que de sagrado apenas le queda el apodo. En parte, estoy molesta conmigo por haber permitido que sucediera, digo, en qué rayos estaba pensando. En nada en realidad, en ese momento no pensaba, solo disfrutaba y me dejaba llevar por las cantidades industriales de placer que recorrían mi anatomía; ni siquiera puedo culpar al alcohol. Luego me mofo de mi misma, porque de haberlo podido impedir, ¿lo habría hecho?, la respuesta es un tímido "no".

Lo curioso es que después del aniversario hemos tenido relaciones sexuales en varias ocasiones y mi querido esposo no ha dado muestras de desear intentarlo de nueva cuenta o planear otra escaramuza. Habría pensado que estaría como niño con juguete nuevo, deseoso de usarlo a cada rato. Quizá no le gustó o no fue tan excitante como lo imaginaba. Me intriga la ausencia de señales, a no ser por las miradas, juraría que se le olvidó la forma cómo me hizo gritar esa noche o las marcas que dejaron mis uñas sobre su espalda. Si los hombres supieran lo rápido que se llena de dudas la cabeza de una mujer, la colmarían de Amor más seguido para evitarle el rompecabezas mental.

También me siento apenada, con él, conmigo misma y con mis principios. Al día siguiente, mi cara se ponía colorada como tómate nada más recordar que se había atrevido a poner su dedo ahí dentro, justo en el lugar menos puro de mi cuerpo. Me quería morir, entre la picardía y la vergüenza. "¡Ya cállate!", me dijo la descocada en mi cabeza, a lo hecho, pecho.

Esta mañana, antes de marchar al trabajo, me dijo, con esa voz de cerrajero que usa cuando quiere asegurar la respuesta: esta noche te quiero para mí solo, haz los arreglos necesarios. En otras circunstancias me habría reído para disimular los nervios, pero mis libélulas oscuras hicieron tanto revuelo por debajo de mi cintura que apenas atiné a mirarlo con ojos de gacela sorprendida por el inconfundible rugido de un guepardo. Debió ver los ojotes que puse porque soltó una carcajada estentórea y cerró la puerta en mi nariz después de morderme los labios con un beso entre demandante e intenso.

¡Maldito!, ahora no me cabe duda que no olvidó detalle alguno de nuestra noche de aniversario. Incluso estoy segura que esa falsa sensación de tranquilidad era solo una estratagema para distraerme. Ni el Amor, ni el sexo son las mejores armas de manipulación de un hombre en una mujer, son el dinero y el silencio. Porque todavía no conozco una mujer que no se enamore de un Christian Grey que le cumple sus fantasías de viajar por el mundo, comer en los mejores restaurantes y vestirla de joyas y ropa hermosa. Cuántas luminarias he visto expresar en las revistas de farándula: "Es el hombre con el que había soñado toda mi vida" y el tipo es millonario, además que antes de proponerle matrimonio la llevó de viaje por medio mundo y la llenó de regalos y atenciones que solo el dinero puede comprar. Seamos sinceras, a la mayoría de las mujeres nada nos hace volar tanto como el cuento de hadas y el primer requisito es que el protagonista de nuestra historia sea un príncipe... con un reino e infinidad de cofres repletos de oro guardados en el castillo. Claro que lo queremos romántico o que lo intente, que tenga buen corazón y de ser posible que no esté tan feo, pero lo primordial para querer vivir a su lado es que nos brinde seguridad.

En cuanto al silencio, si los hombres supieran el efecto que tiene en nosotras que sepan guardar silencio y reservarse sus pensamientos, desatarían en nuestras cabezas los peores tormentos mentales. Porque basta que se queden callados en el momento preciso para que alrededor de su silencio elaboremos las teorías conspiratorias más disparatadas y lleguemos a las conclusiones más alocadas de nuestra existencia solo porque el tipo de los brazos tatuados no llamó por teléfono cuando dijo que lo haría; el dueño de nuestros suspiros no dijo algo cuando le soltamos ese "te amo" en medio de un beso o se le fueron las palabras justo cuando confesamos nuestros peores temores o los más secretos anhelos; Con ese silencio inoportuno o aplicado con maestría es suficiente para que nuestra propia mente se encargue de ponernos de rodillas o darle en charola de plata justo aquello que el hombre menos imaginaba iba a conseguir o lo contrario, que arda Troya, sin que el pobre tenga idea de qué desató la guerra.

Mi adorado tormento, mi príncipe moderno que trabaja el día entero para mantener el reino que puso a mis pies, con su silencio en las últimas semanas consiguió que solita tomara consciencia que mi cuerpo y su rincón prohibido le pertenecen por completo. "Ave Maria purísima, sin pecado concebida", fue la única reacción de la monja en mi cabeza y el silencioso presagio se extendió entre mis mujeres.

Como buena esposa cumplí con los deseos del hombre de la casa, mandé los niños con mi hermana y dispuse para que mi hogar luciera prolijo y el ambiente fuera perfecto para lo que fuera a acontecer esa noche. Confieso que una corriente de excitación me subía por las piernas y se abría paso entre los pliegues de mi sexo para convertirse en una placentera humedad que se negó a desaparecer por el resto del día. Alrededor de las ocho escuché el ruido característico de la cortina del garaje al retraerse para dejar entrar su coche, sentada en un sillón me preparé para verlo aparecer por la puerta. Un enorme ramo de tulipanes de distintos colores atravesó el dintel y detrás de las flores, avanzaron un par de piernas masculinas hacia donde me encontraba sorprendida. Me saludó con la más cínica de sus sonrisas, la que reservaba para sus clientes después de haber cerrado un trato en el que se llevaba una buena recompensa. Tomé el arreglo sin dar mi brazo a torcer en nada y le acerqué una copa de vino; estaba loco si creía que iba a rendirme sin ofrecer resistencia, no hay mejor defensa que el ataque, le dije: te preparé el baño.

Sabía que en esta época del año acostumbraba llegar del trabajo directo a la ducha para quitarse los malos humores del día y recuperar su jovialidad natural. Antes que se recuperara de la sorpresa, lo llevé a la recámara, lo senté en la orilla de la cama y me dispuse a ayudarle a deshacerse de la ropa. Arrodillada enfrente de él, con mi carita de esposa sumisa, quité sus zapatos y calcetines, después le desabotoné la camisa y saqué sus brazos de las mangas y la camiseta interior hasta dejar su torso desnudo. Con sus pies descalzos y el pantalón todavía encima, me incliné hacia él para remover el cinto y me regodeé ante el efecto erótico que produce en un hombre que una mujer le saque el cinturón y baje la cremallera de su pantalón. No necesitaba verlo para sentirlo echar la cabeza hacia atrás, mientras mis manos le removían el pantalón y lo dejaban en *boxers*.

Ante mis ojos era notorio que lo tenía bajo mi control absoluto. No hay estado más vulnerable y entregado de un hombre que cuando siente que están a punto de liberar su miembro de la prisión de tela que lo contiene. Sentí cómo sus piernas se tensaron en los segundos agónicos en los que mis manos se posaron sobre sus caderas al tomar los bordes del elástico de sus *boxers* para jalarlos hacia abajo. Si hubiera estado más cerca de su sexo, me habría golpeado en la cara con su erección, la cual se revolvió como un toro al ser soltado a la arena. Mordí mi labio inferior, su carne se miraba imponente, con tanta fuerza y virilidad. No estaba entre mis planes, pero no resistí el impulso, pasé las puntas de mis dedos por su entrepierna, apenas rozando desde abajo por la zona rugosa hasta alcanzar la punta que coronaba una gota transparente como el rocío. Lo tomé como un micrófono y lo dirigí hacia mis labios palpitantes y con la lengua extendida desaparecí la perla de su deseo. La garganta de mi marido gruñó de placer. En los videos porno hacen creer que el placer de un hombre está en la violencia y los movimientos bruscos, pero en la realidad, son las caricias delicadas y suaves las que potencian su excitación, lo hacen desear y disfrutar más cuando al fin entran en contacto con el clima caliente y húmedo de la boca.

Pude sentir sobre mí, los ojos de cada una de las mujeres en mi cabeza observando mi actuación porno. Por supuesto que el señor del silencio tramposo espera y desea con todo su ser que se lo chupe, en este momento sería capaz de olvidar su estrategia completa por sentirse arropado por mis labios y lengua. Lo que nos atrae a las mujeres del sexo oral es la sensación de poder que nos confiere en esos instantes sobre nuestro hombre, estoy segura que las *Mata-Haris* y *Cleopatras* de la antigüedad se aprovecharon de este mismo trance para cambiar el curso de la historia en mas de una ocasión. Pero no soy una espía ni una reina egipcia, soy una mujer que libra la guerra de los mil intentos sin recurrir a los golpes bajos ni las trampas. No voy a dejarlo sin municiones por asegurar el triunfo de una batalla, a sabiendas que hay más placer al final de esta noche que aquel que pueda obtener de vencerlo con mi boca. Le doy un beso casto y lo acaricio un poco para que no se sienta y con una inocente sonrisa le hago saber que el baño lo espera.

El baño

> *"Qué bonito es besar con tiempo, a quien se quiere, a ojos cerrados, a lo loco, con el alma entregada."*

En el camino, su boca se aventuró a besar mi cuello y acariciar mis nalgas de esa manera que tenía de apretar y masajear al mismo tiempo. Dicen que existen dos tipos de hombres, los que tienen fetiche por las tetas y los que se derriten con las nalgas. Mi marido era sin duda de estos últimos. A la distancia, nada lo encendía tanto como la visión de mi trasero y por supuesto, la posibilidad de tenerlo en sus manos. Yo no soy de arrebatos apasionados ni declaraciones directas, cuando tengo ganas de sexo, lo único que hago es vestir alguna prenda sexy que resalte mis nalgas y eso es suficiente para que se aplique a darme lo que mi cuerpo espera.

A un metro de la puerta, entramos al baño tomados de la mano. Noté que mi sexo se había humedecido gracias al masaje en mi espalda baja, como si no hubiera sido suficiente pensar durante el día en las posibilidades y planes en mente de mi esposo para esa noche a solas.

Al llegar a la regadera, lo senté sobre la toalla desplegada en el sanitario y le pedí me ayudara a desvestirme para acompañarlo bajo el agua. Si acaso lo sorprendí, se recuperó rápido y con ambas manos me auxilió a sacar mi blusa por encima de mi cabeza e hizo lo mismo con mi falda.

Quedé en ropa interior frente a su rostro, podía tocar o besar mis senos con estirar las manos o levantar la cara, o bien, podía inclinarse para que mis bragas quedaran a disposición de su boca. Optó por lo último, posó sus manos sobre mis caderas y me jaló hacia donde me esperaba su barba, dejando claro que no tenía escapatoria, como si la hubiese deseado. En el espejo semiempañado alcancé a ver nuestras figuras antes de rendirme al estímulo de mis sentidos y cerrar los ojos.

A través de la tela, sus labios se sentían como una de esas máquinas que hay en los centros comerciales para dar masajes por encima de la ropa, excepto que su roce era más suave y delicado.

Volteé hacia abajo y al abrir los ojos, admiré su devoción y paciencia, pensé que si fuera otro tipo de hombre, habría arrancado mis bragas y me habría penetrado sobre el sanitario; al cruzar ese pensamiento por mi mente, recordé una navidad de años atrás en la que habíamos protagonizado justo esa escena en casa de mis padres. Creo que fue uno de los rapidines más excitantes de esa época, la posibilidad de ser interrumpidos en cualquier momento provocaba intensas corrientes de adrenalina y excitación en mi cuerpo. Por unos segundos me transporté a ese momento, estábamos parados de frente al sanitario, yo tenía mis brazos extendidos y las manos apoyadas sobre la pared para soportar mi peso, su mano estimulaba mi clítoris y su miembro me penetraba impetuoso. Mis bragas estaban a la altura de los muslos, al igual que su pantalón. Un gemido escapó de mi boca al recordar el orgasmo acelerado de esa navidad y sentir a la vez, en el presente, que la lengua de mi marido exploraba por debajo de la tela de mis bragas. ¿A qué hora había llegado a mi intimidad?, no lo sé, ninguna de las mujeres en mi cabeza había dicho una palabra. Creo que como yo, estaban absortas entre el recuerdo y el placer actual.

Las oleadas de placer eran tan exquisitas que esta vez, era yo la que habría querido que no terminaran. Sin embargo, me devolvió la cortesía de cuando lo desvestí en la recámara, a lo lejos, en el cielo donde me encontraba, le escuché decir que era suficiente para ambos. Me dejó ahí parada con los ojos cerrados y se fue a la regadera a esperar que lo siguiera. ¡Maldito, revanchista!, pensé dando un ligero zapatazo en el piso. De la mala gana me deshice de la ropa interior y me reuní con él debajo del chorro de agua.

Mi pequeño berrinche quedó rápido atrás, cuando ambos soltamos la risa al intentar acaparar el chorro de agua tibia que soltaba la regadera. En ese momento, recordé el motivo por el cual no me gustaba compartir la ducha. Eso habría de cambiar ese día.

Eché mi cabello mojado hacia atrás y los ríos de agua que se desprendieron de ellos se unieron a los que corrían por mis pechos. Mi marido tomó mi rostro con ambas manos y me besó bajo el agua de la regadera, fue una unión húmeda y caliente por la naturaleza del lugar, aunque sentí que su boca era más ardiente que el agua y su lengua más escurridiza que las gotas que resbalaban por nuestros rostros, fue un beso largo, de esos en los que se entrega el alma antes que el cuerpo.

No quería mirar más abajo de mi cintura porque sabía lo que encontraría. En vez de hacer eso, tomé el jabón con la mano derecha y la dirigí al pecho de mi marido para enjabonarlo. Su piel se sentía tan suave bajo la espuma que me costaba trabajo creer que era la misma piel velluda que irritaba mis senos al frotarnos juntos. Pasé el jabón por sus brazos, hombros y cuello, al hacerlo lo escuché sonreír divertido. Hacía años que me pedía bañarnos juntos y mi lista de excusas era tan larga como un rollo de papel higiénico extendido. Le pedí que se diera la vuelta para lavar su espalda y lo hizo gustoso, extendió sus brazos y recargo las palmas de las manos como si lo estuviera revisando un policía. En este caso, era yo la que lo palpaba con ambas manos, con una aplicaba el jabón y con la otra expandía la espuma. Acaricie sus músculos con avidez, los huesos de sus omoplatos y la columna vertebral. Cada vez que miraba tensarse sus piernas, un arrebato me estremecía apasionado.

Pensé que no entendía mis tontas reticencias a bañarnos juntos, siempre pensando en el ruido, en lo que dirían los niños o la pena que me daría que ellos lo comentaran fuera de casa. ¡Estás divagando!, me dijo la descarada en mi cabeza, que de manera inusual rompía el silencio en mis pensamientos. Tomé el jabón entre mis manos y las tallé sobre éste con rapidez hasta hacer espuma suficiente. Después me senté en cuclillas y tomé cada uno de sus muslos con ambas manos, enjabonando de arriba hasta abajo varias veces. Mis dedos se detenían justo al sentir sobre ellos la tela rugosa de sus testículos y el túnel caliente de su ingle, sus piernas estaban tan tensas que parecían vigas de acero, esas eran mis vigas de acero, pensé al morderme un labio.

A mi pesar, dejé sus muslos para lavar sus pantorrillas y tobillos, para continuar con las plantas de sus pies. Al terminar el recorrido, lo tomé de las caderas para darle la vuelta y la imponencia de su erección quedó frente a mis ojos. Su miembro se miraba majestuoso, erguido en su plenitud, daba latigazos impacientes y desesperados por su turno con el jabón.

Repetí la operación de crear espuma con mis manos y la apliqué por debajo de sus bolas y rodeando su carne con ambas manos, mordí de nuevo uno de mis labios al imaginarlo adentrándose en mí. Al pensar aquello, tuve dificultad para mantener el ritmo lento y suave de mis caricias, habría querido frotarlo y sacudirlo con frenesí, por lo que dejé de lavarlo en el instante que los gemidos de mi marido subieron a tal intensidad que me sacaron de mi ensimismamiento. Ninguno de los dos quería que aquella sesión bajo el agua terminara de forma abrupta.

Tomó el jabón de la esquina donde lo había dejado y lo usó para iniciar su labor de enjabonado conmigo. Sus manos eran ásperas, ni siquiera la espuma lograba disipar la sensación de los callos de sus palmas que recorrían mis hombros y torso húmedos. Se posicionó detrás de mí, sus manos cubrían mis senos viniendo por debajo de las axilas, los amasaban y alisaban con la espuma blanca del jabón y después bajaban por mi vientre, lavaban mi ombligo, las caderas y el pubis, sin bajar más.

Cerré los ojos para limitarme a sentir sus manos resbalando por mis hombros, delicadas se desplazaron por mi espalda en movimientos circulares y sistemáticos. Las puntas de sus yemas se movían sobre mis vertebras como si recorrieran las letras de un teclado. Al llegar a mis nalgas, las saltó de manera inexplicable y solo volví a sentir las yemas de sus dedos cuando aterrizaron sobre mis muslos, los cuales se sentían delgados al ser cubiertos con facilidad con ambas manos. El las usaba para jugar a enroscarse como serpientes y se deslizaban sobre el interior de mis muslos para aparecer por detrás en una espiral de placer revolvente; repitió la operación de arriba a abajo, hasta alcanzar mis tobillos. Se deslizaba girando sus manos enrolladas sobre el largo de mis piernas como haría una serpiente sobre su presa, fue mi turno de tensar las piernas y abrirlas en forma inconsciente para influir en sus movimientos. Sus manos me sensibilizaron sobre el largo exacto de mis piernas y el origen preciso de su nacimiento, el interior de mis muslos.

Como otras veces, pareció leer mis pensamientos, escuché más que sentir como enjuagó sus manos bajo el chorro de agua que caía sobre mi vientre y después de eso las sentí pegarse a mi pubis y bajar para separar las cortinas de mi sexo. Las rodillas se me doblaron un poco y me eché hacia atrás, al hacerlo, sentí su carne inflamada contra mis nalgas y me excité al sentirla entre ellas, sin más miedo o pensamientos negativos de por medio.

Días atrás, mis mujeres habían decidido en mi contra y lo dejé mover sus dedos dentro de mi sexo sin ofrecer la mínima resistencia. Me volvía loca de placer sentirlo atravesar mis labios, deslizarse dentro con determinación y a la vez, sentir su piel inflamada pegándose contra mis nalgas, besando mis ingles y en algunos momentos, dejándome cabalgar sobre ella como si fuera un mustango salvaje, al pelo como decían en las novelas de vaqueros. En cierto punto en que sus dedos me traspasaban, empecé a desear tenerla dentro, sentir sus latidos apasionados rebotando contra mis paredes.

Mi marido me tomó de las caderas y giró mi cuerpo para dejarlo de frente a él. Un gemido de decepción se me escapó al pensar que dejaría de sentirlo a la puerta de mis nalgas, pero lo superé de inmediato cuando sus manos tomaron posesión de mi trasero. Una mano en cada nalga empezó a girar dibujando círculos concéntricos, mientras que poco a poco las iban abriendo, separando la piel que cuidaba con recelo mi rincón prohibido. De pronto, sentí la dureza del jabón sobre mis nalgas. ¿En qué momento lo había tomado de nuevo?, pensé, como si importara. Los dedos de su mano derecha eran suaves de nuevo y se deslizaban por entre mis nalgas de arriba hacia abajo, enjabonándolas, mi garganta emitió una serie de gemidos quedos para reconocer el placer que aquella actividad me proporcionaban. La mano experta de mi esposo me acariciaba ambas nalgas enjabonadas, mientras la otra mano se había hecho cargo de mi sexo con dos de sus dedos tensados para penetrarme en forma rítmica y sin titubeos. Por algunos instantes, el mundo dejó de existir bajo el hechizo de sus dedos acariciando mis paredes por dentro, horadándolas y rotando el perímetro rugoso de mi punto "G".

Podría jurar que no me percaté en el momento preciso que su dedo índice derecho empezó a bailar en círculos sobre el centro de mi trasero. El deleite era tan maravilloso que no noté la diferencia de sensaciones, mi cuerpo entero era una máquina de placer. La punta de su dedo se fue haciendo espacio entre mis nalgas hasta que su dedo desapareció por completo dentro de ellas, en ese instante cobré consciencia de la penetración doble. En otras circunstancias, me habría resistido, pero a estas alturas del partido, ¿para qué?. Me recargué sobre una pared y me rendí a la arrobadora sensación de sentirlo doble. Mis gemidos, aquellos de la mujer desconocida, se empapaban bajo el agua tibia al atravesar mis labios para huir de mi boca y estrellarse contra las paredes del baño.

Mi pecho subía y bajaba, sentía cómo la ola en mi interior iba creciendo de tamaño, se acercaba a su punto más alto desde donde caería en un exquisito éxtasis. El dedo índice de mi marido tomó el ritmo de los dedos que tenía clavados en mi sexo y todos se sincronizaron en ritmo y velocidad, sentí que un par de serruchos me cercenaban como a la acompañante de un mago, excepto que el truco final sería que perdiera la cabeza por completo.

— ¡Dame más, mi cielo!, ¡dámelo todo!, —escuché pedirle a la hembra ancestral en mi cabeza— ¡no pares, por favor!

El placer era tan arrollador que quería venirme una, dos y tres veces hasta donde me alcanzara la excitación, doblé un poco mis rodillas, crucé mis muslos y aprisioné sus dedos para no dejarlos escapar, excepto que la ola de éxtasis se detuvo antes de llegar a la cima. Mi respiración era agitada y frenética, sentía que me faltaba el aire y que un ácido carcomía mis mejillas. Las puntas de mis senos eran las cabezas de dos clavos que habían sido sacados a mordidas por mi marido. Volteé a mirarlo a los ojos con deseo y pena mezclados, quería que me dejara flotar sobre esa ola doble de placer y aunque entendía que era hora de llevar el encuentro a otro terreno, quería un poco más de sus dedos, de su carne tempestuosa. Los dos sabíamos que la guerra de los mil años había llegado a su fin. Como un vencedor honorable, besó mi boca y se abrazó a mí. Nos quedamos por un rato bajo el agua, hasta que mis pulmones se aplacaron; después, dejamos la regadera para irnos a la recamara a continuar aquel combate de cuerpos.

Tercera parte – La caída.

Alguien dijo que la paciencia es la virtud del genio y otro más agregó que sus frutos son los más dulces, les faltó decir que también lo más placenteros. Mirar el rostro arrobado de éxtasis de mi marido me llenaba de una satisfacción ancestral. Las mujeres fuimos condicionadas para complacer y agradar, es un reflejo con el que luchamos de adultas y al que solo nos rendimos cuando estamos de verdad enamoradas de un hombre. Y yo, amo a este hombre por encima de todas las cosas, a su lado he sido la mujer que siempre quise ser y más allá de lo que soñé. Por mucho tiempo me negué a cumplir su deseo porque me brindaba la seguridad de que la decisión final era mía y me hacía sentir la confianza de no sentirme obligada a complacerlo y en esa determinación suya a conquistar mi curiosidad y exaltar mi deseo estaba el mérito a su paciencia y los frutos que estaba por cosechar. No quedaban en pie más temores, ni pudores, las mujeres en mi cabeza serían testigos mudas de la batalla final.

La iluminación en la habitación era tenue y acogedora, me recordaba al ambiente en el hotel de lujo de nuestro aniversario, con el complemento extra de la calidez del hogar. No había lugar en el mundo en el que me sintiera más segura que entre esas cuatro paredes y los brazos de mi marido, los que me rodearon firmes y amorosos para atraerme a su pecho. Mi cabeza reposó sobre su hombro, su vello se acomodó sobre mis pechos desnudos y estos revivieron al contacto rugoso para demostrar que seguían alertas. Más abajo, sentí despertar su excitación y la noté pasar de media longitud a un estado más provocativo. Me debatía entre bajar a darle atenciones con mi boca o estirar la mano hacia su encuentro, pero mis pensamientos fueron cortados por un túnel caliente del que exhalaba un aire cálido y embriagante; su boca se prendió de la piel al descubierto entre mi cuello y hombro, mi anatomía se activó de pies a cabeza. Estiré los pies y dejé el derecho reposando sobre el izquierdo, mientras mi espalda se arqueaba para ofrecerle en ese gesto la posesión de mi cuerpo y en el proceso de tomarlo, mi alma.

Sus labios cubrieron de besos mi cuello y garganta, la sensación de calor y placer se mezclaba en mis nervios que trabajaban doble para interpretar los múltiples estímulos. Además de su boca, sus manos no dejaban de acariciar mi vientre, bajaban hasta los muslos y regresaban al vórtice de mi ombligo, que era penetrado por su dedo pulgar para extenderlo como un jardinero escarba alrededor de las plantas, cerré los ojos para disfrutar, entendía que no se requería otra respuesta de mi parte que dejarlo hacer lo que le placiera.

Sentí que sus manos me tomaron de las caderas para hacerme girar sobre mi costado, dejándome boca abajo, el aire caliente de su boca y la humedad de sus labios se trasladó a mi nuca, besaba mi piel con devoción, mordía y jalaba en donde empezaba mi cabellera, los vellos se me erizaban de placer, su lengua recorría mis vertebras, subía y bajaba como una hormiga sobre terrones de azúcar, los cuales se derretían en mi interior transformándose en una miel caliente y espesa que se acumulaba por detrás de mis labios íntimos, a la espera, ¿de qué?, solo él lo decidiría, solo sabía que era suya, le pertenecería hasta el último mililitro de mi humedad.

El perímetro de calor provocado por sus besos se abría cada vez más, abarcando la parte baja de mi espalda, rodando la cuesta de mis nalgas que para sorpresa reclamaban algo más que besos, se levantaban coquetas, se le ofrecían en cada beso y él las ignoraba como si no se percatara de sus movimientos ondulantes y la urgencia de mis gemidos. Lo primero que sentí bajar fue su barbilla que rozó mi piel, en seguida llegaron sus labios entreabiertos y calientes. Su boca se abrió para besar cada punto de mis nalgas y hasta que terminó con esa labor se permitió abrirlos un poco más para exponer sus dientes, la proximidad de ellos me excitó, la posibilidad de sentirlos encajarse sobre mi trasero aumentó la miel que derramaba por mis paredes. La primera mordida me supo a tortura y la siguiente fue agonía pura, la misma superficie que había besado, ahora era mordisqueada y chupada por su boca experta.

No imaginaba que más podía hacer para elevar ese exquisito placer, ¿penetrarme con sus dedos?, ¿nalguearme?, ¿abrir la llave de miel con sus dedos para dejarla correr?, La respuesta llegó de sus dos manos que abrieron mis nalgas para dejar que sus labios besaran ahí, justo donde menos lo esperaba sentir su boca.

Me besaba con la delicadeza de un novio a su prometida, lamía los pliegues con ternura y suavidad, los reconocía y hacía suyos en cada movimiento, mi cuerpo levitaba sobre la cama al ritmo de su lengua que horadaba y penetraba mi rincón ¿prohibido?, nunca más, ahora lo que deseaba era que me tomara con algo más grueso que su lengua, más turgente y combativo. Mi botón de nervios era una pequeña laguna ensalivada, debido a que su lengua se deslizaba del centro de mis nalgas hacia abajo, hasta los linderos de mi sexo y luego regresaba al centro, lo hacía una y otra vez, ¿cómo no iba a estar rebosando de humedad? Si la acarreaba de la abundancia a la escasez.

Cuando al fin se cumplió alguna cuota impuesta en su mente, la punta de su dedo relevó a su lengua, ahora era ella la que asediaba mi entrada sin amedrentarse por la hostilidad natural del área, por el contrario, usaba el exceso de humedad para vencer su resistencia, su dedo entraba poco a poco en cada suave punción sobre mi centro, hasta que la punta se quedó atrapada por el primer anillo y desde ahí lo usó de palanca para meterse más hasta que la mitad de su falange se perdió entre mis nalgas. Era lo mismo que había hecho en nuestra noche de aniversario y unos minutos atrás en el baño, sin embargo, se sentía diferente, nuevo, como si su propósito fuera más calculado y su determinación obedeciera a otro fin desconocido para mí. Mi cabeza no estaba para reflexiones, los estímulos sensoriales eran superiores a cualquier afán de pensar. La plenitud de su dedo estaba dentro de mí, aprisionada, al menos eso parecía, excepto que cuando alcanzó a colarse hasta el fondo, inició el camino de regreso, una parte de mí se desmoronó ante la inminente perdida, fue la misma en colgarse de un gemido cuando su dedo se clavó de nuevo hasta el fondo con mayor determinación que la primera vez. A ese movimiento se unieron otros, en poco tiempo, su dedo entraba y salía con total libertad. Mi boca se había acostumbrado a gemir y jadear, en el espejo de la cabecera podía ver el rostro concentrado de mi marido, dedicado por completo a la tarea de darme a conocer ese nuevo placer. Cerré los ojos de nuevo, más por el deseo egoísta de no perderme un segundo de aquella placentera conmoción.

Otra vez, cuando se cumplió alguna cuenta mental determinada por su cabeza, su dedo medio se unió a la ubicación de su índice, lo metió entero, aprovechando un deslizamiento de salida y la situación actual fue notada de inmediato por la hembra ancestral que lanzó un aullido de guerra ante la percepción de mayor plenitud, dos dedos son mejor que uno escuché susurrar a la puta en mi cabeza y sentí que perdía el control de mis mujeres, de mi cuerpo, de mi mente. Quería gritar con todas mis fuerzas, agitar las piernas, abrir más las nalgas para entregarme a mi marido como nunca lo había hecho, me invadía una necesidad de sentirme poseída, de ser suya. Levanté el culo al encuentro de sus dedos,- la puta en mi cabeza se rio de mi lenguaje-, y se carcajeó más cuando mi propia mano tomó la iniciativa de abrirse las nalgas para recibir sus dedos más adentro.

Creo que esa actitud influyó en la agenda de mi esposo, quizá lo sorprendió mi actitud o la esperaba como un parámetro de medición para mi cachondez, pero después de darme varias estocadas con ambos dedos, su mano buscó mi sexo para acariciarlo con la misma intensidad que atravesaba mis nalgas, estaba a punto de perder la conciencia, mi cuerpo era incapaz de diferenciar el origen de cada oleada de placer, solo sentía y sentía por primera vez de esa manera, ¿perversa?, ¿desviada?, ¿pecaminosa?, ¿sucia?, ¡NO!, maravillosa, divina, intensa, en ese momento pensé que no podrían habernos dado esa extraordinaria maquinaria de sensaciones que es el cuerpo humano si no era para experimentarlas todas, al menos una vez, o dos, o un centenar.

La mano que acariciaba mi sexo detuvo su movimiento, abandonó su puesto y se fue a hacer quien sabe qué, yo mantenía los ojos cerrados, mis pechos aprisionados contra el colchón, mis piernas dobladas hacia atrás apuntaban al techo de la recámara y el cuerpo de mi marido posicionado detrás de mí. Perdida en mi delirio, arañando las cortinas del orgasmo, sentí que su mano movía algo entre mis nalgas y que sus dedos daban espacio a... su miembro, sentí la punta caliente y resbaladiza rozando la humedad de mi centro, empujaba con determinación, abría sus pliegues, distendía sus paredes y lograba la hazaña del dedo índice, la punta había conquistado el primer anillo. La sensación de plenitud fue mayor que con sus dos dedos, mi conciencia se reactivó de inmediato y mi cuerpo se preparó por instinto para la llegada del dolor y para ofrecer resistencia ante la menor señal de peligro o daño, pero ninguna llegó. Mi piel se adaptó al nuevo inquilino de manera natural. Ante aquello, mi cuerpo se relajó y se aflojó tranquilo, volví a cerrar los ojos y me dejé llevar por la nueva experiencia. Mi pareja notó mi aplomo y seguridad, empujó un poco más su carne hacia mi interior, siempre al pendiente de hacerlo con lentitud y delicadeza, pero mi túnel estaba tan distendido y preparado que lo dejaba deslizarse sin resistencia alguna. Anoté en alguna parte de mi mente regresar después a ese momento para revisar aquella parte de que debía sentir mucho dolor, ahora no estaba para disertaciones de esa naturaleza. Levanté las nalgas y ayudé a su miembro a que avanzara el camino que le faltaba por recorrer.

— ¡Uf! — Escuché resoplar a una de las mujeres en mi cabeza, ni siquiera supe cuál de ellas — qué rico se siente esto de sentirla hasta el alma- Me reí de su impertinencia y me recordé que debía apagar las voces de mis pensamientos para no desconcentrarme, pero si había perdido el control de mi cuerpo, qué podía esperar del ejercido sobre las mujeres en mi conciencia.

La pequeña tregua terminó y lo escuché preguntar si estaba bien y asentí con la cabeza para responderle. Al saberme tranquila, su cuerpo se echó para atrás y su carne retrocedió un poco también, luego la empujó de nuevo y repitió el proceso hasta lograr que deslizara hacia adelante y atrás con facilidad. Para ese punto, estaba más perdida que un pollo en el bosque, ante la impetuosa sensación de cobijarlo en el más recóndito espacio de mi ser. Por un lado quería que no se moviera para apretarlo con mis paredes y por el otro, quería que embistiera con fuerza y velocidad hasta hacerme alcanzar por fin el orgasmo. En esa disyuntiva se resumía la naturaleza incongruente de las mujeres que lo mismo alejamos o atraemos aquello que más queremos a nuestro lado.

Curiosa, busqué el rostro de mi marido para atisbar lo que sentía en su momento de victoria, quizá para conectarme con su alma, tal como lo sentía conectado con mi cuerpo. Más que un semblante triunfante, hallé en su amorosa mirada un dejo de preocupación que se desvaneció al mirar en mis pupilas el deseo y la confianza que depositaba en su mando. Se acercó a mi rostro y besó con suavidad mi boca, para después reanudar el ritmo de su embate, lo sentía más grande que nunca, más pegado a mi piel que en las más desenfrenada de nuestras uniones pasadas, sentía que me entregaba a él por primera vez en la vida y en cierta forma, así era. En el fin de la guerra de los mil años le entregaba mi última virginidad, el último signo de inocencia que me quedaba y como tal, mi adorado tormento lo recibía y apreciaba. Sentía su Amor en su halo protector y su inmenso cariño en la manera cómo potenciaba mi placer por encima del suyo, esta no era una sesión exclusiva para su disfrute, sino una ceremonia de iniciación para mí, que debía ser memorable e inaugurar con broche de oro una nueva época de orgasmos en nuestro lecho. Lo amé aún más por su consideración y falta de egoísmo.

Un estremecimiento me devolvió de golpe a la ardiente realidad, su cuerpo se balanceaba de un extremo al otro, su mano derecha acariciaba mi clítoris y su miembro parecía crecer en cada nueva embestida, la hembra ancestral reapareció con su grito de guerra, su aullido de placer, sentí que me elevaba en la nube del primer orgasmo al que esta vez nada iba a impedirlo. Agité mis caderas con frenesí para ir al encuentro de su carne, para sacudirla y apretarla con desesperación. La garganta de mi marido empezó a gruñir, su rostro embelesado de deseo se desdibujó y se rindió a la certeza de que lejos de hacerme daño, me acercaba al éxtasis sin remedio. Tomó con fuerza mis caderas para impedirles escapar de la caliente unión y en un arranque de inspiración me cogió el culo con toda su fuerza y máxima velocidad, sin dejar de tallar mi clítoris con sus dedos, me rompí en húmedos pedazos, justo en ese momento, sin dejar de agitar su mano detuvo la penetración, dejando su carne clavada en lo más profundo de mi interior, por instantes sentí un roble ensartado entre mis nalgas mientras sus dedos provocaban un orgasmo tras otro, como ráfagas de ametralladora, perdí la cuenta después de cinco y cuando parecía que aquello era el fin, volvió a moverse con renovada determinación, sentí un escozor en la nalga izquierda justo al escuchar su mano estrellarse sobre ella, volteé a verlo y lo vi perdido en su orgasmo, en su nube de placer y sonreí satisfecha de saberme responsable de su alegría, de su merecido fruto a la paciencia y entrega. La guerra de los mil años había llegado a su fin, la ciudadela había caído y mi cuerpo le pertenecía más que nunca al hombre de mi vida.

Créditos

Ninguna aventura que involucre un viaje introspectivo y toque escalas tan diversas y complejas entre ambos géneros puede emprenderse en completa soledad. Durante el trayecto de los diecisiete kilómetros varios acompañantes hicieron posible este maravilloso viaje y a ellos les dejo en estas letras mi gratitud eterna.

Gracias infinitas a los tuiteros que día a día dejan trozos del corazón en 140 caracteres en Twitter y de quienes aprendí el arte de compactar las ideas y concentrar los pensamientos en lo importante, sin limitar el sentimiento o la emoción.

En mi corazón hay cicatrices que inspiraron algunas de las historias contadas, amores que dejaron un trozo de piel marcado con un beso o un zarpazo, que hicieron de mí un mejor hombre, un amante más dedicado y un aprendiz perpetuo del Amor. Gracias por enseñarme a amar.

Agradezco a Mari Mari sus enseñanzas y sus experiencias compartidas. A Yam, su tenacidad y su visión para ver lo que se escapaba a mis propios ojos: la elasticidad y fuerza de mis alas en llamas. A Ana, por su confianza inquebrantable, su amistad incondicional y su apoyo constante en todos los días que duró esta aventura en letras.

Mi agradecimiento profundo a los que colaboraron con su granito de arena para hacer posible este paseo, corto para el lector, pero un gran viaje para el hombre, el escritor detrás del avatar. Los extractos de canciones pertenecen a Leonard Cohen, cuya música fue una maravillosa compañía durante todo este viaje.

Germán Renko

ÍNDICE

Un Viaje de 17 km

A MIS 5 LECTORES 7
QUIÉN ES GERMÁN RENKO... 11
KM 1   EL BESO 19
KM 2   LO QUE LOS DEDOS NO HAN TOCADO 23
KM 3   LA OTRA TÚ EN LA GASOLINERA 29
KM 4   EL ESPACIO SE MIDE EN DESEOS DE VERME 33
KM 5   CRÓNICA DEL INFIERNO INFIEL............................. 39
KM 6   AMÉN 47
KM 7   LA OSCURIDAD Y EL LABERINTO 51
KM 8   ANILLO DE FUEGO 57
KM 9   LAS FOTOGRAFÍAS DE TU BODA 63
KM 10 EL ANCIANO EN EL CEMENTERIO 71
KM 11 LA SOMBRA DE DOS DESCONOCIDOS 83
KM 12 CARTA A M. 89
LA ESCALA - CONFESIONES DE UN HOMBRE. 93
KM 13 99
   – RUBEN'S 101
   – EL LABERINTO... 115
   – EL BOSQUE DE LOS CASTIGOS 117
   – LA DAMA DE ROJO 129
   – LA SONRISA ETERNA 139
   – LE LLAMABAN NICK... 159
   – PRELUDIO 171
   – LAS LUNAS DE OCTUBRE..................................... 183
   – EPÍLOGO - LABIOS DE ROSA PROHIBIDO 207
KM 14 EL DIPUTADO Y LA MARIPOSILLA 213
KM 15 REFLEXIONES DE UN CONDENADO. 231
KM 16 CIUDADES EN LLAMAS. 239
KM 17 EL RINCÓN PROHIBIDO
   – PRIMERA PARTE - EL ANIVERSARIO....................249
   – SEGUNDA PARTE - BATALLA BAJO EL AGUA....263
   – TERCERA PARTE - LA CAÍDA.................................275
CRÉDITOS 283
INDICE 285

GERMÁN RENKO

Con más de 150 mil seguidores en redes sociales, @ArkRenko es un fenómeno excepcional entre los 'Tuitstars', con un lenguaje osado, fresco e irresistible, Germán Renko ha cultivado un ejército de seguidoras femeninas ávidas a diario de sus letras y un grupo fornido de caballeros que lo ven como modelo a imitar o admirar de cerca.

Carismático, cínico, mujeriego, pero sobre todo buen tipo, como él mismo se describe, cultivó un estilo único en cuanto al desarrollo de historias eróticas. Las letras de Renko se asoman diario a los corazones fértiles de damas de todas las edades alrededor del mundo. Su fino erotismo ahora impreso en papel, era sólo cuestión de tiempo.

Una obra erótica exquisita y romántica, de una calidad literaria que dará para hablar en las décadas por venir. ¿Quién ha dicho que no se puede tener lo mejor de dos mundos a la vez?

Pregúntenle a Renko que, con este libro, logra que sus letras virtuales traspasen su campo de influencia de lo virtual a la literatura erótica impresa.

PLAZA ROJA

CON LAS ALAS EN LLAMAS

1ª edición, febrero, 2014

2ª edición, junio 2015

3ª edición, febrero 2018